Novembro

Gustave Flaubert

NOVEMBRO

seguido de

TREZE CARTAS DO ORIENTE A LOUIS BOUILHET

Tradução, introdução e notas
Sérgio Medeiros

ILUMI//URAS

Título original:
Novembre

Capa:
Fê
sobre *Scène de Bataille entre Grecs et Turcs* (c. 1827), aquarela e lápis [33,7 x 53,3 cm] e *Un lit défait* (c. 1828), aquarela [18,5 x 29,9 cm], Eugène Delacroix. Musée de Louvre.

Revisão:
Renata Cordeiro

Filmes de capa e de miolo:
Visuale Editora e Fotolito Ltda.

Composição:
Iluminuras

ISBN: 85-7321-133-4

Nosso site conta com o apoio cultural da via net.works

Cet ouvrage, publié dans le cadre du programme de participation à la publication, bénéficie du soutien du Ministère Français des Affaires Etrangères, de l'Ambassade de France au Brésil et du Consulat Général de France à São Paulo.

Este livro, publicado no âmbito do programa de participação a publicação, contou com o apoio do Ministério Francês das Relações Exteriores, da Embaixada da França no Brasil e do Consulado Geral da França em São Paulo.

2000
EDITORA ILUMINURAS LTDA.
Rua Oscar Freire, 1233 - CEP 01426-001 - São Paulo - SP - Brasil
Tel.: (0xx11) 3068-9433 / Fax: (0xx11) 282-5317
E-mail: iluminur@iluminuras.com.br
Site: http://www.iluminuras.com.br

ÍNDICE

INTRODUÇÃO

Sérgio Medeiros

FLAUBERT E A MORTE DO NARRADOR SUBJETIVO

Numa carta à sua amante Louise Colet, o escritor Gustave Flaubert (1821-1880) afirmou: "*Novembro* foi o fecho da minha juventude." Após concluir, aos 20 anos de idade, a redação dessa novela ou conto longo, ele renunciaria à "efusão lírica" da escola romântica para, depois de um longo aprendizado, fazer a "autópsia do coração humano", em obras realistas como o romance *Madame Bovary* (1857) ou o conto "Um Coração Simples" (1877). Nunca mais Flaubert voltaria a escrever à moda de Chateaubriand, Byron e outros escritores que costumava ler quando jovem e que influenciaram a sua novela, muito marcada pela confissão, pela descrição de estados de alma.

Mas *Novembro* não é apenas uma obra romântica: nas suas últimas páginas ocorre a morte do narrador subjetivo, o que parece constituir um acerto de contas com essa escola literária. A partir desse "sacrifício" do narrador subjetivo, pôde Flaubert buscar um novo tipo de literatura, projetando livros que, alguns anos depois, seriam vazados numa voz impessoal, objetiva. Flaubert passou a desejar a invisibilidade, não queria mais aparecer em suas obras, a ponto de abandonar definitivamente o projeto de escrever algum dia as suas memórias.

Assim, *Novembro* anuncia o impasse da voz romântica que redundou na elaboração de um novo estilo de narrar, o qual acabaria revolucionando a arte do romance. Mas essa obra da mocidade de

Flaubert é também um grande livro, além de descrever em detalhes fatos cruciais da vida do escritor que ajudam a explicar a sua carreira futura, conforme discutirei a seguir, podendo ser definida, como o fez Maxime Du Camp, como uma "autobiografia moral", uma vez que expõe com franqueza os embates do corpo e da alma do jovem Gustave Flaubert.

Mencionei o "sacrifício" do narrador romântico. Para discutir as implicações desse ritual em que o eu lírico, o eu subjetivo foi morto e extirpado da obra do escritor em favor dos ideais do realismo e do naturalismo, gostaria de apresentar, inicialmente, alguns dados biográficos, a fim de mostrar como o herói de *Novembro* espelha o próprio escritor, no instante em que este começa a construir um novo tipo de literatura e de romance.

A ESCRITA FÁCIL, A ESCRITA DIFÍCIL

Quando iniciou a redação de *Novembro*, Flaubert estava sendo pressionado pela família no sentido de escolher uma profissão, uma carreira. Em meio a tais preocupações, precisou de dois meses para escrever a obra — isso demonstra o quanto lhe era em certa medida fácil, nessa época, manusear a língua francesa, cobrir rapidamente de palavras uma página. Sua escrita era fluente.

Não é essa a imagem que temos de Flaubert, hoje. Para nós, ele é o escritor que escreve lentamente, que precisa de muitas horas para compor uma frase. O romance *Madame Bovary*, por exemplo, que ele concluiria aos 35 anos de idade, exigiu-lhe 55 meses de trabalho (de 19 de setembro de 1851 a 30 de abril de 1856), pois a sua escrita madura passou a ser incerta e penosa, e demandava um esforço hercúleo. O romance *Bouvard et Pécuchet* (1880) ficou inacabado e lhe consumiu, como *Madame Bovary*, muitos anos de trabalho. Foi esse livro o grande fecho da sua maturidade, assim como *Novembro* foi o fecho da sua juventude.

Não só o jovem Flaubert escrevia de um jacto como os seus originais precisavam de pouca correção. A partir de *Madame Bovary*, no entanto, toda frase que Flaubert lançou no papel foi reescrita várias vezes, e seus originais cobriram-se de correções. As obras de

Flaubert que todos conhecemos — os romances e contos que ele publicou em vida, todos escritos entre *Novembro* e *Bouvard et Pécuchet* — lhe exigiram grande esforço de criação, e difundiram na França e alhures a idéia de que o texto literário é algo raro, difícil de escrever. O século de Shakespeare, como disse Jorge Luis Borges, "no compartía esa desolada opinión". Nem a Antigüidade, que concebia o poeta como instrumento da divindade, conforme nos lembra o escritor argentino: "En las ciudads griegas o en Roma es inconcebible un Flaubert".

Flaubert transformou o conceito corrente de homem de letras: ele não é mais o inspirado, mas aquele que consome suas noites sobre a escrivaninha, riscando a pena no papel para conseguir, ao amanhecer, apenas uma ou duas frases válidas.

Na juventude, Flaubert praticou os mais diversos tipos de narrativa, sempre com o mesmo furor, a mesma escrita fácil: escreveu relatos filosóficos, históricos, fantásticos, místicos, autobiográficos... Alguns desses gêneros reaparecerão no período das grandes narrativas do autor, o período das obras-primas: assim, nos *Três Contos* (1877), Flaubert será, em seqüência, um autor realista, um autor fantástico, um autor histórico... Para o leitor desavisado, um romance histórico como *Salammbô* (1862) poderá parecer completamente inesperado, vindo do mesmo autor de um romance realista como *Madame Bovary*. Se não soubéssemos que a mesma pluma escreveu a ambos, não o adivinharíamos, declarou Borges. Isso ocorre porque a cada gênero corresponde um estilo específico, por trás do qual transparece sempre, porém, o mesmo trabalho árduo do artesão do verbo.

Em contrapartida, cenas de violência e cenas de ternura já se alternavam na juvenília, tal como vamos reencontrar no Flaubert maduro. E também se alternavam, de obra para obra, os temas: esta obra narra um fato real, aquela outra um fato lendário... Em outras palavras, os textos de Flaubert, de qualquer época, quando confrontados entre si, expõem algumas oposições básicas, que poderíamos, segundo entendo, considerar como típicas do escritor: o real e o fantástico, o histórico e o lendário, o carnal e o místico... A grande diferença entre o escritor jovem e o escritor maduro é a troca de narrador, o que vai ocasionar também uma reviravolta estilística (abandona-se a efusão lírica), embora os temas, as oposições básicas possam persistir.

Mas é preciso ler *Novembro* para entender Flaubert e, sobretudo, para compreender como e quando ele se pôs a forjar o ideal de um autor invisível, ou quase invisível — o narrador dos seus relatos realistas.

Vimos que o jovem Flaubert transitou com desembaraço por diferentes gêneros literários, não recusando nenhuma das formas narrativas à sua disposição, mas também não se estabelecendo em nenhuma delas — "passou" pelo drama histórico, pela novela biográfica, pelo conto, pela crônica, pelo ensaio... —, talvez porque encarasse essa fase inicial da sua carreira de escritor como um exercício, um treino prévio e necessário: intuitivamente, Flaubert já sabia que o escritor moderno não é um inspirado.

DEPOIS DO SACRIFÍCIO DO NARRADOR ROMÂNTICO...

Concluída a redação de *Novembro*, Flaubert ainda escreveria três outros textos, antes de publicar a sua primeira obra, o romance *Madame Bovary*. Gostaria de explicar o contexto que os viu nascer.

Completados os 21 anos, Flaubert deixou a sua querida Rouen para se estabelecer em Paris, cidade que ele não apreciava e onde passou a freqüentar o curso de direito — um projeto de vida que ele expõe sarcasticamente em *Novembro*.

Entre 1843 e 1845, enquanto se dedica a seus estudos universitários, Flaubert também inicia a redação de uma nova obra, *A Educação Sentimental*. Na sua primeira versão, que não foi publicada pelo escritor, a obra começa com a voz do narrador em terceira pessoa, o que já era esperado após o sacrifício do narrador subjetivo na novela que a precedeu: "O herói deste livro, numa manhã de outubro, chegou a Paris..." Escrito sem maiores dificuldades e contendo numerosas passagens autobiográficas, esse livro talvez pudesse ser considerado como uma obra de transição entre a escrita fácil e a difícil, entre o autor visível e o invisível, cujo ocultamento mais radical será logrado apenas em *Madame Bovary* e em "Um coração Simples", obras da maturidade. De qualquer maneira, já é uma obra que atesta claramente o quanto Flaubert está levando a sério a sua "renúncia" ao eu lírico, anunciada em *Novembro*.

Na realidade, o primeiro livro "difícil" de Flaubert, aquele em que ele começa a construir a imagem de mártir da escrita, em que enfrenta uma angústia crescente diante de páginas que vão se enchendo de correções, não é uma obra de ficção (detalhe muito importante), como as que discutimos acima, mas um diário de viagem, talvez a última obra em que o autor se expôs, falando em primeira pessoa. (A sua correspondência pessoal, publicada postumamente em vários volumes, não é em si mesma uma "obra", um texto único, mas um conjunto de textos díspares que foram sendo escritos ao longo do tempo, em diferentes circunstâncias, e só depois reunidos.) Esse diário, intitulado *Par les Champs e par les Grèves* (1847), descreve uma deambulação de Flaubert pela Bretanha e pela Normandia, quando já havia abandonado o curso de direito por motivos de saúde, assunto de um dos itens que se seguem. Enquanto redigia a duras penas esse diário, Flaubert contou numa carta que chegou a ficar doente, a sentir febre de noite, e que estava terrivelmente agitado, tudo por causa de uma frase, um parágrafo que não queria ganhar forma satisfatória.

A terceira obra que antecedeu a obra de estréia do escritor foi *A Tentação de Santo Antônio*, concluída em 1849, a qual poderíamos definir como um drama, um mistério dialogado, não uma obra confessional, um jorro em primeira pessoa. Diria que, a partir do rito sacrificatório descrito em *Novembro*, o autor foi aos poucos se tornando invisível, pois houve um momento de transição, que compreende a primeira versão de *A Educação Sentimental* e essa obra, da qual conhecemos hoje duas outras versões, sendo apenas a última publicada pelo escritor. No interregno entre ambas, o autor subjetivo, ou narrador em primeira pessoa, ressurgiu momentaneamente, porém esse ressurgir é fugaz ou ilusório, pois sua voz é ouvida numa obra que não é uma obra de ficção como as outras, mas um diário de viagem.

Flaubert percorreu a pé a Bretanha e a Normandia com o amigo Maxime Du Camp, que ele conhecera em Paris, na época da faculdade de direito. Ao lado do mesmo Du Camp, Flaubert fará depois a grande aventura da sua vida, uma viagem ao Egito e a países vizinhos, projeto já anunciado em *Novembro* mas que será realizado pelo autor do livro, não pelo seu herói.

Antes dessa excursão a pé, vários fatos novos ocorreram na vida do escritor, alguns trágicos, como a morte do seu pai, Dr. Achille-Cléophas Flaubert, respeitadíssimo cirurgião-chefe do hospital de Rouen, seguida da morte da sua irmã, Caroline, a quem ele amava muito e que deixou uma filha recém-nascida, que recebeu o mesmo nome da mãe. O viúvo, inconformado com a morte da esposa, enlouqueceu algum tempo depois. Nesse momento, Flaubert já havia abandonado Paris e voltado para a sua cidade natal, Rouen, mudando-se depois para a casa de campo da família, em Croisset, à beira do Sena.

Resta-nos ainda explicar por que Flaubert deixou Paris para se esconder numa casa de campo, longe da capital e dos seus atrativos.

Antes de mais nada, era a realização de um desejo seu, pois jamais quis ser advogado e, portanto, devia considerar inútil levar até o fim o curso de direito. Tendo-se estabelecido em Croisset, Flaubert deixou de preocupar-se com uma carreira profissional ou com a necessidade de ganhar a vida — seria sustentado pela família. Sua única preocupação agora era escrever uma "obra", sem pressa, sem nenhuma concessão ao gosto médio, com muito trabalho e sem qualquer publicidade — daí se recusar a publicar as numerosas obras da sua juventude que permaneciam guardadas em suas gavetas de Croisset. Nasceu assim o "sacerdote das letras", o "artesão rigoroso do verbo", que nada ou ninguém faria desviar da sua meta: o absoluto, "le mot juste", a palavra justa.

Numa das cartas que escreveu do Oriente ao seu amigo Louis Bouilhet, Flaubert comparou a literatura da sua época a um leproso, e exclamou: "Cristos da Arte seriam necessários para curar esse leproso..." Ele estava decidido a assumir esse papel de Cristo.

O RETRATO DO JOVEM FLAUBERT

Sabemos que Flaubert conheceu em Paris Maxime Du Camp: este era um rapaz elegante e refinado, que dizia possuir sangue árabe e, por conta disso, estava apaixonado pelo Oriente, como o próprio

Flaubert, que sempre cultuou os países quentes (Flaubert detestava o inverno europeu). Segundo Henri Troyat, diante desse jovem brilhante e desembaraçado, Flaubert se sentiu inicialmente diminuído, pois deu-se conta de que era um estudante provinciano perdido em Paris. Contudo, após o primeiro encontro, os dois desenvolvem um sólida amizade, que seria muito proveitosa para ambos. Amavam a literatura e eram muito eruditos.

Nessa época, segundo nos deixou escrito Maxime Du Camp, Flaubert usava cabelos longos e barba abundante. Alto e espadaúdo, possuía olhos verdes, circundados de cílios negros. Sua voz era sonora, seus gestos excessivos, e, segundo Du Camp, "assemelhava-se aos jovens chefes gauleses que lutaram contra os exércitos romanos". No sangue desse rapaz enorme corriam algumas gotas de sangue iroquês, pois um de seus antepassados vivera no Canadá, onde se unira à raça indígena. Flaubert orgulhava-se dessa sua estirpe ameríndia.

Curiosamente, Maxime Du Camp ignorava os dotes literários do seu novo amigo da província — sabia apenas que ele lia muitíssimo e que estava bastante familiarizado com a literatura da sua época. Certa feita, os dois amigos jantaram juntos, como costumavam fazer, e Maxime acompanhou Gustave até o seu quarto de estudante. Na porta do edifício, Flaubert pareceu hesitar e depois disse ao amigo: "Suba comigo, quero lhe falar."

Quando ambos entraram no quarto, Flaubert retirou *Novembro* da gaveta e pôs-se a ler essa obra a Maxime, que a considerou admirável. Du Camp expressou então o seu entusiasmo, mas não conseguiu convencer Flaubert a publicar a novela. Ao relembrar esse incidente nos seus *Souvenirs Littéraires*, Maxime dirá: "Enfim, um grande escritor havia nascido; e eu estava recebendo essa boa notícia."

Antes de falar sobre o enredo dessa novela, convém passar ao leitor novos dados biográficos, pois só assim demonstraremos o caráter confessional da obra, escrita por um narrador subjetivo que é muito parecido com o próprio Flaubert. Prossigamos, portanto, na elaboração do retrato do escritor invisível, termo que, neste contexto, significa inédito. Num outro contexto, bem posterior, o termo aludirá, como também já comentamos, ao ideal de uma escrita objetiva, na qual a presença do autor não seja sentida ou percebida pelo leitor.

Na época em que redigiu *Novembro*, novela que descreve o encontro do narrador com uma prostituta infeliz, Flaubert já havia tido diversas experiências sexuais, em geral com prostitutas. Mas, sobretudo, havia amado duas mulheres, ambas muito diferentes entre si, simbolizando dois pólos opostos, o amor ideal, inatingível, e o amor carnal, desfrutável. As antíteses são muito freqüentes tanto na vida no escritor como na sua obra literária, e é isso que estamos vendo neste ensaio. Relembraria, entre tantas outras, a oposição entre narrador subjetivo e objetivo, ou entre escrita fácil e escrita difícil. Em *Novembro*, o narrador afirma que, na sua imaginação, as histórias de amor estão ao lado das revoluções, as grandes paixões ao lado dos grandes crimes, e que sonha com túmulos e berços...

Voltemos, porém, ao par de mulheres da sua juventude (uma é a antítese da outra). Uma delas chamava-se Élisa Schlésinger, a outra, Eulalie Foucaud de Langlade. A primeira, encarnava a maternidade, a pureza, enquanto a segunda era a fêmea fogosa e sensual, a fonte de prazer. Da síntese de ambas, segundo Henri Troyat, biógrafo de Flaubert já citado, nasceu a figura feminina de *Novembro*, a prostituta infeliz.

Quando conheceu Élisa, Flaubert tinha 15 anos e estava passando férias na praia. Élisa, bela e graciosa, já era casada e, na ocasião, amamentava uma criança de colo. A visão do seio da jovem mãe de 26 anos é lembrada em *Novembro*. Aparentemente, Élisa não se deu conta de que despertara uma grande paixão naquele adolescente de porte atlético a quem ela tratava com gentileza, sem segundas intenções. Anos depois, eles se reencontrariam em Paris, mas jamais chegou a haver algo entre ambos. Élisa era um ser ideal, e nunca foi tocado.

Três anos após esse encontro fulminante com o seu ideal de mulher, Flaubert conheceria um outro tipo, completamente oposto e, por isso mesmo, acessível. Seu pai, julgando-o muito nervoso, ofereceu-lhe uma viagem de lazer ao sul da França e à Córsega. Passando por Marselha, Flaubert se hospedou no Hotel Richelieu, onde ficou deslumbrado com os encantos e a sensualidade da gerente, uma morena de 35 anos, casada, Eulalie Foucaud. Esta também ficou encantada com a beleza do hóspede e o introduziu no seu próprio quarto, entregando-se a ele. Flaubert conheceu no seu leito a volúpia que depois descreveria em *Novembro*, na cena em que o herói virgem se deita com a prostituta Marie. Essa noite de amor poderá ter sido a iniciação sexual do escritor ou, pelo menos, a primeira relação satisfatória, já que, se houve outras anteriormente, foram encontros furtivos com as empregadas da família, ao passo que, agora, era recebido no quarto de uma mulher que o brindava com todos os segredos do seu sexo. Segundo Troyat, as passagens eróticas de *Novembro* são de fato rememorações dos encontros amorosos no Hotel Richelieu. Esse biógrafo chega a colocar na boca de Eulalie as palavras que a prostituta Marie diz ao herói, após ouvi-lo declarar que era virgem.

Depois que Flaubert regressou a Rouen, ele e Eulalie iniciaram uma correspondência, mas ela então viajou para a América e os dois nunca mais se viram ou se escreveram. Anos mais tarde, antes de partir para o Oriente com Maxime Du Camp, Flaubert visitou o Hotel Richelieu, mas ninguém soube dar-lhe qualquer informação sobre o destino da sua amante. A mesma cena, porém tendo nesse contexto valor profético, aparece em *Novembro*: o herói volta à casa da prostituta depois da separação, mas não a encontra e tampouco consegue descobrir o seu paradeiro.

Esses dois tipos de mulher, concluiu Troyat, "uma etérea, inacessível, a outra palpável, utilizável, partilharão sua vida e sua obra". Foram elas as duas mulheres que marcaram a vida de Flaubert até o "fecho" da sua juventude, que é, conforme sabemos, justamente *Novembro*, obra na qual ambas aparecem na mesma personagem, a prostituta Marie, segundo o biógrafo citado.

Vejamos, portanto, quem é esse personagem, já bastante referido atrás.

O RETRATO DO HERÓI DESENCANTADO

Antes de falar de Marie, porém, talvez seja mais oportuno traçar rapidamente o perfil do herói de *Novembro*, pois é através de suas palavras que iremos conhecer a prostituta.

Sobre o herói, afirmou com muita propriedade Maxime Du Camp:

> "Uma análise psicológica feita por um rapaz de 21 anos

> tem motivos para ser somente a análise dos próprios sentimentos do autor. Um homem ainda muito jovem tudo exauriu ao mergulhar no devaneio, na contemplação interior, na reflexão; ele não amou, não trabalhou, não viveu; mas, recorrendo apenas ao pensamento, desgostou-se do amor, passou a desdenhar o trabalho, sente-se desencantado da existência; tudo feneceu nele, nada o pode rejuvenescer."

Esse herói, ainda virgem, anseia pelos êxtases da carne e do espírito. Vivencia alguns êxtases panteístas, como quando, passeando sozinho pelos campos, se descobre de repente em harmonia com a natureza, o cosmos. Imagina-se, noutro momento, uma águia majestosa, voando solitária bem acima dos homens e dos demais seres. Descritas com rara habilidade pelo escritor, essas cenas criam, através do ritmo ofegante da narrativa, em que as sensações e impressões se acumulam, um clima de ansiedade, de tensão, que desemboca naturalmente no êxtase, na expansão do espírito na natureza, ou na indiferença, perdendo o eu a sua identidade na contemplação da beleza ou de algum símbolo, como o pássaro citado, Mas, então, recobrando-se logo desse êxtase ou incapaz de prolongá-lo, o eu faz reflexões melancólicas, sombrias... Pois o mais negro desespero pode suceder a um êxtase louco, sendo essa uma das antíteses típicas de *Novembro*. O herói da novela chega a dizer que havia feito de si mesmo um templo para receber alguma divindade, mas que esse templo ficara vazio, a urtiga cresceu entre as pedras, os pilares estavam ruindo...

As sensações, os sentimentos se movem, se acumulam num ritmo delirante, porém o próprio narrador quase não sai do lugar e acaba tendo de renunciar ao seu desejo de trocar a Europa, a Civilização, pelo Oriente tão sonhado, lugar do verdadeiro misticismo, do sol, dos haréns... Na sua angústia, esse personagem sonhou também em aniquilar a criação, desejou dormir no Nada infinito. Porém, noutro momento, deitado sozinho no campo, foi capaz de perceber a criação como uma harmonia perfeita, acessível ao homem através do êxtase.

Ocorre então um fato novo na vida desse personagem anônimo, a descoberta da mulher como ídolo, deusa, que lhe revela um outro tipo de gozo, de êxtase — o carnal. Um êxtase composto de paixão e lágrimas. Esse encontro é assim descrito por Du Camp:

> "O acaso coloca esse infeliz em contato com uma prostituta, que é exatamente o seu contrário. A devassidão matou seus sentidos, deixando os sentimentos intactos; o corpo é sempre belo, o coração está sempre aberto ao amor, a carne está fechada às sensações. Percebe-se o que pode resultar da conjunção dessa anestesia dos sentimentos e dessa anestesia dos sentidos. Os dois seres estéreis nos seus desejos gostariam de trocar de papel, e se desesperam."

Nos parágrafos em que Flaubert narra com minúcia o desabrochar sexual de Marie, constatamos a sua grande sensibilidade para retratar a alma feminina e nos recordamos imediatamente da Senhora Emma Bovary. (Voltarei a esse assunto no final deste ensaio.)

A prostituta não salvará, porém, o herói, pois ele acabará cometendo o suicídio, ou melhor, acabará sendo morto pelo escritor, e de uma forma bastante irônica — este, depois de revelar alguns fatos a respeito da vida do herói, declara, na última parte da novela, que a morte do herói parece improvável, um suicídio inverossímil, mas que esse final devia ser tolerado numa novela... pelo amor ao maravilhoso.

Esse distanciamento dessacralizador é parente daquele outro distanciamento exigido pela objetividade exemplar com que Flaubert, anos depois, irá narrar a vida da heroína de "Um Coração Simples", mas com outro efeito. A ironia, em *Novembro*, é o instrumento que sacrificará o narrador subjetivo.

Falamos em êxtase, em desespero, em delírio. O jovem Flaubert, depois de matar seu herói em crise, mergulhará, ele próprio, em turbulências que o tirarão da carreira de advogado para sempre.

AS CRISES NERVOSAS DE FLAUBERT

Na época em que Flaubert se torna estudante de direito, suas crises nervosas se intensificam e se manifestam assustadoramente, crises que ele já vinha tendo, provavelmente, desde a adolescência. O pai de Flaubert, muito preocupado com o estado de saúde do filho, prescreve para ele um tratamento rigoroso, após diagnosticar a doença do filho como epilepsia. O próprio Flaubert, porém, refere-se a seu "mal" como "meus ataques de nervo".

Segundo o depoimento de Du Camp, as crises eram impressionantes. Repentinamente, sem nenhum motivo aparente, Flaubert levantava a cabeça e ficava pálido, muito pálido. Havia sentido a "aura", o sopro misterioso que precede a crise paroxística, conforme lemos no depoimento do seu amigo, que presenciou pelo menos uma dessas crises. O olhar ficava angustiado e Flaubert dava de ombros, um gesto de entrega ou desânimo. "Tenho uma chama no olho esquerdo", dizia. E segundos depois: "Tenho uma chama no olho direito, tudo ficou dourado." Isso durava alguns minutos. Aos poucos, seu rosto ficava branco e sua expressão desesperada; atirava-se então na cama e "lançava um lamento", declarou Du Camp, "cujo acento dilacerante ainda vibra na minha orelha, e a convulsão o agitava". Após o que Flaubert mergulhava num sono profundo.

Os tormentos do jovem Flaubert tiveram um resultado positivo para ele, pois pôde finalmente abandonar, com a anuência da família, a execrada faculdade de direito e se recolher à província, mudando-se para a casa de campo da família, em Croisset, conforme já falamos. Mas o preço era alto, e revelou outra dicotomia, outra antítese tão típica da biografia do escritor: sob a sua aparência de atleta, Flaubert escondia um doente dos nervos, um ser frágil. Embora sofresse, em certas ocasiões, crises nervosas quase diárias, sua vida provinciana era muito tranqüila, e isso era tudo que ele queria. Além de ler e escrever, Flaubert também nadava e passeava de barco no rio Sena.

Os anos se escoram sem maiores transtornos, a partir de então. Flaubert era um rapagão formidável e ativo, praticava esportes e se alimentava muito bem. Em suma, parecia finalmente estar curado, mas esse otimismo era uma ilusão.

O artista que desejava construir uma grande obra literária na solidão da província, ignorado do mundo, chegou aos 30 anos sem publicar nada e sonhando em realizar uma longa viagem pelo Oriente. O herói de *Novembro* havia indagado, antes de desaparecer: "Aonde irei? A terra é tão vasta." Mas essa viagem pelo mundo continuava sendo só um projeto, um projeto por muito tempo acalentado.

Nos anos tranqüilos de Croisset, Flaubert iniciou um romance tempestuoso com uma conhecida "poetisa" de Paris, Louise Colet. Flaubert gostava de mulheres morenas, mas se apaixonou, dessa vez, por uma mulher de cabelos louros quase cinzentos. Ambos se conheceram no ateliê do escultor Pradier, a quem o escritor fora encomendar o busto da sua irmã falecida, Caroline. Louise tinha 36 anos, Flaubert 25. Pode-se afirmar que, ao longo da vida, Flaubert apaixonou-se quase sempre por mulheres mais velhas e experientes do que ele.

Apesar dos encantos de Louise, que era, aliás, uma amante tão fogosa quanto a morena Eulalie, Flaubert não aceitou seu convite para que se mudasse para Paris: o solitário de Croisset prefere permanecer ao lado da mãe viúva, meditando sobre a sua obra futura. Recusa-se a receber Louise em sua casa e propõe que ambos só se encontrem esporadicamente, preenchendo o resto do tempo com cartas. Segundo Troyat, tudo separava esses dois seres, que só estavam de acordo na cama: "Ela é sentimental, ele amargo e céptico."

Durante um de seus encontros amorosos, Flaubert lê para ela algumas páginas de *Novembro*. Louise elogia muito a obra, mas esse cumprimento sincero não o convence a publicá-la — a novela continuará na gaveta. E não será nunca publicada, exceto após a morte do escritor.

Se os amantes só se encontram de vez em quando, a troca de cartas é assídua. Flaubert declara, numa delas, estar farto das grandes paixões, dos sentimentos exaltados, dos amores furiosos, dos desesperos espalhafatosos — tudo isso faz parte agora do mundo do herói defunto de *Novembro*. No entanto, Louise não era a amante pacífica e maternal que ele desejava — era, isso sim, passional e irascível. "Amando sobretudo a paz e o repouso", escreve-lhe Flaubert num tom queixoso, "jamais encontrei em você senão agitação, tumulto, lágrima ou cólera."

Essa relação difícil será interrompida durante as duas viagens que Flaubert fará com Maxime Du Camp.

A primeira, pelo interior da França, já mencionei atrás: ambos percorreram a pé a Bretanha e a Normandia, mas nem tudo saiu como o imaginado, pois, de repente, Flaubert teve uma das suas crises, embora mostrasse na ocasião excelente disposição de espírito e gozasse aparentemente de boa saúde. O passeio deveria robustecê-lo ainda mais. A viagem, contudo, foi retomada, após a rápida recuperação do doente, e durou três meses. Nesse intervalo, Flaubert esperou em vão uma carta da sua amada, mas ela nunca chegou. Flaubert então amaldiçoou Louise Colet, o caso dos dois parecia de uma vez por todas encerrado. Mas a verdade é que eles reataram algum tempo depois.

Em Brest, os dois viajantes encontraram a mãe e a sobrinha de Flaubert, que haviam viajado até lá para esperá-los. A mãe do escritor estava muito ansiosa para rever o filho. A partir de então, ficará cada vez mais difícil para Flaubert separar-se dela, e, enfim, ele compreenderá que viverá sempre ao seu lado e que jamais se casará.

De volta a Croisset, Flaubert retomou suas ocupações habituais e, como já sabemos, escreveu com muita dificuldade o relato da viagem pela Bretanha e Normandia: *Par les Champs et par les Grèves*. Nessa ocasião, Flaubert reaproximou-se de um colega de escola, Louis Bouilhet, que viria a ter um papel muito importante na sua carreira de escritor.

Louis Bouilhet pensara em abraçar, inicialmente, a profissão de médico e estagiara no hospital de Rouen, dirigido pelo pai de Flaubert. Mas depois desistiu da medicina e abriu uma escola nessa cidade, passando a viver modestamente como professor. Além disso, Bouilhet escrevia versos, conhecia bastante literatura e gostava de discutir estética com Flaubert.

Essa nova amizade veio preencher uma lacuna na vida de Flaubert e deu-lhe um motivo a mais para não mudar-se para Paris, onde sua amante o aguardava.

O CÂNCER DE FLAUBERT

Flaubert iniciou então a redação de uma obra ambiciosa, a *Tentação de Santo Antônio*, a última que escreveu antes de dedicar-se ao romance *Madame Bovary*. Ao contrário de todas as obras que havia escrito anteriormente, essa não ficaria na gaveta, segundo seus planos, mas seria publicada — pelo menos, era o que sentia Flaubert, mesmo antes de finalizar o texto. A obra, na forma de drama ou diálogo, teve o curioso destino que relatarei a seguir.

Tendo feito uma viagem à Argélia, Maxime Du Camp voltou a Paris cheio de entusiasmo pelo Oriente, termo que designava, para

Flaubert, a Tunísia, a Turquia, a China. A notícia reacendeu em Flaubert o desejo, já manifesto pelo herói de *Novembro*, de visitar os países quentes, o Egito, por exemplo. Os dois amigos se reencontram e discutem o projeto de realizar uma longa peregrinação pela África e pelo Oriente Médio. Quando o plano da viagem ficou pronto, Flaubert impôs uma condição: só partiria após a conclusão da *Tentação*, obra que, naquele momento, lhe consumia todas as energias e na qual trabalhava sem trégua, como um mártir.

A própria amante, Louise, fora outra vez "eliminada" da sua vida, pelo menos naquele momento. Flaubert ficou sabendo que ela engravidara e tivera uma filha, mas tinha certeza de não ser ele o pai da criança. O escritor jamais quis ter um filho, fosse com Colet ou com qualquer outra mulher. "Eu me amaldiçoaria se me tornasse pai", explicou Flaubert. O tempestuoso romance dos dois só será retomado após a viagem pelo Oriente.

Graças ao apoio do irmão do escritor, Achille, médico como o pai, a mãe de Flaubert aceitou, depois de muita relutância, dar ao filho o seu consentimento para que fizesse mais essa aventura, convencida de que ela faria bem aos seus nervos. Aceitou também pagar-lhe todas as despesas, que não seriam poucas. Flaubert precisava, agora, concluir a sua nova obra, a história do santo tentado por todas as paixões carnais e espirituais. A idéia de uma alma pura assediada pelos demônios já estava presente, como sabemos, em *Novembro*. E reaparecerá em outras obras de Flaubert.

Enquanto Du Camp aguardava que Flaubert pusesse o ponto final no texto, os preparativos para a viagem prosseguiam. Du Camp encontrou o "criado ideal", um rapaz da Córsega, chamado Sassetti, que sabia montar e desmontar tendas, cuidar de armas e de cavalos, cozinhar, lustrar botas etc., segundo o elenco de exigências impostas pelo próprio Flaubert, que continuava preso à sua escrivaninha, indiferente ao mundo ao seu redor. Além disso, conforme especificou Flaubert, o criado deveria abster-se de vinho e mulheres, durante a viagem.

Nas suas memórias, Du Camp conta que desconfiava da aparência saudável de Flaubert, por isso lhe pareceu necessário encontrar um criado muito bom para acompanhá-los nessa viagem. Uma das tarefas de Sassetti seria velar pelo escritor, para socorrê-lo caso alguma crise sobreviesse. Sassetti não era portanto um luxo, aos olhos de Du Camp e, talvez, da própria família do escritor.

Em Croisset, Flaubert dava os últimos retoques na sua obra, enquanto o paciente Du Camp, em Paris, se dedicava a aprender os rudimentos da fotografia, pois pretendia documentar toda a viagem e usar depois as fotos para ilustrar a narrativa sobre o Oriente que pretendia escrever.

Finalmente, no dia 12 de setembro de 1849, ele recebeu uma carta de Gustave, comunicando a conclusão da *Tentação*. No dia seguinte, Du Camp chegou a Croisset, onde encontrou Bouilhet já instalado no gabinete de Flaubert, pois também havia sido chamado ali pelo escritor. O manuscrito da *Tentação de Santo Antônio* tinha quase 500 páginas.

Flaubert começou então a ler para eles essa obra que lhe havia custado pouco mais de um ano de labor. O escritor estava muito satisfeito com o resultado, porém desejava conhecer a opinião de Du Camp e Bouilhet, para decidir finalmente se a publicaria ou não.

Durante quatro dias consecutivos Flaubert leu para os dois amigos as provações do santo, mas exigiu que só fizessem comentários ao final da leitura. A mãe de Flaubert estava muito ansiosa para saber qual seria o veredicto dos amigos do filho, mas certamente não os perdoaria se fosse negativo e magoasse Gustave. Foi uma leitura intensa, dividida em duas sessões diárias: do meio-dia às quatro da tarde, depois das 20 horas à meia-noite.

Na opinião de Du Camp, a obra era uma "exageração" de *Aashéverus*, de Edgar Quinet, e trazia as marcas dessa obra assim como *Novembro* trazia as de *René*, de Chateaubriand. Afirma Du Camp que Flaubert conhecia de cor ambas as obras, e estava tão impregnado delas, que as reproduzia mesmo sem o perceber. Mas se *Novembro* lhe pareceu uma obra que merecia ser publicada, o mesmo não opinou sobre a *Tentação*, na qual não conseguiu perceber nenhuma "progressão da ação", a mesma cena era vivida por diferentes personagens, que se sucediam monotonamente uns aos outros. Essa característica da obra parece hoje, ousarei dizer, muitíssimo interessante. O mesmo comentário poderia servir, de certa forma, a um romance como *Finnegans Wake* (1939), de James Joyce, onde não se pode perceber uma idéia de "progresso", de "evolução", pois sua estrutura é circular e repetitiva, como a dos sonhos e dos mitos, diria Margot Norris. Além disso, a obra sem ação, a obra estática, é um dos traços formais da arte francesa mais radical deste século, não só na literatura, mas também no cinema e na música. Bastaria citar, a esse respeito, as peças de compositores como Erik Satie, Claude Debussy, Olivier Messiaen...

Flaubert concluiu impávido a leitura do seu imenso manuscrito e pediu então a opinião dos amigos, que até esse momento o tinham ouvido com paciência. Ambos decidiram usar da franqueza e dizer exatamente o que pensavam. Bouilhet, um homem em geral tímido mas muito franco com Flaubert, resumiu a opinião comum: "Achamos que você deve jogar isso no fogo e nunca mais tocar no assunto." Flaubert soltou um grito lancinante e ficou muito abalado. Sua mãe jamais perdoou aos dois amigos do filho esse veredicto tão franco, que ela acreditava ser injusto.

Na opinião de Du Camp e Bouilhet, embora Flaubert tivesse renunciado a escrever em primeira pessoa e optado pelo mistério dialogado, a nova obra ainda estava marcada pela "efusão lírica" romântica e parecia disforme, tediosa. Opinaram que ele deveria tentar um novo tema, escolhendo um assunto banal, burguês. Foi-lhe sugerido que pensasse na hipótese de escrever a história não de um homem santo, mas a de uma ninfomaníaca que todos conheciam na região: casada, havia traído muitas vezes o marido, enchera-se de dívidas para agradar aos amantes e depois, caindo no desespero, suicidara-se, deixando um viúvo desconsolado.

Flaubert não se mostrou entusiasmado com a sugestão. Quis ainda defender a sua *Tentação*, cujo tema era elevado e do seu interesse, tão diferente do "fait divers" proposto por Louis Bouilhet. Temos aqui outra antítese tão típica da vida e da obra de Flaubert: o tema ligado à província e à pequena burguesia *versus* o tema mítico, religioso, imemorial. Enquanto concluía a *Tentação*, Flaubert sonhava em visitar o cenário dessa obra, o deserto, os rios bíblicos... Agora lhe sugeriam que concentrasse a sua atenção nos seus contemporâneos e, pior ainda, nos seus vizinhos, gente que ele nunca admirou, muito pelo contrário.

Segundo Maxime Du Camp, mais tarde Flaubert lhe confessou, ao recordar esse episódio doloroso: "Eu estava tomado pelo câncer do lirismo, vocês me operaram; já era tempo, mas eu gritei de dor."

Nesse ponto, poderíamos com certeza afirmar que, para chegar à maturidade como escritor, Flaubert teve de passar por dois rituais, ambos igualmente importantes, um encenado na sua imaginação, o outro no seu gabinete de trabalho, em Croisset. O primeiro consistiu em declarar morto o narrador subjetivo do seu relato fúnebre, *Novembro*; o segundo, mais traumático, consistiu em submeter a um julgamento crítico aquilo que, após um longo aprendizado, escreveu de mais ambicioso — e o júri foi implacável, pois decidiu pela morte da obra, pela sua destruição pelo fogo sacrifical. Flaubert não destruiu, porém, os originais da *Tentação*: ele reescreveu a obra duas vezes, nos anos que se seguiram, de modo que, hoje, existem três versões dela. Diante dos amigos, que lhe apontaram a fogueira como solução, assumiu apenas o compromisso de não publicar a obra.

E preparou as malas a fim de partir para o Oriente. Desejava afastar-se logo de Croisset e da França — precisava mudar de ares, distrair-se, ver coisas novas e tentar, assim, esquecer a sua obra malograda, ou considerada como tal por Bouilhet e Du Camp.

Falarei dessa viagem a seguir.

TRAVESTIS, PROSTITUTAS, SANTOS...

Ao mesmo tempo que tentava se resignar à idéia de que deveria, agora, tentar um assunto terra a terra, a fim de extirpar definitivamente da sua prosa a efusão lírica que emperrava o desenvolvimento da ação romanesca, Flaubert também se preparava para mergulhar num mundo que imaginava fantástico, quente, exótico — em tudo oposto ao mundo burguês que Bouilhet lhe recomendara como tema. Temos aqui outra oposição, outra antítese: o incorrigível sonhador se prepara para adentrar no assunto burguês viajando pelo deserto bíblico.

No dia 22 de outubro de 1849, Flaubert despediu-se da velha mãe mas lhe foi muito difícil separar-se dela, ambos choraram, Flaubert continuou soluçando no trem que o levou a Paris. Maxime

Du Camp se surpreendeu com a tristeza do amigo, cujas lágrimas não queriam cessar.

No dia 4 de novembro, os dois embarcaram no paquete *Le Nil*, O Nilo, com o criado Sassetti. No dia 15, desembarcaram em Alexandria.

O esperto Du Camp havia obtido para ambos, antes de partir, uma "missão oficial", que lhes pudesse abrir muitas portas no Oriente. Flaubert foi encarregado, sem remuneração, de colher informações sobre portos e caravanas para o Ministério da Agricultura e do Comércio. Quanto a Du Camp, sua "incumbência oficial" consistia em tirar fotografias para o Ministério do Interior, também sem remuneração alguma.

Dessa maneira, o trânsito de ambos pelo Oriente acabou sendo facilitado: foram sempre muito bem recebidos pelas autoridades civis e religiosas dos lugares por onde passaram. E pelas cafetinas mais célebres. Peregrinaram tanto pelos prostíbulos como pelos palácios e santuários, convivendo com paxás, sacerdotes, prostitutas e travestis, que eram grandes dançarinos — as dançarinas haviam sido todas exiladas do Cairo.

Em Jerusalém, no Santo Sepulcro, um sacerdote deu a Flaubert uma rosa, após benzê-la diante do escritor; num banho turco, no Cairo, mãos masculinas lhe acariciaram o sexo. Essas e outras experiências orientais estão descritas nas 13 cartas a Louis Bouilhet, inseridas neste volume. Adolescentes de ambos os sexos, mulheres muito jovens ou já maduras, castrados, anões, leprosos — toda uma fauna humana diversificada passou diante dos olhos do escritor ou esteve ao alcance da sua mão, para lhe dar prazer ou assunto para reflexões.

Inicialmente, Flaubert e Du Camp visitaram o Egito. Depois foram a Jerusalém, à Síria, ao Líbano. Flaubert sonhava em atravessar o deserto da Síria para visitar o Mar Cáspio, passando por Bagdá. Queria conhecer o Irã. Mas o dinheiro acabou e os dois viajantes decidiram voltar para casa. Passaram então pela Grécia e desembarcaram na Itália, encerrando a longa viagem, que durou 21 meses. Flaubert regressou a Croisset em junho de 1851.

Estava mudado fisicamente e pessimista como sempre, talvez até mais do que quando partira. Perdera muitos cabelos (por causa do medicamento prescrito para o tratamento da sua doença venérea), havia engordado bastante e passara a usar barba. Quando decidiu raspá-la, em Nápoles, ficou consternado com a face balofa que viu no espelho, achou-se ignóbil, com dois queixos e bochechas enormes. Flaubert não conseguiu perder mais seus quilos extras, continuou obeso até o fim da vida. Era bom de garfo, fazendo todos os dias refeições copiosas.

Louise Colet achou-o diferente, como já era de esperar, porém reatou com ele. Contudo, os encontros íntimos eram raros, pois Flaubert ainda preferia enviar-lhe cartas a encontrá-la pessoalmente.

Mencionei a barba de Flaubert. Ela começou a crescer no Cairo, onde ele passou dois meses, no início da viagem pelo Oriente. Os dois viajantes então subiram o Nilo num barco, e essa viagem durou alguns meses. Visitaram muitos prostíbulos e muitas ruínas, conforme Flaubert conta nas cartas que escreveu a Louis Bouilhet. No dia 11 de março de 1850, os dois viajantes atingiram a primeira catarata do Nilo. No dia 22, a segunda, a partir da qual o rio já não é navegável. Du Camp e Flaubert retornaram então ao Cairo.

Du Camp afirmou que durante toda essa longa viagem de barco Flaubert parecia entediado, apático, lia Homero ou sonhava com outras paisagens, queria, por exemplo, ir à China, como o herói de *Novembro*. "Os templos lhe pareciam sempre iguais, as mesquitas todas parecidas." Trata-se, provavelmente, de um exagero de Du Camp, cujo depoimento nem sempre é imparcial. De qualquer maneira, a leitura das cartas que Flaubert escreveu a Louis Bouilhet revelam que ele viveu intensamente seu périplo pelo Egito. É inegável, além disso, que essa viagem deu a Flaubert novos conhecimentos sobre a região, ajudando-o depois a escrever *Salammbô* (1862), por exemplo, ou o conto "Hérodias" (1877), ambos relatos situados ali, ou a reescrever *A Tentação de Santo Antônio*, cujo cenário é oriental. Du Camp acabou reconhecendo isso e comparou Flaubert a Balzac, que nas viagens não admirava nada e depois se lembrava de tudo.

Flaubert admirou as raças, as ruínas antigas, o deserto, o Nilo, mas também viu a fome, a doença, a exploração... O Oriente lhe pareceu imenso, grandioso e miserável... Flaubert percebeu a acelerada ocidentalização do Oriente (Egito e países vizinhos) e lamentou, curiosamente, a "decadência" da religião islâmica. Apropriando-me de uma expressão de Henri Troyat, que a empregou noutro contexto, diria que o escritor atravessou o Oriente dividido entre "os arrebatamentos grosseiros da carne e as aspirações seráficas da alma".

Durante todo o percurso, Flaubert não esqueceu naturalmente a dolorosa "queima sacrifical" do seu drama *A Tentação de Santo Antônio*. Mas começou também a pensar com seriedade no seu romance burguês. Foi na segunda catarata do Nilo que Flaubert gritou: "Encontrei! Heureca! Heureca! Eu a chamarei Emma Bovary." Era o batismo, na Núbia, da heroína do seu futuro romance burguês.

De volta ao Cairo, os dois amigos desejaram ver o Mar Vermelho, viajando de camelo pelo deserto. A travessia durou quatro dias. Quase pereceram de sede, pois os odres com água se quebraram na primeira noite. Nos dois dias seguintes, não conseguiram comprar o precioso líquido de nenhuma das caravanas que encontraram pelo caminho. De quinta a sábado, ficaram sem beber uma só gota. Flaubert gritava: "Sorvete de limão! Sorvete de limão!" , relembrando os verões parisienses. Du Camp ameaçou matá-lo com um tiro. Os dois ficaram sem se falar um dia, mas depois reataram a amizade. Esse foi o incidente mais grave de toda a viagem.

AS CARTAS DO ORIENTE

Enquanto percorria o Oriente, Flaubert escreveu muitas cartas à sua mãe e aos amigos que deixara na França. A Louis Bouilhet ele enviou 13 cartas, escritas numa linguagem muito franca, em que expõe suas impressões a respeito dos lugares visitados e lhe revela, em detalhes, suas experiências sexuais com ambos os sexos. Todas as antíteses da vida do escritor são ali expostas. Empregando muitas vezes termos chulos, essas cartas contêm passagens líricas, outras humoradas, alguns trechos revelam acurada observação dos costumes locais, outros trazem considerações literárias ou discutem pequenos incidentes da província natal do escritor. Flaubert expõe-se a si mesmo como jamais o fez, no mesmo instante em que reflete sobre seu romance objetivo, que deveria ser escrito por um narrador invisível.

Em algumas dessas cartas, Flaubert comenta com minúcia os poemas que Louis Bouilhet lhe havia enviado. Bouilhet escrevia versos cujo valor não sabia julgar ao certo — então os mandava a Flaubert, que os considerava invariavelmente muito bons, mas oferecia sugestões para melhorar aquilo que não o satisfazia. Bouilhet não gostava de escrever prosa (acreditava que nunca saberia quando parar), enquanto Flaubert patinava nos versos — os dois amigos eram a antítese um do outro. Se Flaubert mostrava-se em geral muito condescendente com os versos do amigo — pelo menos é essa a impressão que temos lendo as cartas em que discute a sua copiosa produção poética —, em troca Bouilhet sempre foi um crítico muito lúcido e rigoroso da prosa de Flaubert. Já relatamos o episódio sobre a *Tentação*. Além disso, foi Bouilhet quem sugeriu a Flaubert o tema de *Madame Bovary*.

O Cairo. Foto de Maxime Du Camp.

Quando Bouilhet morreu em 1869, Flaubert afirmou: "É para mim uma perda irreparável; enterrei anteontem minha consciência literária, meu cérebro, minha bússola."

Como ambos eram dessemelhantes, comentou Du Camp, um

refratário à prosa e o outro à poesia, eles se completavam um ao outro e se auxiliavam na elaboração de suas respectivas obras. Du Camp afirma que tanto *Madame Bovary* como *Salammbô* foram escritos "sous les yeux mêmes de Bouilhet". E conclui que, se ele não tivesse morrido antes da aparição de *A Educação Sentimental*, o livro teria certamente sofrido modificações. Quando Flaubert, já reinstalado em Croisset, pôs-se a redigir, no novo estilo objetivo, o livro que o lançaria e consagraria, *Madame Bovary*, "todas as páginas do romance passaram uma a uma sob os olhos de Bouilhet e foram submetidas à sua crítica implacável", afirma Maxime Du Camp.

Flaubert no Cairo. Foto atribuida a Maxime Du Camp.

As 13 cartas de Flaubert a Louis Bouilhet foram traduzidas na íntegra e incluídas neste volume como um "complemento" à tradução de *Novembro*, onde a viagem ao Oriente é anunciada e, se tivesse sido realizada, coroaria os anos de formação do herói, que ansiava pelo calor, pelo deserto, por uma vida aventurosa, entremeada de êxtases espirituais e volúpias da carne. Mas o herói, que é também o narrador do livro, foi sacrificado pelo autor que, anos depois, tomará ele próprio a estrada, perfazendo o périplo sonhado por aquele. No fundo, o herói de *Novembro* e Flaubert são a mesma pessoa, mas o primeiro é a lagarta e, o segundo, a borboleta.

Assim, este volume contém dois textos de Flaubert que se completam um ao outro, e essa escolha de ambos os textos já é uma interpretação, uma espécie de ensaio crítico que usa a tradução e o rearranjo como meios e não a argumentação acadêmica. O mesmo procedimento utilizei na minha versão para o português do livro *Sylvie and Bruno*, de Lewis Carroll, publicado por esta mesma editora sob o título *Algumas Aventuras de Sílvia e Bruno* (1997).

Regressando à França, Flaubert se dedicou finalmente a escrever a sua obra madura.

Mas essa obra que, para vir à luz, requereu dois rituais — o sacrifício do narrador subjetivo de *Novembro*, o sacrifício dos originais de *A Tentação de Santo Antônio* —, dois momentos de ruptura, portanto, seria de fato diferente de tudo que o escritor escreveu antes? Como relacionar, senão como pólos opostos, o romance moderno e a novela romântica? Haveria algum tipo de diálogo entre o narrador objetivo e o narrador subjetivo? Ou deveríamos mesmo dividir a obra de Flaubert em metades? Antes de *Madame Bovary* e depois de *Madame Bovary*?

Discutirei de passagem essas questões a seguir, sem pretender responder satisfatoriamente a todas.

A OBRA JUVENIL, A OBRA MADURA

Quando redigia a história da Sra. Bovary, Flaubert releu *Novembro*. O manuscrito continuava bem guardado na sua gaveta, mas de vez em quando era emprestado a alguns amigos. Dessa maneira, essa obra inédita teve leitores ilustres, que deram seu parecer mais do que favorável, como Baudelaire e os irmãos Goncourt. Contudo, esses cumprimentos sinceros não demoveram seu autor da decisão de não publicá-la. Numa carta a Louise Colet, ele escreveu: "Reli *Novembro* na quarta-feira, por curiosidade." E acrescentou: "Ah, como fui sagaz não publicando a obra na minha juventude! Como iria enrubescer agora!" Tinha Flaubert 32 anos e estava pronto para assumir a voz do narrador invisível, ou quase isso.

Tentei, nas páginas precedentes, mostrar como essa novela romântica se insere dentro da categoria de "autobiografia moral", locução usada por Maxime Du Camp, pois, nas suas páginas, o jovem Flaubert condensou seus sonhos, devaneios, ambições, decepções etc. Em compensação, a obra foi um estágio importante na carreira do escritor, porque narra a morte do narrador subjetivo, num ritual que acabou por afastar Flaubert da efusão lírica e lhe abriu outro campo de experimentação literária. Mas existiria mesmo um abismo, uma separação entre os dois Gustaves? Entre o autor de *Novembro* e o autor de *Madame Bovary*?

Na opinião de Maxime Du Camp, Flaubert teria tido todas as suas idéias literárias por volta dos 20 anos de idade, e dedicou os anos seguintes a dar corpo a elas, inventando o estilo mais adequado para expressá-las. Certos temas, certos projetos de livro, que só seriam realizados muito depois de *Novembro*, datam dessa época, ou são até mesmo anteriores à redação dessa novela: como a história dos dois amigos Bouvard e Pécuchet, a lenda de São Julião, a lenda de Santo Antônio. O "Dictionnaire des idées reçues" (que tem sido publicado junto com o romance *Bouvard et Pécuchet*, como um apêndice), por exemplo, foi concebido aos 20 anos. Ou seja, na juventude Flaubert já havia sonhado com algumas de suas obras maiores, obras tão importantes quanto *Madame Bovary*, que nasce, aparentemente, não dos sonhos juvenis, mas de um desafio lançado por Bouilhet.

Contudo, esse romance realista, romance de "filho de cirurgião", que na infância viu o pai dissecar cadáveres enquanto brincava com a irmãzinha no pátio do hospital de Rouen, entre nuvens de moscas, poderia já estar em germe em *Novembro*. Como observou Francis Steegmuller, na introdução à versão norte-americana de *Novembro*, o "protótipo" de Emma Bovary é o herói infeliz desta novela, que se sente sufocado em seu quarto e anseia percorrer o mundo, ter amantes, prazeres, êxtases... Além disso, há também alguma coisa de Emma Bovary na prostituta atormentada de *Novembro*, que é ao mesmo tempo o contrário e o complemento do herói.

Seja como for, dentro da rede de antíteses tão complexa que tentamos expor atrás, percebemos que os opostos se atraem, e que o herói sacrificado poderia haver retornado, em *Madame Bovary*, como a própria ninfomaníaca que era o seu oposto e lhe escapou das mãos.

O herói de *Novembro* na verdade não desapareceu da obra de Flaubert: ele seria, isso sim, o prenúncio mais óbvio da Sra. Bovary, como sugeriu Francis Steegmuller.

* * *

Enquanto revisava a minha versão de *Novembro*, pus-me a ler as passagens que mais apreciava a uma leitora entusiástica que me incentivou a continuar o trabalho e a quem só posso agora dedicar esta tradução, esperando que ela lhe agrade: Dirce Waltrick do Amarante.

Ilha de Santa Catarina

Na página 34, Flaubert. Foto de Nadar.

OBRAS CONSULTADAS

BLANCHOT, Maurice. *L'Entretien Infini.* Paris, Gallimard, 1969.

BORGES, Jorge Luis. *Ficciones.* Madri, Alianza Editorial, 1995.

———. *Discusión.* Madri, Alianza Editorial, 1997.

DU CAMP, Maxime. Souvenirs Littéraires (excertos). In Flaubert, Gustave. *Oeuvres Complètes,* t. I. Paris, Éditions du Seuil, 1964.

FLAUBERT, Gustave. *Oeuvres Complètes,* t. I e II. Paris, Édition du Seuil, 1964.

———. *Correspondance* (1830-1851). Paris, Gallimard, 1973.

GIRARD, René. *Deceit, Desire, and the Novel.* Baltimore, Johns Hopkins University Press, 1966.

LECLERC, Y. van. Préface. In Flaubert, Gustave. *Mémoires d'un Fou, Novembre et autres textes de jeunesse.* Paris, Flammarion, 1991.

ROBERT, Marthe. *En Haine du Roman* (Étude sur Flaubert). Paris, Balland, 1982.

STEEGMULLER, Francis. Introduction. In FLAUBERT, Gustave. *November,* Frank Jellinek (trad.). Nova York, Serendipity Press, 1967.

TROYAT, Henri. *Flaubert.* Paris, Flammarion, 1988

WILSON, Edmundo. *O Castelo de Axel* (Estudo sobre a Literatura Imaginativa de 1870 a 1930). São Paulo, Cultrix, s.d.

NOVEMBRO

Fragmentos num estilo qualquer

NOVEMBRO

Pour... niaiser et fantastiquer.
Montaigne

Amo o outono, essa triste estação combina com as recordações. Quando as árvores já perderam as folhas, quando o céu ainda conserva no crepúsculo o colorido avermelhado que doura a grama seca, é doce ver extinguir-se tudo o que até recentemente ardia em nós.

Retornei há pouco do meu passeio pelos campos vazios, à beira dos regatos gelados onde se contemplam os salgueiros; o vento silvava nos galhos desnudados, calava-se às vezes, depois recomeçava de súbito; então as folhinhas que restavam nas urzes tremulavam outra vez, a grama estremecia, inclinando-se para a terra, tudo parecia tornar-se mais pálido e mais gelado; no horizonte, o disco do sol desaparecia na brancura do céu e difundia ao redor de si um pouco de vida agonizante. Senti frio e quase medo.

Abriguei-me atrás de um montículo de grama, o vento havia cessado. Não sei explicar por quê, quando me encontrava lá, sentado na terra, sem pensar em nada e olhando à distância a fumaça que saía das choupanas, toda a minha vida surgiu diante de mim como um fantasma, e o amargo perfume dos dias já transcorridos me chegou com o odor da grama seca e da madeira morta; meus anos estéreis voltaram a passar diante de mim como levados pelo inverno numa tormenta lastimosa; algo terrível os fazia girar na minha recordação com mais fúria do que a brisa a espalhar as folhas pelos caminhos pacíficos; uma estranha ironia roçava-os, trazia-os de volta ao meu espetáculo, e depois tudo fugia junto e desaparecia num céu melancólico.

É uma triste estação: imagina-se que a vida se irá com o sol, o calafrio percorre vosso coração como percorre a pele, todos os ruídos se extinguem, os horizontes empalidecem, tudo irá dormir ou morrer. Foi logo a seguir que percebi alguns animais, as vacas mugiam, voltando-se para o poente, o garotinho que as tocava para a frente com uma sarça tremia dentro da roupa de pano grosseiro, os animais deslizaram na lama ao descer a encosta e esmagaram algumas maçãs deixadas na grama. O sol lançava um último adeus atrás das colinas que se confundiam, as luzes das choupanas acenderam-se no vale, e a lua, a lua do orvalho, a lua dos prantos, começou a descobrir-se entre as nuvens e a exibir seu pálido rosto.

Saboreei por muito tempo minha vida perdida; disse a mim mesmo com alegria que minha juventude havia passado, pois é uma alegria sentir o frio chegar ao nosso coração e poder dizer, apalpando-o como uma lareira ainda fumegante: ele já não arde. Evoquei outra vez, e lentamente, todos os fatos da minha vida, idéias, paixões, dias de arrebatamento, dias de luto, palpitações de esperança, grandes aflições. Revi tudo, como um homem que visita as catacumbas e olha sem pressa, dos dois lados, os mortos enfileirados. Contando os anos, entretanto, não faz muito tempo que nasci, mas possuo recordações numerosas que me oprimem tanto quanto oprimem os velhos todos os dias que viveram; parece-me, às vezes, que perduro há séculos e que meu ser encerra restos de mil existências passadas. Por que isso? Amei? Odiei? Busquei alguma coisa? Não o creio; vivi fora de todo movimento, de toda ação, sem lutar nem pela glória nem pelo prazer, nem pela ciência nem pelo dinheiro.

Ninguém jamais tomou conhecimento dos fatos que se seguirão, e tampouco aqueles que me viam todos os dias estavam mais informados do que os outros; eles eram, para mim, como o leito onde durmo, que nada sabe dos meus sonhos. E, por acaso, o coração do homem não é uma grande solidão, onde ninguém penetra? As paixões que nele crescem são como os viajantes no deserto do Saara, pois elas morrem sufocadas e seus gritos não são ouvidos além.

No colégio eu já vivia triste, ali me entediava, ardia de desejos, aspirava intensamente por uma existência insana e agitada, sonhava com todas as paixões, queria tê-las sentido todas. Depois do vigésimo ano de vida, aguardava-me todo um mundo de luzes, de perfumes; vista de longe, a vida se oferecia a mim com esplendores e ruídos triunfais; havia, como nos contos de fadas, galerias sobre galerias, onde os diamantes cintilavam sob o fogo dos lustres dourados; um nome mágico faz girar nos gonzos as portas encantadas e, à medida que se avança, o olhar mergulha em perspectivas magníficas, cujo deslumbramento faz sorrir e depois fechar os olhos.

Cobiçava vagamente alguma coisa esplêndida que não teria sabido formular numa palavra, nem expressar numa forma precisa, contudo nutria por aquilo desejo positivo, incessante. Sempre amei as coisas brilhantes. Quando criança, insinuava-me no meio da multidão à porta dos vendedores, para ver os galões vermelhos de seus criados e as fitas na rédea de seus cavalos; permanecia longamente diante da tenda dos saltimbancos, admirando suas calças tufadas e suas golas bordadas. Oh!, mas quem eu mais amava era a dançarina da corda, com seus compridos pingentes que iam e vinham em volta da cabeça e um grande colar de pedras que batia sobre o seu peito! Com quanta avidez inquieta a contemplava quando se lançava à altura dos candeeiros suspensos entre as árvores e seu vestido, bordado de lantejoulas douradas, palpitava no salto e se enchia de ar! Foram essas as primeiras mulheres que amei! Meu espírito se atormentava quando se punha a sonhar com aquelas coxas de formas estranhas, tão bem apertadas nas calças cor-de-rosa, com aqueles braços flexíveis cobertos de braceletes que estalavam nas suas costas quando estas se inclinavam para trás até tocarem o chão com as plumas do turbante. A mulher, a quem eu já me esforçava para decifrar (não existe idade em que não se sonhe com isso: quando crianças, apalpamos com sensualidade ingênua o regaço das moças que nos beijam e nos mantêm entre seus braços; aos dez anos, sonhamos com o amor; aos quinze, o amor acontece; aos sessenta, ele ainda não desapareceu, e se os mortos também sonham no seu túmulo, sonham decerto em conquistar sob a terra a tumba ao lado, para soerguer o sudário da falecida e unir-se a seu sono); a mulher era para mim, então, um mistério atraente, que perturbava a minha pobre cabeça de criança. O que eu sentia quando uma mulher fixava em mim os olhos me fazia já pressentir qualquer coisa de fatal nesse olhar comovente, capaz de dissolver a vontade humana, e ficava ao mesmo tempo fascinado e aterrorizado.

Com o que eu sonhava durante os longos serões de estudo, quando ficava a olhar, o cotovelo apoiado na minha escrivaninha, para a mecha do candeeiro que se prolongava na chama e para as gotas de óleo que caíam na tijelinha, enquanto meus colegas arranhavam as penas no papel e de tempos a tempos produziam o ruído de um livro sendo folheado ou fechado? Abandonava rapidamente os deveres, para poder consagrar-me sem estorvos a esses pensamentos queridos. De fato, eu os anunciava a mim mesmo com os atrativos de um prazer real, concentrava esforços na tarefa de sonhá-los como um poeta que, para criar alguma coisa, provocasse a inspiração; penetrava o mais fundo possível no meu pensamento, eu o examinava de todos os lados, alcançava sua essência, retornava e recomeçava; pouco depois, era uma corrida desenfreada da imaginação, um impulso prodigioso para fora do real, eu criava aventuras, compunha histórias, construía palácios, neles me alojava como um imperador, cavava todas as minas de diamante e lançava prodigamente as pedras sobre o caminho que devia percorrer.

E quando terminava o serão e todos estávamos deitados em nossos leitos brancos com cortinas brancas, e o mestre-escola passeava só em todos os sentidos pelo dormitório, era o momento em que me concentrava ainda mais em mim mesmo, escondendo com volúpia no meu peito esse pássaro que batia as asas e me infundia o seu calor! Demorava sempre muito para adormecer, escutava soarem as horas, quanto mais lentas elas transcorriam mais feliz me sentia; parecia-me que elas me empurravam para o mundo, cantando, e saudavam cada momento da minha vida, dizendo: "Para fora! Para fora! Ao futuro! Adeus! Adeus!" E quando a última vibração se extinguia, quando ela não sibilava mais nos meus ouvidos, eu me dizia: "Amanhã, soará esta mesma hora, mas amanhã será um dia a menos, estarei mais perto do lado de lá, desse alvo brilhante, do meu futuro, desse sol cujos raios me inundam e que tocarei então com as próprias mãos", mas sentia que tudo isso ainda tardaria muito a acontecer, e adormecia quase chorando.

Certas palavras me perturbavam, como *mulher* e, sobretudo, *amante*; eu buscava a explicação da primeira nos livros, nas gravuras, nos quadros, dos quais queria ser capaz de arrancar as vestes para ali então descobrir alguma coisa. No dia em que finalmente decifrei aquilo tudo, senti-me a princípio atordoado pelo prazer, que era como uma harmonia suprema, mas logo fiquei calmo e passei a viver, a partir desse momento, com mais alegria, percebia em mim uma manifestação de orgulho que me dizia que eu era homem, um ser constituído para possuir um dia uma mulher; já conhecia a razão da vida, era quase participar dela e já gozar de alguma coisa, meu desejo não ia além disso, e sentia-me satisfeito de saber o que sabia. Quanto à *amante*, era para mim um ser satânico, cuja magia do nome bastava para precipitar-me em demorados êxtases: por causa dela é que os reis arrasavam e conquistavam províncias; e também se teciam os tapetes da Índia, lavrava-se o ouro, cinzelava-se o mármore, movia-se o mundo; uma amante possui escravos com leques de plumas para enxotar as moscas enquanto ela ressona em sofás de cetim; elefantes carregados de presentes aguardam seu despertar, palanquins a transportam languidamente à beira das fontes, ela se senta em tronos, numa atmosfera radiante e perfumada, bem distante da multidão para a qual é a execração e o ídolo.

Esse mistério da mulher fora do casamento, e ainda mais mulher por causa disso, excitava-me e tentava-me com o duplo fascínio do amor e da riqueza. Acima de tudo eu amava o teatro, amava até mesmo o burburinho dos entreatos, assim como os corredores que eu percorria com o coração agitado em busca de um lugar. Se a representação já havia começado, eu subia correndo a escadaria, ouvia o som dos instrumentos, as vozes, os aplausos, e quando entrava e me sentava, o ar estava todo perfumado de um cálido odor de mulher bem-vestida, alguma coisa que cheirava a buquê de violetas, luvas brancas, lenço bordado; as galerias repletas, como muitas coroas de flores e diamantes, pareciam ficar suspensas para ouvir o canto; a atriz estava só na frente do palco e de seu peito, que subia e descia palpitante, saíam notas arrebatadas; o ritmo acelerava a sua voz e a conduzia num turbilhão melodioso, os trinados ondulavam o seu colo intumescido como o de um cisne sob os beijos do vento; ela abria os braços, gritava, chorava, emitia revelações, chamava alguma coisa com um amor inconcebível, e quando retomava o tema, parecia-me que ela arrancava o meu coração com o som da sua voz para envolvê-lo numa vibração amorosa.

Aplaudia-se a atriz, flores lhe eram lançadas, e no meu entusiasmo eu saboreava sobre a sua cabeça a adoração da multidão, o amor de todos aqueles homens e o desejo de cada um deles. Queria ser amado por ela, um amor voraz e que amedronta, um amor de princesa ou atriz que nos enche de orgulho e nos faz de imediato igual aos ricos e poderosos! Como é bela a mulher que todos aplaudem e todos invejam, aquela que oferece à multidão, para os sonhos de cada noite, a febre do desejo, aquela que só aparece à luz dos castiçais, sedutora e cantante, e que caminha no ideal de um poeta como numa estrada feita para ela! Mas ao seu amado ela dedicará um outro amor, ainda mais belo do que esse que entrega em abundância a todos os corações escancarados que nele se saciam, cantos muito mais doces, notas bem mais graves, mais amorosas, mais trêmulas! Se eu tivesse podido estar perto daqueles lábios de onde as notas saem tão puras, se tivesse podido tocar aqueles cabelos luminosos que brilhavam sob as pérolas! Porém, a ribalta parecia ser a barreira da ilusão; além, havia o universo do amor e da poesia, as paixões lá eram mais belas e mais sonoras, as florestas e os palácios se dissipavam como fumaça, as sílfides desciam dos céus, tudo cantava, tudo amava.

Sonhava com tudo isso sozinho, à noite, quando o vento silvava nos corredores, ou durante as recreações, quando se brincava nas barras ou de bola, e eu passeava ao longo da parede, pisando sobre as folhas caídas das tílias para distrair-me com o ruído dos meus pés soerguendo-as e empurrando-as.

Logo depois invadiu-me o desejo de amar, ansiava pelo amor com cobiça infinita, sonhava com seus tormentos, imaginava a cada instante uma grande dor que me teria cumulado de alegria. Várias vezes acreditei-me apaixonado, escolhia em pensamento a primeira mulher recém-chegada que julgava bela, e me dizia: "É esta que eu amo", mas a lembrança que teria desejado conservar dela empalidecia e se apagava em vez de crescer; sentia, aliás, que me esforçava para amar, que representava em meu coração uma comédia que, no entanto, não o enganava, e este fracasso me dava grande tristeza; quase lamentava os amores que não havia tido, e depois sonhava com outros, com os quais teria desejado poder preencher a alma.

Era sobretudo depois de um baile ou de uma representação teatral, ao voltar de um feriado de dois ou três dias, que eu sonhava com uma paixão. Imaginava aquela que havia escolhido, tal como a havia visto, vestida de branco, arrebatada numa valsa nos braços de um cavalheiro que a amparava e lhe sorria, ou apoiada na borda de veludo de um camarote e exibindo tranqüilamente um perfil real; o ruído das contradanças, o brilho intenso das luzes ressoavam e deslumbravam-me ainda por algum tempo, depois tudo acabava se dissolvendo na monotonia de um devaneio doloroso. Tive assim milhares de pequenas paixões, que duravam oito dias ou um mês, e que desejei prolongar por séculos; não sei dizer no que consistiam, nem qual era a meta para onde convergiam esses vagos desejos; era, creio, a necessidade de um sentimento novo, e como uma aspiração em direção a algo elevado cujo ápice eu não percebia.

A puberdade do coração precede aquela do corpo; ora, tinha eu mais necessidade de amar do que de sentir prazer, ansiava mais pelo amor do que pela volúpia. Já não me resta agora sequer a idéia desse amor da primeira adolescência, em que os sentimentos nada são e só o infinito satisfaz; situado entre a infância e a juventude, ele é a transição entre ambos e transcorre tão rápido que dele nos esquecemos.

Havia lido tantas vezes a palavra amor nos livros dos poetas, e a repetira tão freqüentemente a mim mesmo para me enfeitiçar com sua doçura, que a cada estrela que brilhava no céu azul de uma noite suave, a cada murmúrio da onda contra a costa, a cada raio do sol nas gotas de orvalho, eu me dizia: “Amo! Oh! Amo!”, e me sentia feliz, orgulhoso desse sentimento, já disposto ao devotamento mais belo. Sobretudo quando uma mulher me roçava ao passar por mim ou me olhava de frente, queria ser capaz de amá-la mil vezes mais, sofrer ainda mais, e desejava que as pequenas palpitações do meu coração me pudessem romper o peito.

Existe uma idade, como vós haveis de lembrar, leitor, em que se sorri vagamente, como se houvesse beijos no ar; em que o coração está repleto de uma brisa odorífera, o sangue pulsa quente nas veias e ali fulgura como um vinho efervescente no cálice de cristal. Acordais mais feliz e mais pleno do que na véspera, mais palpitante, mais comovido; doces fluidos sobem e descem em vós, inundando-vos encantadoramente com seu calor embriagador, as árvores contorcem suas copas ao sabor do vento em curvas lânguidas, as folhas vibram umas sobre as outras como se falassem entre si, as nuvens deslizam e abrem o céu, onde a lua sorri e do alto se mira no rio. E quando vós caminhais à noite, aspirando o odor do feno cortado, ouvindo o canto do cuco, olhando as estrelas cadentes, vosso coração, não é verdade?, vosso coração está mais puro, mais cheio de ar, de luz e de azul do que o horizonte pacífico, onde a terra toca o céu num beijo sereno. Oh!, como os cabelos das mulheres exalam perfume!, como a pele de suas mãos é suave, como seus olhares nos comovem!

Mas não se tratava mais dos primeiros deslumbramentos da infância, lembranças agitadas dos sonhos da noite passada; ao contrário, eu entrava numa vida real onde possuía meu lugar, numa harmonia imensa onde meu coração cantava um hino e vibrava magnificamente; experimentava com alegria esse desabrochar carnal, e meus sentidos despertos aumentavam meu orgulho. Como o primeiro homem criado, eu acordava enfim de um longo sono e percebia perto de mim um ser parecido comigo, mas provido de diferenças que produziam uma atração vertiginosa entre nós dois, e ao mesmo tempo sentia por essa forma nova um sentimento novo de que me orgulhava, enquanto o sol brilhava mais puro, as flores perfumavam o ar melhor do que antes, a sombra era mais doce e acariciante.

Ao mesmo tempo, percebia o desenvolvimento contínuo da minha inteligência, ela vivia com o meu coração uma vida comum. Não sei se minhas idéias eram sentimentos, mas tinham todo o calor das paixões, a alegria íntima que eu sentia no fundo do meu ser se espalhava pelo mundo e o perfumava com o excesso da minha felicidade, estava para atingir o conhecimento das volúpias supremas e, como um homem à porta da casa da amante, ali me demorava de propósito, para saborear uma esperança fundada e dizer-me: daqui a pouco eu a terei nos meus braços, ela será minha, só minha, e isso não é um sonho!

Estranha contradição! Fugia da companhia das mulheres, mas diante delas sentia um prazer delicioso; pretendia não amá-las, mas vivia em todas elas e teria desejado descobrir a essência de cada uma para unir-me à sua beleza. Seus lábios já me convidavam a outros beijos que não os maternais, envolvia-me em seus cabelos pela imaginação, e me colocava entre seus seios para ali me aniquilar numa asfixia divina; teria desejado ser o colar que lhes beijava o colo, o broche que se colava às suas espáduas, o vestido que lhes cobria inteiramente o resto do corpo. Por trás da roupa eu nada mais percebia, sob ela estava uma quantidade infinita de amor, e perdia-me então em devaneios amorosos.

Estudava nos livros as paixões que desejaria ter. Para mim, a vida humana girava em torno de duas ou três idéias, duas ou três palavras, à volta das quais todo o resto gravitava como satélites à roda de seu astro. Havia, assim, povoado meu infinito de certa quantidade de sóis de ouro e, na minha imaginação, colocava os contos de amor ao lado das belas revoluções, as grandes paixões face a face com os grandes crimes; sonhava ao mesmo tempo com as noites estreladas dos países quentes e com o abrasamento das cidades incendiadas, com as lianas das florestas virgens e com a pompa das monarquias desaparecidas; com os túmulos e os berços; com o murmúrio da vaga nos juncos, o arrulho das rolas sobre os pombais, o galho de murta e o perfume do áloe, o estalido das espadas contra as couraças, os cavalos que batem os cascos de impaciência, o ouro que reluz, as cintilações da vida, as agonias dos desesperados, tudo eu contemplava com o mesmo olhar admirado, como se fosse um formigueiro que se agitasse a meus pés. Mas, por cima dessa vida tão instável na superfície, em que ressoavam tantos gritos diferentes, surgia uma imensa amargura que era a sua síntese e a sua ironia.

À noite, no inverno, detinha-me diante das casas iluminadas onde os casais dançavam e olhava as sombras passando atrás das cortinas vermelhas, ouvia os fragores plenos de luxo, o estalido dos cristais nas bandejas, a argentaria que tinia nos pratos, e me dizia que só cabia a mim a decisão de participar dessa festa para onde todos se dirigiam, desse banquete em que todos comiam; um orgulho selvagem dali me afastava, pois considerava que minha solidão me tornava superior, e que meu coração se alargava quando mantido longe de tudo que fazia a alegria dos homens. Então retomava o meu passeio pelas ruas desertas, onde os lampiões, balançando tristemente, faziam chiar suas arandelas.

Desejava com fervor o sofrimento dos poetas, chorava com eles as suas mais belas lágrimas, e as sentia no fundo do coração, elas me comoviam, angustiavam-me, parecia-me às vezes que o entusiasmo que os poetas me transmitiam me tornava um deles e elevava-me até a sua condição; certas páginas, diante das quais outros ficavam indiferentes, extasiavam-me, injetavam-me uma impetuosidade sibilina, elas devastavam o meu espírito sem razão, eu as recitava à beira-mar, ou então, com a cabeça baixa, saía caminhando pela grama, recitando-as para mim mesmo com a voz mais apaixonada e terna.

Digno de pena é aquele não desejou as cóleras da tragédia, ou que não sabe de cor estrofes apaixonadas para repeti-las ao luar! É encantador viver assim na beleza eterna, agir como os reis, sentir as paixões na sua expressão mais sublime, amar os amores que o gênio tornou imortais.

Desde então, vivi inteiramente num ideal sem limites, em que, movendo-me livre e sem entraves, saía como uma abelha para colher em todas as coisas o alimento para sobreviver; empenhava-me em descobrir nos ruídos das florestas e das ondas palavras que os outros homens não ouviam, e aguçava o ouvido para escutar a revelação da sua harmonia; compunha com as nuvens e o sol quadros grandiosos, que nenhuma linguagem teria podido representar; e também nas ações humanas captava de repente semelhanças e antíteses cuja precisão luminosa me ofuscava a mim mesmo. Às vezes, a arte e a poesia parecem abrir seus horizontes infinitos e ambas iluminam uma à outra com o seu próprio esplendor; eu construía palácios de cobre, elevava-me eternamente num céu radioso, numa escada de nuvens mais brandas que o edredão.

A águia é uma ave altiva, que pousa nos altos cumes; abaixo, ela observa as nuvens que rolam nos vales, levando consigo as andorinhas; vê a chuva cair sobre os abetos, as pedras de mármore serem levadas pela torrente, o pastor que chama assobiando suas cabras, as camurças que saltam os precipícios. Em vão a chuva se derrama, a tempestade rompe as árvores, a torrente se precipita soluçando, a cascata se enfurece e jorra, o trovão quebra o cimo dos montes, tranqüila a águia voa acima de tudo e bate as asas; o ruído da montanha a distrai, ela solta gritos de alegria, luta contra as nuvens que correm apressadas, e sobe ainda mais alto no seu céu imenso.

Também me diverti com o ruído da tempestade e o vago zumbido dos homens que chegava a mim; vivi numa área elevada, onde meu coração inchava-se de ar puro, onde eu soltava gritos de triunfo para distrair a solidão.

Veio-me logo um invencível desgosto pelas coisas daqui de baixo. Uma manhã, senti-me maduro e cheio de experiências a respeito de mil coisas que não provara, senti indiferença pelas mais tentadoras e desdém pelas mais belas; tudo que despertava desejo nos outros em mim provocava piedade, não via nada que merecesse sequer a inquietação de um desejo, talvez minha vaidade fosse tal que me sentisse acima da vaidade comum e meu desinteresse fosse só o excesso de um ambição ilimitada. Sentia-me como um desses edifícios novos, em que o musgo começa a crescer antes mesmo de serem concluídos; as alegrias turbulentas dos meus camaradas aborreciam-me, e perante suas bagatelas sentimentais dava de ombros: alguns guardavam um ano inteiro uma velha luva branca ou uma camélia seca para cobri-la de beijos e suspiros; outros escreviam às modistas, marcavam encontros com as cozinheiras; os primeiros me pareciam tolos, os segundos ridículos. Aliás, a alta sociedade e a baixa me entediavam igualmente, era cínico com os devotos e místico com os libertinos, por isso nenhum deles me estimava.

Sendo eu virgem nessa época, sentia prazer em contemplar as prostitutas, ia à rua delas, freqüentava os lugares por onde passavam; às vezes, eu lhes falava para tentar a mim mesmo, seguia seus passos, as tocava, penetrava no perfume que elas espalhavam à sua volta; e como não me faltava impudência, acreditava estar calmo; sentia o coração vazio, e esse vazio era um abismo.

Gostava de perder-me no turbilhão das ruas; amiúde, dedicava-me a distrações estúpidas, como olhar fixamente cada transeunte para descobrir na sua aparência um vício ou uma paixão saliente. Todas essas cabeças passavam rápidas diante de mim: algumas sorriam, assobiavam ao partir, cabelos ao vento; outras estavam pálidas, outras vermelhas, outras lívidas; elas desapareciam logo pelos dois lados, deslizavam umas após as outras como as tabuletas quando estamos num veículo. Outras vezes, eu apenas olhava para os pés que iam em todas as direções, e esforçava-me para relacionar cada pé a um corpo, um corpo a uma idéia, todos esses movimentos a objetivos, e me perguntava aonde todos esses passos levavam e por que todas aquelas pessoas caminhavam. Olhava os carros de luxo desaparecerem sob os pórticos sonoros e o pesado estribo desdobrar-se com estrépito; a multidão se engolfava na porta dos teatros, eu olhava as luzes brilharem no nevoeiro e, no alto, o céu todo negro sem estrelas; no canto da rua, o músico do realejo tocava, crianças vestindo farrapos cantavam, um vendedor de frutas empurrava a sua carroça iluminada por um lampião vermelho; os cafés estavam cheios de ruídos, os espelhos brilhavam sob o fogo dos bicos de gás, as facas retiniam sobre as mesas de mármore; à porta, os pobres, tiritando, erguiam-se para ver os ricos comer, misturava-me a eles e, com um olhar semelhante, contemplava os que gozavam a vida; invejava sua alegria banal, pois há dias em que se está tão triste que se desejaria ficar ainda mais triste, chafurda-se com prazer no desespero como num caminho fácil, tem-se o coração pesado de lágrimas e sente-se prazer em chorar. Muitas vezes desejei ser miserável e usar farrapos, desejei ser atormentado pela fome, desejei sentir o sangue correr de uma ferida, desejei sentir raiva e buscar a vingança.

Que é, enfim, essa dor inquieta, de que se sente orgulho como de um talento especial e que se guarda como um amor? Vós não a dizeis a ninguém, vós a guardais para vós mesmos, vós a apertais no vosso peito com beijos cheios de lágrimas. Do que se queixar, então? E quem vos faz tão sombrios na idade em que tudo sorri? Vós não possuís amigos tão dedicados? Uma família de que vos orgulhais, botas de verniz, um casaco acolchoado etc.? Rapsódias poéticas, lembranças de leituras daninhas, hipérboles retóricas: como todas essas grandes dores sem nome, a felicidade também não seria uma metáfora inventada num dia de tédio? Duvidei disso durante muito tempo, mas agora não duvido mais.

Nada amei, e quis tanto amar! Deverei morrer sem desfrutar algo de bom. Nos dias atuais, até mesmo a vida humana ainda me oferece mil aspectos que eu apenas entrevi: nunca, por exemplo, à borda de um manancial e sobre um cavalo ofegante, ouvi o som da trompa no fundo dos bosques; nem tampouco, numa noite suave, ao aspirar o perfume das rosas, senti uma mão estremecer na minha, apertando-a em silêncio. Ah!, sou mais oco do que um tonel quebrado do qual tudo se bebeu, e onde as aranhas lançam na sombra as suas teias.

Não era, porém, a dor de Renée nem a imensidão celeste do seu desassossego, mais belo e mais prateado do que o da lua; tampouco eu viva casto como Werther ou na devassidão como Dom Juan; eu não era, em suma, nem muito puro nem muito fogoso.

Portanto, eu era igual a vós, um homem qualquer, que vive, dorme, come, bebe, chora, ri, um homem absorto em si mesmo e que encontrava dentro de si, onde quer que estivesse, as mesmas ruínas de esperanças abatidas tão logo erigidas, o mesmo pó de coisas esfaceladas, o mesmo caminho mil vezes percorrido, as mesmas profundezas inexploradas, assustadoras e aborrecidas. Não estais cansado como eu de despertar todas as manhãs e rever o sol? Cansado de viver a mesma vida, de sofrer a mesma dor? Cansado de desejar e cansado de estar desgostoso? Cansado de esperar e cansado de possuir?

Por que escrever isso? Por que continuar, com a mesma voz lastimosa, o mesmo relato fúnebre? Quando o iniciei, eu o considerava belo, mas à medida que prossigo, minhas lágrimas caem sobre o coração e me extinguem a voz.

Oh!, o pálido sol de inverno! Ele é triste como uma lembrança feliz. Estamos rodeados de sombras, percebemos nossa lareira brilhar; as brasas esparramam-se cobertas de grandes linhas negras entrecruzadas que parecem pulsar como veias animadas com outra vida; aguardamos a noite chegar.

Recordemos nossos belos dias, os dias em que éramos alegres, em que éramos muitos, em que o sol brilhava, em que os pássaros ocultos cantavam após a chuva, os dias em que passeamos no jardim; a areia molhada das alamedas, as corolas das rosas caídas nas platibandas, o ar perfumado. Por que não vivemos o bastante nossa felicidade quando a tínhamos à mão? Teria bastado, naqueles dias, pensar apenas em desfrutar e saborear longamente cada minuto para fazê-lo transcorrer mais devagar; houve também certos dias que passaram como os outros, mas dos quais me recordo com volúpia. Num dia qualquer de inverno, por exemplo, fazia muito frio, retornávamos de um passeio, e como éramos poucos, foi-nos permitido ficar ao redor do fogareiro; aquecemo-nos comodamente, tostamos nossas côdeas de pão sobre nossas réguas, a chaminé zumbia; falamos de muitas coisas: das peças que havíamos assistido, das mulheres que amávamos, da nossa saída do colégio, do que faríamos quando fôssemos adultos etc. Noutra ocasião, passei uma tarde inteira deitado de costas num campo onde margaridinhas brotavam na grama; eram amarelas, vermelhas e desapareciam no verde do prado, formavam um tapete de nuanças infinitas; o céu puro estava coberto de pequenas nuvens brancas que ondulavam como ondas redondas; observei o sol através das minhas mãos apoiadas sobre o rosto, o sol dourava as pontas dos meus dedos e tornava minha pele rosada, fechei intencionalmente os olhos para ver sob minhas pálpebras grandes manchas verdes com franjas douradas. E nalgum final de tarde, já não me lembro quando, adormeci junto de um monte de feno; quando despertei, já era noite, as estrelas brilhavam, pulsavam, as medas de feno lançavam suas sombras atrás de si, a lua tinha uma linda aparência prateada.

Como isso tudo já vai longe! Vivia eu naquele tempo? Era eu mesmo? Sou eu agora? Cada momento da minha vida está de repente separado do outro por um abismo, entre o meu ontem e o meu hoje existe uma eternidade que me apavora, a cada novo dia ocorre-me pensar que na véspera eu era menos miserável, sinto claramente que empobreci, mesmo sem poder dizer o que possuía a mais, e que a hora que passa me leva alguma coisa, espantando-me apenas de ter ainda no coração lugar para o sofrimento; mas o coração do homem é inesgotável para a tristeza: um ou dois acasos favoráveis o preenchem, todas as misérias da humanidade podem nele reunir-se e viver como hóspedes.

Se vós me tivésseis indagado o que me faltava, eu não teria sabido responder, meus desejos não tinham um objeto, minha tristeza não tinha uma causa imediata; ou melhor, havia tantos objetivos e tantas causas que eu não teria sabido mencionar qualquer um deles. Todas as paixões penetravam-me e não podiam mais sair de dentro de mim, ficavam comprimidas aqui dentro; elas inflamavam-se umas às outras como espelhos concêntricos: modesto, eu era cheio de orgulho; vivendo na solidão, eu sonhava com a glória; afastado do mundo, eu ardia de desejo de nele aparecer e brilhar; casto, eu me abandonava, nos meus sonhos diurnos e noturnos, às luxúrias mais desenfreadas, às volúpias mais ferozes. A vida que reprimia dentro de mim mesmo se contorcia no meu coração e o oprimia até sufocá-lo.

Às vezes, não suportando mais, devorado por paixões sem limites, cheio da lava ardente que escorria da minha alma, amando com um amor furioso coisas sem nome, lamentando os sonhos magníficos, tentado por todas as volúpias do pensamento, desejando todas as poesias, todas as harmonias e esmagado sob o peso do meu coração e do meu orgulho, eu sucumbia aniquilado no abismo das dores, o sangue fustigava-me o rosto, minhas artérias me aturdiam, meu peito parecia querer romper-se, não via mais nada, não sentia mais nada , eu estava bêbado, estava louco, imaginava-me um grande ser, percebia a mim mesmo como uma encarnação suprema, cuja revelação teria maravilhado o mundo; e as minhas extremas aflições eram as do próprio deus que eu trazia nas minhas entranhas. A esse deus magnífico eu imolei todas as horas da minha juventude; transformei-me num templo para conter alguma coisa divina, o templo permaneceu vazio, a urtiga cresceu entre as pedras, os pilares estão ruindo e agora os mochos aqui fazem ninhos. Não usufruindo a existência, a existência me usava, meus sonhos me fatigavam mais do que os grandes trabalhos; uma criação inteira, imóvel, não revelada a si mesma, vivia surdamente sob a minha vida; eu era um caos adormecido de mil princípios fecundos que não sabiam como manifestar-se nem o que fazer de si mesmos, todos procuravam suas formas e estavam à espera de seu molde.

Na diversidade do meu ser, eu era como uma imensa floresta das Índias, onde a vida palpita em cada átomo e surge, monstruosa ou adorável, sob cada raio de sol; o azul está cheio de perfumes e de venenos, os tigres saltam, os elefantes marcham orgulhosos como pagodes vivos, os deuses, misteriosos e disformes, são escondidos nos vãos das cavernas entre grandes bocados de ouro; e, no meio, corre o largo rio com crocodilos boquiabertos que batem sua crosta no loto da margem, e há ilhas de flores que a corrente leva junto com troncos de árvores e cadáveres esverdeados pela peste. Eu amava porém a vida, mas a vida expansiva, radiosa, alegre; eu a amava no galope furioso dos corcéis, na cintilação das estrelas, no movimento das ondas que se espalham na praia; eu a amava na pulsação dos belos peitos nus, no frêmito dos olhares amorosos, na vibração das cordas do violino, na agitação dos carvalhos, no sol poente que doura os vidros e faz pensar nos balcões da Babilônia, onde as rainhas apoiavam seus cotovelos e olhavam a Ásia.

E no meio de tudo isso eu continuava imóvel; entre tantas ações que eu observava, que até mesmo suscitava, eu permanecia inativo, tão inerte quanto uma estátua rodeada de um enxame de moscas que zumbem ao seu ouvido e percorrem o seu mármore.

Oh!, quanto eu quis ter amado, ter podido concentrar num único ponto todas as forças divergentes que incidiam em mim! Às vezes, queria a todo custo encontrar uma mulher, queria amá-la, essa mulher encerrava tudo para mim, esperava tudo dela, era meu sol poético que abriria todas as flores e coloriria todas as belezas; prometia a mim mesmo um amor divino e lhe atribuía antecipadamente uma auréola que me deslumbrava, e à primeira mulher que encontrava casualmente na multidão eu prometia a minha alma, olhava-a de uma maneira que ela compreendesse isso perfeitamente e fosse também capaz de ler nesse único olhar tudo o que eu era e me amasse. Punha meu destino nesse acaso, mas ela passava como as outras, como as precedentes, como as que viriam, e logo eu decaía, mais destruído do que uma vela de barco despedaçada pela úmida tempestade.

Após esses acessos, a vida voltava a ser para mim a eterna monotonia das horas que escoam e dos dias que retornam, aguardava a noite com impaciência, contava quantos dias ainda me restavam para chegar ao fim do mês, desejava já estar na próxima estação, nela via sorrir-me uma existência mais doce. Às vezes, para sacudir esse peso de chumbo dos ombros, para embriagar-me de ciências e idéias, tentava trabalhar, ler; abria um livro, depois um segundo, um décimo volume, e sem haver lido duas linhas de nenhum deles, eu os repelia com fastio e me conformava em dormir no tédio de sempre.

Que fazer aqui embaixo? Sonhar com o quê? Construir o quê? Diga-me, pois, vós a quem a vida diverte, vós que caminhais em direção a um objetivo e que vos afligis com algo!

Não encontrava nada que fosse digno de mim, nem tampouco me achava apto para nada. Trabalhar, tudo sacrificar a uma idéia, a uma ambição, ambição miserável e trivial, ter um lugar, um nome? Então? Para quê? Além disso, eu não amava a glória, a mais retumbante não me teria satisfeito porque jamais estaria de acordo com o meu coração.

Nasci com o desejo de morrer. Nada me parecia mais tolo do que a vida e mais vergonhoso do que agarrar-se a ela. Educado sem religião, como os homens da minha idade, eu não possuía a felicidade seca dos ateus nem a negligência irônica dos cépticos. Se algumas vezes entrei, sem dúvida por capricho, numa igreja, foi para escutar o órgão, para admirar as estatuetas de pedra nos seus nichos; mas quanto ao dogma, eu não chegava até ele; sentia-me por completo filho de Voltaire.

Percebia os outros viverem, mas de uma maneira diferente da minha: estes acreditavam, aqueles negavam, outros duvidavam, havia finalmente os que não se ocupavam de modo algum com nada disso e realizavam os seus negócios, ou seja, vendiam em suas lojas, escreviam seus livros ou vociferavam dos seus púlpitos; era o que se chama humanidade, superfície instável de seres malvados, fracos, idiotas e disformes. E eu estava no meio da multidão como uma alga solta no Oceano, perdida no meio de ondas inumeráveis que se agitavam, rugiam e me envolviam.

Desejei ser imperador pelo poder absoluto, pelo número de escravos, pelos exércitos loucos de entusiasmo; desejei ser mulher pela beleza, para poder admirar-me, despir-me, deixar pender minha cabeleira sobre os tornozelos e olhar-me nos riachos. Perdia-me despreocupado em devaneios sem limites, imaginava-me assistindo a belas festas antigas, sendo rei das Índias e indo à caça sobre um elefante branco, vendo as danças jônicas, escutando a onda grega sobre os degraus de um templo, escutando a brisa noturna nos louros-rosas do meu jardim, fugindo com Cleópatra no meu barco antigo. Ah!, quanta loucura! Como é infeliz a respigadeira que abandona sua ocupação e ergue a cabeça para ver as berlindas passar pela estrada. Ao retomar o trabalho, ela sonhará com sedas e amores principescos, não encontrará mais espigas e se recolherá sem ter feito sua colheita.

Teria sido melhor fazer como todo mundo, não levar a vida nem muito a sério nem de maneira muito leviana, escolher uma profissão e exercê-la, pegar seu bocado do bolo comum e comê-lo, afirmando que o gosto é bom, em vez de prosseguir no triste caminho que percorri sozinho; eu não estaria escrevendo isto, ou seria outra história. À medida que avanço, ela se embaralha até mesmo para mim como as perspectivas que vemos de muito longe, pois tudo passa, até a lembrança das minhas lágrimas mais ardentes, as risadas mais sonoras; bem depressa o olho seca e a boca recupera sua forma costumeira; só me resta agora a reminiscência de um longo tédio que durou vários invernos: foram dias bocejando, desejando não mais viver.

Foi por tudo isso, talvez, que me acreditei poeta; nenhuma das misérias me faltou, ai de mim!, como vós percebeis. Sim, antigamente me pareceu que possuía gênio, eu caminhava com a cabeça repleta de pensamentos magníficos, o estilo corria sob a minha pluma como o sangue nas minhas veias; ao menor contato com o belo, uma melodia pura crescia em mim tal como essas vozes aéreas, esses sons feitos pelo vento que saem das montanhas; as paixões humanas teriam vibrado maravilhosamente se eu as tivesse tocado, eu possuía na cabeça dramas prontos, cheios de cenas furiosas e de angústias enigmáticas; da infância no seu berço até a morte no seu caixão mortuário, a humanidade ressoava em mim com todos os seus ecos; às vezes, idéias grandiosas atravessavam-me de repente o espírito como, no verão, esses grandes raios mudos que iluminam uma cidade inteira, revelando todos os detalhes dos seus edifícios e dos cruzamentos de suas ruas. Isso me abalava, me deslumbrava; mas quando reconhecia em outros os pensamentos e até as próprias formas que eu havia concebido, sentia, sem transição, um desânimo sem fim; havia me considerado igual a eles e era apenas um copista! Passava então da embriaguez do gênio ao sentimento desolador da mediocridade, com todo o ódio dos reis destronados e todos os suplícios da vergonha. Durante certos dias, eu poderia jurar haver nascido para servir à Musa, outras vezes me considerava quase idiota; e assim, passando sempre de tanta grandeza a tanta baixeza, acabei, como as pessoas muitas vezes ricas e muitas vezes pobres em sua vida, por tornar-me e por permanecer miserável.

Naquele tempo, ao despertar cada manhã, parecia-me que iria dar-se, enfim, algum grande acontecimento; trazia o coração cheio de esperança como se estivesse prestes a receber de um país longínquo uma carga de felicidade; mas, o dia avançando, eu perdia toda a coragem; ao crepúsculo, sobretudo, percebia finalmente que não receberia nada. Enfim, a noite chegava e eu em deitava.

Dolorosas harmonias se estabeleciam entre mim e a natureza física. Como se oprimia o meu coração quando o vento assobiava nas fechaduras, quando os revérberos lançavam na neve o seu clarão, quando ouvia os cães ladrar para a lua!

Não encontrava nada a que me agarrar, nem o mundo, nem a solidão, nem a poesia, nem a ciência, nem a impiedade, nem a religião; entre tudo isso eu perambulava como as almas que o inferno não deseja e o paraíso rejeita. Então eu cruzava os braços, via-me como um homem morto, não me considerava mais do que uma múmia embalsamada na minha dor; a fatalidade, que me havia curvado desde a minha juventude, expandia-se pelo mundo inteiro, via-a se manifestar em todas as ações dos homens tão universalmente como o sol sobre a superfície da terra; e ela tornou-se para mim uma atroz divindade, que eu adorava como outros povos adoram o colosso animado que lhes passa sobre o ventre; eu me comprazia na minha tristeza, não fazia mais esforço para sair dela, eu a saboreava mesmo com a alegria desesperada do doente que coça uma chaga e se põe a rir quando vê sangue nas unhas.

Nasceu em mim raiva imensa contra a vida, contra os homens, contra tudo. Possuía no coração tesouros de ternura, e tornei-me mais feroz do que o tigre; desejei destruir a criação e adormecer com ela no nada infinito; e somente despertar à luz de cidades incendiadas! Desejei ouvir a agitação das ossadas que a chama faz estalar, atravessar rios repletos de cadáveres, galopar sobre populações humilhadas e as esmagar com os quatro ferros do meu cavalo, ser Gengiskhan, Tamerlão, Nero, apavorar o mundo com o franzimento das sobrancelhas.

Quanto mais tinha exaltações e alegrias, mais me fechava e metia-me comigo mesmo. Faz muito tempo já que sequei meu coração, nada de novo entra nele, está vazio como os túmulos onde os mortos apodreceram. Passei a odiar o sol, importunava-me o rumor dos rios, a visão dos bosques, nada me parecia tão tolo como o campo; tudo se obscurecia e minguava, vivi num crepúsculo perpétuo.

Às vezes, perguntava-me se não me havia enganado; reavaliava minha juventude, meu futuro, mas que juventude lamentável, que futuro vazio!

Quando queria sair do espetáculo da minha miséria e olhar o mundo, aquilo que conseguia ver lá fora eram uivos, gritos, lágrimas, convulsões, a mesma comédia encenada perpetuamente com os mesmos atores; e existem pessoas, pensava comigo mesmo, que examinam tudo isso e recomeçam a sua ocupação todas as manhãs! Apenas um grande amor poderia libertar-me, mas para mim isso era algo que não existe neste mundo, e lamentava amargamente toda a felicidade que almejara.

Então a morte me pareceu bela. Sempre a amei; ainda criança, eu a desejei só para conhecê-la, para saber o que existe num túmulo e quais são os sonhos desse sono; lembro-me de ter freqüentemente raspado o azinhavre das velhas moedas para envenenar-me, de ter ensaiado engolir alfinetes e aproximado-me da lucarna de um sótão para lançar-me na rua... Quando penso que quase todas as crianças fazem o mesmo, que elas buscam o suicídio nos seus jogos, não devo concluir que o homem, não importa o que diga, ama a morte com amor devastador? Ele lhe entrega tudo o que inventa, sai dela e retorna para ela, nada mais faz do que sonhar com ela enquanto vive, traz o germe dela no corpo, o desejo dela no coração.

É tão doce imaginar que não se existe mais! Há tanta tranqüilidade em todos os cemitérios! Lá, bem estendidos e enrolados na mortalha, os braços cruzados sobre o peito, os séculos passam sem poder despertar-vos mais do que o vento que roça a grama. Quantas vezes contemplei, nas capelas das catedrais, essas longas estátuas de pedra deitadas sobre os túmulos! A vida aqui na terra não oferece nada igual à sua calma tão profunda; elas trazem, sobre seus lábios frios, como que um sorriso vindo de dentro do túmulo, dir-se-ia que dormem, que saboreiam a morte. Não ter mais necessidade de chorar, de sentir esses abatimentos quando tudo parece que se rompe como andaimes apodrecidos, é a felicidade, a alegria sem amanhã, o sono sem despertar. Aliás, vai-se talvez a um mundo mais belo, para além das estrelas, onde o homem vive da vida da luz e dos perfumes; talvez ele seja um pouco do perfume das rosas e do frescor dos prados! Oh!, não, não, prefiro acreditar que o homem está inteiramente morto, que nada sai do caixão; e se é necessário ainda sentir alguma coisa, que seja o próprio nada, que a morte se nutre dela mesma, que se admira a si mesma; vida, só o suficiente para sentir que não se é mais.

E eu galgava o topo das torres, inclinava-me sobre os abismos, aguardava a vertigem chegar, sentia um incompreensível desejo de me arremessar, de voar no ar, de me dissipar no vento; examinava a ponta dos punhais, o cano das pistolas, eu os apoiava na minha fronte, habituava-me ao contato do seu frio e da sua extremidade; outras vezes, olhava os veículos que viravam a esquina com suas rodas muito largas moendo a poeira dos paralelepípedos; imaginava que minha cabeça seria da mesma maneira inteiramente esmagada enquanto os cavalos prosseguiriam a passo. Mas não gostaria de ser enterrado, o caixão me apavora; teria preferido, isso sim, ser depositado sobre um leito de folhas secas, no fundo dos bosques, e que meu corpo desaparecesse aos pouquinhos no bico dos pássaros e sob as chuvas tempestuosas.

Um dia, em Paris, permaneci bastante tempo sobre a Pont-Neuf; era inverno, o Sena arrastava o gelo, grandes pedaços redondos desciam lentamente a correnteza e se despedaçavam sob os arcos, o rio estava esverdeado; pensei em todos aqueles que haviam vindo ali para tomar uma decisão. Quantas pessoas haviam passado pelo lugar onde agora eu me achava parado, correndo de cabeça erguida para os seus amores ou negócios, e que haviam retornado depois, caminhando lentamente, sentindo palpitações à proximidade da morte. Aproximaram-se do parapeito, subiram nele, saltaram. Oh!, quantas misérias terminaram ali, quantas felicidades ali começaram! Que túmulo frio e úmido! Como ele se ampliou para todos! O que não há dentro dele! Estão todos lá, no fundo, girando lentamente com suas faces crispadas e seus membros azuis, cada uma dessas ondas geladas os carrega no seu sono e os arrasta lentamente para o mar.

Os velhos às vezes me olhavam com inveja, diziam-me que eu era feliz por ser jovem, que essa era a idade ideal, seus olhos escavados admiravam minha fronte pura, eles se recordavam dos seus amores e os revelavam a mim; mas eu me perguntava amiúde se, no tempo deles, a vida teria sido mais bela, e como não percebia em mim mesmo algo que eles pudessem invejar, cobiçava suas queixas, porque elas escondiam momentos felizes que eu não tivera. Todavia, eram fraquezas juvenis de dar pena! Eu ria suavemente e por qualquer motivo, como os convalescentes. Outras vezes, sentia-me tomado de ternura pelo meu cachorro e o abraçava com ardor; ou então ia rever num guarda-roupa algum traje antigo do colégio, e sonhava com o dia em que o havia estreado, com os lugares onde ele havia estado comigo, e perdia-me na lembrança de todos os dias passados. Pouco importa se as lembranças são doces, tristes, ou alegres, pouco importa! E as mais tristes são aliás as mais deleitáveis, não resumem elas o infinito? Chega-se a sonhar durante séculos com uma certa hora que não retornará mais, que passou, que está para sempre anulada, e que se resgataria a troco do futuro.

Mas essas lembranças são luzes dispersas numa vasta sala escura, elas brilham no meio das trevas; nada mais se vê além do seu brilho, o que está perto resplandece enquanto todo o resto fica ainda mais obscuro, mais coberto de sombras e de tédio.

Antes de prosseguir, é necessário que vos conte o seguinte:

Não me recordo bem do ano, foi durante umas férias, levantei-me de bom humor e olhei pela janela. O dia nascia, a lua toda branca se elevava no céu; entre as colinas, vapores cinzentos e róseos fumegavam suavemente e perdiam-se no ar; as aves cantavam no cercado. Ouvi passar atrás da casa, no caminho que leva aos campos, uma carroça cujas rodas batiam nas relheiras, os trabalhadores iam ceifar o feno; havia um tom rosado sobre a sebe, o sol brilhava por cima, sentia-se o cheiro da água e da erva.

Saí e me dirigi a X...; teria de percorrer três léguas, tomei o caminho sozinho, sem bastão, sem cachorro. Inicialmente, fiz os trechos que serpeavam entre os trigais, passei sob as macieiras, à beira das sebes; não pensava em nada, escutava os ruídos dos meus passos, a cadência dos meus movimentos embalava os pensamentos de então. Estava livre, silencioso e calmo, fazia calor; de quando em quando eu me detinha, minhas têmporas pulsavam, os grilos cantavam nos colmos, depois eu voltava a caminhar. Passei por um lugarejo onde não havia ninguém, os pátios estavam silenciosos, era, parece-me, domingo; as vacas, deitadas na grama, à sombra das árvores, ruminavam tranqüilas, movendo suas orelhas para espantar as moscas. Recordo-me que tomei um caminho no qual havia um riacho correndo sobre os seixos, os lagartos verdes e os insetos com asas douradas elevavam-se lentamente ao longo dos rebordos da estrada, funda no chão e coberta pela folhagem.

A seguir, vi-me numa planície, num campo ceifado; tinha o mar diante de mim, todo azul, o sol espalhava sobre as ondas uma profusão de pérolas luminosas, de trilhas de fogo; entre o céu azulado e o mar de um tom mais escuro, o horizonte brilhava, flamejava; a abóbada começava sobre a minha cabeça e abaixava-se atrás das ondas, que subiam até ela, compondo como que a circunferência de um infinito invisível. Deitei-me num sulco e olhei o céu, perdido na contemplação da sua beleza.

Estava num campo de trigo, ouvia as codornizes que esvoaçavam à minha volta e vinham pousar nos montículos de terra; o mar tranqüilo deixava ouvir mais um suspiro do que uma voz; o próprio sol parecia ter seu murmúrio, ele inundava tudo, seus raios me queimavam os membros, a terra me devolvia seu calor, eu estava afogado na luz, fechava os olhos e continuava a vê-la. A maresia chegava até mim trazendo o odor das algas e das plantas marinhas; às vezes, as ondas pareciam deter-se, ou vinham morrer sem ruído sobre a praia festoada de espuma como um beijo mudo. Então, no silêncio entre duas vagas, enquanto o Oceano intumescido se calava, eu ouvia o canto das codornizes por um instante, depois recomeçava o barulho do mar e, a seguir, o dos passarinhos.

Desci correndo à praia, transpondo com passos certeiros os terrenos desmoronadiços, erguia a cabeça com orgulho, respirava com altivez a brisa fresca que me secava os cabelos suados; o espírito de Deus preenchia-me, sentia meu coração engrandecido, adorava algo com uma estranha vivacidade, desejei absorver-me na luz do sol e perder-me nessa imensidão azul com o odor que subia da superfície das ondas; e sentindo-me tomado por uma alegria insensata, comecei a caminhar como se toda a felicidade dos céus houvesse penetrado na minha alma. A falésia avançava nesse lugar, toda a costa desapareceu então e nada mais vi senão o mar: as vagas subiam nos seixos miúdos e vinham até junto dos meus pés, elas espumavam sobre as rochas à superfície da água, batiam nelas com cadência, enlaçavam-nas como braços líquidos e lençóis límpidos, recuando iluminadas de azul; o vento erguia a espuma à minha volta e franzia as poças d'água formadas nas cavidades das pedras, as algas pingavam e se embalavam, ainda agitadas pelo movimento da onda que as tinha abandonado; vez ou outra, uma gaivota passava com grandes batidas de asas e subia até o topo da falésia. À medida que o mar se recolhia e seu rumor se afastava tal qual um refrão que expira, a praia se expunha diante de mim, deixando visível sobre as areias os sulcos que a água havia traçado. E compreendi então toda a felicidade da criação e toda a alegria que Deus nela colocou para o homem; a natureza pareceu-me bela como uma harmonia perfeita que o êxtase mal pode captar; alguma coisa terna como um amor e pura como a prece cresceu do fundo do horizonte, desceu do cume das rochas escarpadas, do alto dos céus; compôs-se, do rumor do Oceano, da luz do dia, algo delicioso de que me apropriei como de um domínio celeste, ali me senti viver feliz e grande como a águia que olha o sol e se eleva nos seus raios.

Então tudo me pareceu belo sobre a terra, não vi mais discórdia nem maldade; eu amava tudo, até as pedras que me fatigavam os pés, até os rochedos duros onde apoiava as mãos, até essa natureza insensível que eu supunha ouvir-me e amar-me, e eu imaginava a seguir o quanto seria doce cantar, à noite, de joelhos, cantigas ao pé de uma madona que brilha à luz dos candelabros e amar a Virgem Maria que aparece aos marinheiros, num canto do céu, tendo nos braços o doce menino Jesus.

E isso foi tudo; bem depressa lembrei-me que eu vivia, percebi quem eu era, comecei a caminhar sentindo que a minha maldição me tocava de novo, que eu voltava à humanidade; a vida tinha retornado a mim como retorna aos membros enregelados: com uma sensação de sofrimento, e embora eu sentisse uma felicidade inconcebível, sucumbi a um desânimo sem nome, e me dirigi a X...

À tarde voltei para casa, atravessei os mesmos caminhos, revi na areia as marcas dos meus pés e na grama o lugar onde me deitara, pareceu-me que havia sonhado. Existem dias em que vivemos duas existências, a segunda não é mais do que a lembrança da primeira, e eu me detinha com freqüência diante de uma moita, diante de uma árvore, na curva de uma estrada, como se lá, pela manhã, houvesse sucedido algum incidente marcante da minha vida.

Quando entrei em casa, era quase noite, as portas estavam fechadas, e os cães começaram a ladrar.

As idéias de prazer e de amor que me haviam assaltado aos 15 anos regressaram aos 18. Se vós compreendestes alguma coisa do que foi dito, deveis recordar que naquela idade eu ainda era virgem e não havia amado: no que concerne à beleza das paixões e seus clamores sonoros, os poetas forneciam temas aos meus devaneios; quanto ao prazer dos sentidos, aos gozos do corpo que os adolescentes cobiçam, eu deles conservava no coração o desejo incessante através de todas as excitações voluntárias do espírito; tal como os apaixonados almejam triunfar de seu amor entregando-se a ele continuamente, e desembaraçar-se do mesmo de tanto imaginar o que ele poderia ser, parecia-me que o meu pensamento por si só acabaria secando esse assunto e esvaziaria a tentação de tanto ali beber. Mas, retornando sempre ao ponto de onde havia partido, eu girava num círculo intransponível, nele batia em vão a cabeça, desejando estar num espaço maior; à noite, sem dúvida, sonhava com as mais belas coisas com que se pode sonhar, pois, pela manhã, tinha o coração cheio de sorrisos e de aflições deliciosas, o despertar me entristecia e esperava com impaciência o retorno do sono, para que me desse de novo esses frêmitos com que sonhava durante todo o dia, frêmitos que eu queria poder ter imediatamente e que sentia como um pavor religioso.

Então percebi que o demônio da carne vivia em todos os músculos do meu corpo e corria pelo meu sangue; deplorei a época ingênua em que tremia sob o olhar das mulheres, em que ficava admirado diante dos quadros e das estátuas; queria viver, gozar, amar, e sentia aproximar-se vagamente minha época ardente, tal como, aos primeiros dias de sol, um ardor de verão é trazido pelos ventos mornos, embora não existam ainda ervas, folhas, rosas. Como fazer? Quem amar? Quem vos amará? Quem será a grande senhora que vos quererá? A beleza sobre-humana que vos estenderá os braços? Quem contará todos os passeios solitários à beira dos riachos, todos os suspiros saídos dos corações cheios e lançados às estrelas durante as noites quentes quando o peito sufoca?

Sonhar com o amor é sonhar com tudo, é o infinito na felicidade, é o mistério na alegria. Com quanto ardor o nosso olhar vos devora, com quanta intensidade ele dardeja sobre vossas cabeças, oh, belas mulheres triunfantes! A graça e a corrupção vivem em cada um de vossos movimentos, as pregas de vossos vestidos fazem ruídos que nos afetam até a nossa essência, e emana da superfície de vosso corpo algo que nos mata e nos encanta.

Houve desde então uma palavra que me parecia a mais bela do vocabulário humano: adultério. Uma doçura delicada paira difusa sobre ela, uma magia singular a perfuma; todas as histórias que se narram, todos os livros que se lêem, todos os gestos que se fazem remetem a ela e a comentam eternamente para o coração do moço, ele se preenche dela sem razão, encontra nela uma poesia suprema, misturada de maldição e de volúpia.

Era sobretudo à proximidade da primavera, quando os lilases começam a florir e os passarinhos a cantar sob as primeiras folhas, que o meu coração era tomado pelo desejo de amar, de se dissolver inteiramente no amor, de se dedicar a algum sentimento doce e grandioso, de se extraviar até mesmo na luz e nos perfumes. Todos os anos, durante algumas horas, ainda descubro em mim uma virgindade que renasce com os brotos; mas as alegrias não reflorescem com as rosas e, nesse momento, não existe mais verde no meu coração do que sobre a estrada principal, onde o vento seco e quente fatiga os olhos, onde a poeira se eleva em turbilhões.

Entretanto, agora que me disponho a vos contar o que aconteceu comigo a seguir, no momento de vos revelar essa lembrança, tremo e hesito; é quase como rever uma antiga amante: com o coração oprimido, detemo-nos a cada degrau de sua escadaria, tememos reencontrá-la e receamos que esteja ausente. Isso também sucede àquelas idéias com as quais se conviveu muito; desejar-se-ia separar delas para sempre, e no entanto elas circulam em nós como a própria vida, o coração nelas respira como na sua atmosfera natural.

Disse que amava o sol; nos dias em que ele brilhava, a minha alma possuía antigamente algo da serenidade dos horizontes radiantes e da altivez do céu. Era então o verão — oh!, a pluma não deveria escrever isso tudo! —, fazia calor, eu saí, ninguém em casa o percebeu; havia poucas pessoas na rua, o calçamento estava seco, de quando em quando baforadas quentes se expandiam da terra e subiam à cabeça dos transeuntes, as paredes das casas enviavam reflexos abrasados, a própria sombra parecia mais ardente do que a luz. No canto das ruas, junto aos montes de imundície, os enxames de moscas zumbiam nos raios de sol, girando como uma grande roda dourada; o ângulo dos telhados se destacava vivamente em linha reta contra o azul do céu, as pedras eram negras, não havia pássaros em volta dos campanários.

Caminhava, buscando repouso, desejando uma brisa, alguma coisa que pudesse elevar-me acima da terra, arrebatar-me num turbilhão.

Abandonei o subúrbio e vi-me atrás dos jardins, onde os caminhos eram parcialmente rua e parcialmente vereda; luzes vivas perfuravam aqui e ali as ramagens das árvores, nas manchas de sombra os talos de grama se mantinham eretos, os ângulos das pedras emitiam raios, a poeira crepitava sob os pés, toda a natureza me afligia, mas o sol enfim se escondeu; surgiu uma grande nuvem como se uma tempestade fosse desabar; a tormenta que me perseguira até esse momento mudou de natureza, senti-me menos irritado, menos angustiado; não era mais uma dilaceração, mas uma falta de ar.

Deitei-me de bruços na terra, num lugar onde me parecia haver mais sombra, silêncio e noite, no lugar onde poderia melhor me ocultar, e, ofegante, mergulhei meu coração num desejo desenfreado. As nuvens estavam carregadas de voluptuosidade, elas me oprimiam e me esmagavam como um peito sobre outro peito; sentia a necessidade de um grande prazer, com mais odores do que o perfume das clêmatis e mais pungente do que o sol batendo no muro dos jardins. Oh!, se eu pudesse apertar algo entre meus braços e sufocá-lo sob o meu calor, ou mesmo dividir-me em dois, amar esse outro ser e com ele me fundir! Não era mais o desejo de um vago ideal nem a cobiça de um belo sonho desaparecido, mas, como sucede aos rios sem leito, minha paixão transbordava de todos os lados em torrentes furiosas, ela inundava o coração e o fazia repercutir em toda parte mais tumultos e vertigens do que as torrentes nas montanhas.

Visitei a margem do rio, sempre amei a água e o doce movimento das ondas que passam. A água estava tranqüila, os nenúfares brancos estremeciam ao sussurro da correnteza, as vagas se desenrolavam lentamente, avançando umas sobre as outras, e, no meio, as ilhas deixavam pender na água suas moitas verdes. A margem parecia sorrir, só se ouvia a voz das vagas.

Nesse lugar havia algumas árvores grandes, o frescor da água próxima e da sombra me deleitou, senti prazer ali. Assim como a Musa que existe dentro de nós, ao ouvir a harmonia, dilata as narinas e aspira os belos sons, alguma coisa despertou em mim para sorver uma alegria universal; olhando as nuvens que corriam no céu, o gramado aveludado da margem que os raios de sol douravam, ouvindo o rumor da água e o frêmito do topo das árvores que se mexiam mesmo sem vento, sozinho, agitado e calmo ao mesmo tempo, senti-me desfalecer de volúpia sob o peso dessa natureza amorosa, — e eu chamava o amor!, meus lábios tremiam, avançavam como se eu tivesse sentido o hálito de outra boca, minhas mãos procuravam alguma coisa para apalpar, meus olhos tentavam descobrir, na saliência de cada onda, no contorno das nuvens inchadas, um prazer, uma revelação; o desejo saía de todos os meus poros, meu coração estava terno e cheio de uma harmonia contida, e eu revolvia os cabelos em torno da cabeça, acariciava com eles o meu rosto, sentia prazer em respirar seu odor, estendia-me sobre o musgo, ao pé das árvores, desejava langores maiores; desejei ser sufocado sob rosas, desejei ser aniquilado sob beijos, ser a flor que o vento agita, a margem que o rio umedece, a terra que o sol fecunda.

A grama era tenra sob os pés, eu caminhava e cada passo me proporcionava um novo prazer, eu usufruía pela planta dos pés a suavidade da relva. As campinas, ao longe, estavam cheias de animais, de cavalos, de potros; o horizonte ecoava o som dos relinchos e dos galopes, os terrenos desciam e subiam lentamente em grandes ondulações que formavam as colinas, o rio serpenteava, desaparecia atrás das ilhas, aparecia de novo entre as ervas e os caniços. Tudo isso era belo, parecia venturoso, seguia sua lei, seu curso; só eu estava doente e agonizava cheio de desejos.

De repente fugi, voltei à cidade, cruzei as pontes; ganhei as ruas, as praças; mulheres passavam perto de mim, eram muitas, caminhavam depressa, todas surpreendentemente belas; jamais havia olhado tão de frente seus olhos que brilhavam, nem seus passos ligeiros como os das gazelas; as duquesas, inclinadas sobre as portas com brasão de suas carruagens, pareciam sorrir-me, convidar-me a amores sobre a seda; do alto de seus balcões, as senhoras envolvidas em xale avançavam para me ver e examinar, dizendo-me: "Ama-nos! Ama-nos!" Todas me amavam a seu modo, com seus olhos, com sua própria imobilidade, eu o percebia bem. Aliás, a mulher estava em toda parte, eu a acotovelava, eu a roçava, eu a respirava, o ar estava cheio de seu olor; percebia seu pescoço úmido através do xale que o cobria, as plumas do seu chapéu ondulavam quando caminhavam, seu calcanhar levantava o vestido ao passar diante mim. Quando me aproximava mais delas, suas mãos enluvadas se mexiam. Nem esta nem aquela, ou nenhuma mais do que a outra, mas todas e cada uma delas, na variedade infinita de suas formas e do desejo que lhes correspondia, estavam vestidas em vão, eu as ornamentava de imediato com uma nudez magnífica que as expunha aos meus olhos, e passando ainda ao seu lado, arrancava delas rapidamente todas as idéias voluptuosas, odores que fazem amar, roçadelas que excitam, formas que seduzem.

Sabia perfeitamente aonde me dirigia, era a uma determinada casa, numa ruazinha por onde passara muitas vezes para sentir meu coração bater; a casa possuía rótulas verdes, três degraus levavam à porta, oh!, conhecia isso de cor, eu a havia examinado tantas vezes, desviava-me do meu caminho apenas para olhar as janelas fechadas. Enfim, após uma caminhada que durou um século, entrei nessa rua, julguei-me sufocar; ninguém passava, eu avançava, avançava, sinto ainda o contato da porta que empurrei com meu ombro, ela cedeu; tive receio de que estivesse cimentada na parede, mas não, ela girou num gonzo, suavemente, sem fazer ruído.

Subi uma escadaria, uma escadaria escura, os degraus gastos agitaram-se sob os meus pés; continuei subindo, nada percebia, senti-me atordoado, ninguém me dirigiu a palavra, eu não respirava mais. Entrei finalmente num quarto, que me pareceu grande por causa da obscuridade; as janelas estavam abertas, mas as grandes cortinas amarelas, descendo até o assoalho, detinham a claridade, apenas um pálido reflexo dourado coloria o apartamento; ao fundo, uma mulher estava sentada ao lado da janela da direita. Decerto não me ouviu chegar, pois não se voltou quando entrei ali; permaneci imóvel, ocupado em observá-la.

Ela usava um vestido branco de mangas curtas, tinha o cotovelo sobre o rebordo da janela, uma mão estava próxima da boca, e parecia olhar para alguma coisa vaga e indecisa no assoalho; seus cabelos negros, alisados e trançados sobre as têmporas, reluziam como a asa de um corvo, sua cabeça estava um pouco inclinada, alguns fios de cabelo, na parte de trás, escapavam dos outros e anelavam sobre o pescoço, seu grande pente dourado e curvo era coroado por contas de coral vermelho.

Ela gritou quando me percebeu e se ergueu de um salto. Senti-me inicialmente impressionado pelo brilho de seus grandes olhos; quando pude reerguer minha fronte, abatida sob a força desse olhar, vi um rosto de uma beleza admirável: uma mesma linha reta partia do alto de sua cabeça, pela risca de seus cabelos, passava entre suas grandes sobrancelhas arqueadas, sobre seu nariz aquilino, nas narinas palpitantes e nobres como aquelas dos camafeus antigos, fendia ao meio o lábio quente, coberto por um buço azul, e depois chegava ao colo, ao colo gordo, branco, redondo; através de sua roupa fina, via a forma dos seios ir e vir segundo o movimento da sua respiração, ela se manteve assim em pé diante de mim, rodeada da luz do sol que passava através da janela amarela e ressaltava ainda mais essa veste branca e essa cabeça morena.

Por fim ela começou a sorrir, quase de piedade, docemente, e me aproximei. Não sei o que ela havia colocado nos cabelos, mas perfumava o ar, e senti o coração mais brando e mais débil do que um pêssego derretendo-se sob a língua. Ela me disse:

— O que tu tens? Vem!

E ela se sentou num longo sofá coberto por um tecido de algodão cinzento, encostado na parede; sentei-me perto dela, ela me tomou a mão, a sua era quente, permanecemos os dois bastante tempo nos olhando sem nada dizer.

Nunca havia visto uma mulher de tão perto, toda a sua beleza me rodeava, seu braço roçava o meu, as pregas do seu vestido pendiam sobre as minhas pernas, o calor do seu quadril me abrasava, esse contato me deixava sentir as ondulações do seu corpo, contemplava a redondeza da sua espádua e as veias azuis das suas têmporas. Ela me disse:

— Então!

— Então!, repeti com jovialidade, desejando sacudir essa fascinação que me fazia adormecer.

Mas me detive, estava totalmente absorto em percorrê-la com os olhos. Sem nada dizer, ela passou um braço em volta do meu corpo e me atraiu para junto de si, num abraço mudo. Então a rodeei com os meus dois braços e colei a minha boca no seu ombro, ali sorvi com delícia o meu primeiro beijo de amor, ali saboreei o longo desejo da minha juventude e reencontrei a volúpia de todos os meus sonhos; depois inclinei-me para trás, para ver melhor seu rosto; seus olhos brilhavam, inflamavam-me, seu olhar me envolvia mais do que os seus braços, senti-me perdido nele, e nossos dedos se enredaram juntos; os delas eram longos, delicados, mexiam-se na minha mão com movimentos vivos e sutis, eu teria podido esmagá-los ao menor esforço, apertei-os de propósito para senti-los por mais tempo.

Não me lembro agora do que ela disse nem do que lhe respondi, permaneci assim bastante tempo, perdido, imóvel, entregue a essa pulsação do meu coração; a cada novo minuto aumentava a minha embriaguez, a cada novo movimento algo diferente penetrava na minha alma, todo o meu corpo estremecia de impaciência, de desejo, de alegria; contudo, estava sério, mais sombrio do que jovial, grave, como que absorto em alguma coisa divina e suprema. Com a mão, ela apertou a minha cabeça contra o seu coração, mas suavemente, como se temesse esmagar-me ali.

Com um movimento dos ombros ela despiu os braços, o vestido se desprendeu; estava sem espartilho, trazia a camisa entreaberta. Era um desses colos esplêndidos onde se desejaria morrer sufocado no amor. Sentada nos meus joelhos, ela assumiu uma pose ingênua de uma criança que sonha, seu belo perfil se recortava em linhas puras; uma prega com curva adorável, sob a axila, representava como que o sorriso da sua espádua; suas costas brancas curvavam-se um pouco, como se estivesse fatigada, e seu vestido abaixado descia pelo braço, fazendo grandes dobras sobre o assoalho; ela erguia os olhos para o céu e cantarolava baixinho um refrão triste e lânguido.

Toquei no seu pente e o removi, seus cabelos se desenrolaram como uma onda, as longas mechas negras estremeceram desabando sobre os seus quadris. Passei inicialmente a minha mão por cima delas, e no seu interior, e embaixo delas; nelas mergulhei o braço, nelas banhei o rosto, angustiado. Às vezes, sentia prazer em dividi-las atrás e trazê-las para a frente a fim de ocultar os seus seios; outras vezes, eu as reunia todas entrelaçadas e as soltava, para ver sua cabeça tombar para trás e seu pescoço estender-se para a frente, ela se abandonava a isso como se estivesse morta.

De repente ela se libertou de mim, avançou os pés para fora do vestido e saltou sobre a cama com a agilidade de uma gata; o colchão afundou sob os seus pés, a cama estalou, ela repeliu bruscamente para trás as cortinas e se deitou, estendeu-me os braços, tomou-me neles. Oh!, os lençóis pareciam ainda aquecidos pelas carícias de amor que haviam sido desfrutadas entre eles.

Sua mão doce e úmida explorava o meu corpo, ela me beijava o rosto, a boca, os olhos, cada uma dessas carícias precipitadas me fazia desfalecer, ela se estendia de costas e suspirava; logo depois, semicerrava os olhos e me olhava com uma ironia voluptuosa, então, apoiando-se sobre o cotovelo, virava-se de bruços, elevava no ar os calcanhares, era só meiguices encantadoras, movimentos sutis e simples; por fim, entregando-se a mim com abandono, ela ergueu os olhos para o céu e soltou um longo suspiro que lhe agitou o corpo inteiro... Sua pele quente, palpitante, estendia-se sob mim e estremecia; uma sensação de grande prazer percorria-me o corpo dos pés à cabeça; minha boca colada à dela, nossos dedos entrelaçados, confundidos nossos corpos num mesmo estremecimento, enlaçados num único abraço, eu respirava o olor da sua cabeleira e o sopro dos seus lábios, sentia-me deliciosamente morrer. Durante algum tempo ainda permaneci, boquiaberto, a saborear a pulsação do meu coração e a última comoção dos meus nervos agitados, depois tudo me pareceu apagar-se e desaparecer.

Mas ela tampouco falava; imóvel como uma estátua de carne, seus cabelos negros e abundantes coroavam a sua cabeça pálida, e os seus braços soltos repousavam estendidos com languidez; de quando em quando um movimento convulsivo sacudia os seus joelhos e os seus quadris; no seu peito, o lugar dos meus beijos ainda estava vermelho, um som rouco e lastimoso saía da sua garganta como quando se adormece após longamente chorar e soluçar. De repente a ouvi dizer isto: "Acalmando-se os teus sentidos, se tu te tornasses mãe", mas não me lembro mais do que veio a seguir, ela cruzou as pernas e se balançou de um lado para o outro como se estivesse numa rede.

Ela passou a mão nos meus cabelos como se brincasse com uma criança e me perguntou se eu já havia tido uma amante; respondi-lhe que sim, e como ela insistisse, acrescentei que ela era bela e casada. Fez-me ainda outras perguntas: sobre meu nome, minha vida, minha família.

— E tu, eu lhe disse, já amaste?

— Amar? Não!

E deu uma gargalhada forçada que me embaraçou.

Ela ainda quis saber se a amante que eu tinha era bela, e, após um silêncio, continuou:

— Oh!, como ela deve te amar! Conta-me teu nome, sim? Teu nome.

Então eu quis saber o dela.

— Marie, respondeu, mas eu tinha outro, não era assim que me chamavam em casa.

E do resto já esqueci, tudo desapareceu, já é tão velho! Porém, há certas coisas que revejo como se tivessem acontecido ontem, seu quarto, por exemplo; revejo a coberta, gasta no meio, sobre a cama de acaju com seus ornatos em cobre e suas cortinas de seda negra brilhante que enrugavam sob os dedos, as franjas gastas. Sobre a lareira, dois vasos de flores artificiais; no meio, o pêndulo do relógio, cujo mostrador ficava suspendido entre quatro colunas de alabastro. Aqui e ali, penduradas à parede, velhas gravuras com caixilho de madeira negra, representando mulheres no banho, vindimadores, pescadores.

E ela! Ela! Sua imagem às vezes retorna, tão viva, tão precisa, reencontro novamente todos os detalhes do seu rosto, com essa extraordinária fidelidade da memória que só os sonhos nos proporcionam, quando tornamos a ver, com as suas mesmas roupas, com a sua mesma voz, nossos velhos amigos mortos há anos, e ficamos apavorados. Lembro-me tão bem que ela possuía sobre o lábio inferior, do lado esquerdo, uma pinta que surgia numa prega da pele quando sorria; ela já havia perdido o seu frescor, e o canto da sua boca se fechava de um modo amargo e fatigado.

Quando fiz menção de sair, ela se despediu:

— Adeus!

— Vamos nos rever?

— Talvez!

E então saí, o ar me reanimou, senti-me outro, pensei que se notaria pelo meu rosto que eu já não era o mesmo rapaz, caminhava lentamente, com orgulho, contente, livre, não tinha mais nada para aprender, sentir, nada para desejar na vida. Entrei em casa, havia transcorrido uma eternidade desde que saíra; subi para o meu quarto e me sentei na cama, fatigado de todo esse dia que me oprimia com peso extraordinário. Seriam sete da noite, o sol se punha, o céu estava em fogo e o horizonte todo vermelho flamejava sobre os telhados das casas; o jardim, já na sombra, enchera-se de tristeza, círculos amarelos e laranjas coloriam o canto das paredes, abaixavam-se e subiam nas moitas, a terra estava seca e cinzenta; na rua, alguns homens do povo, de braço dado com as suas mulheres, cantavam ao passar enquanto se dirigiam aos portões da cidade.

Pensava e repensava naquilo que havia feito e me sentia tomado de uma vaga tristeza, estava cheio de desgosto, enfastiado, irritado. "Mas hoje de manhã", dizia-me, "não me sentia assim, estava mais disposto, mais feliz, por quê?" A imaginação me devolvia a todas as ruas por onde havia caminhado, revi todas as mulheres que encontrara, todos os caminhos que percorrera, retornei à casa de Marie e me detive em cada detalhe da minha lembrança, sondei a fundo a minha memória para que me desse tudo que continha. O crepúsculo passou assim; a noite veio e continuei aferrado, como um velho, a esse pensamento delicioso, sentia que nada recuperaria, que outros amores poderiam vir e que eles não se assemelhariam mais àquele, esse primeiro perfume fora aspirado, sentido, esse som havia desaparecido, eu cobiçava o meu desejo e chorava a minha alegria.

Quando reavaliava a minha vida passada e presente, isto é, a expectativa que sentira ontem e o desgosto que me acabrunhava agora, já não sabia em qual canto da minha existência se havia instalado o meu coração, não sabia se sonhava ou se agia, se estava cheio de desgosto ou cheio de desejo, pois tinha ao mesmo tempo as náuseas da saciedade e o ardor das esperanças.

Então era isso amar! Era isso uma mulher! Por quê, ó meu Deus, temos ainda fome quando estamos saciados? Por que tantas aspirações e tantas decepções? Por que o coração do homem é tão imenso e a vida tão pequena? Existem dias em que o próprio amor dos anjos não lhe bastaria, e em uma hora ele se aborrece de todas as carícias terrenas.

Mas a ilusão desfeita nos deixa o seu odor mágico, e buscamos o rasto dela por todos os caminhos em que passou fugindo; agrada-nos dizer que tudo não acabou tão depressa, que a vida apenas começou, que um mundo se abre diante de nós. Com efeito, será que se despenderam tantos sonhos sublimes, tantos desejos ardentes para não se chegar lá? Ora, eu não queria renunciar a todas as belas coisas que havia imaginado. Antes de perder a virgindade, havia construído para mim mesmo outras formas mais vagas, porém mais belas, outras volúpias — menos precisas, como o desejo que me despertavam, contudo celestes e infinitas. Às imagens que criara anteriormente, e que me esforçava por evocar, misturava-se a lembrança intensa das minhas últimas sensações, e o todo se confundindo, fantasma e corpo, sonho e realidade, a mulher que eu acabara de deixar adquiriu uma dimensão sintética, onde todo o passado se condensou e de onde todo o futuro se lançou. Só e pensando nela, eu a revistei novamente em todos os sentidos, para ali encontrar algo novo, algo despercebido, inexplorado da primeira vez; o desejo de revê-la me dominou e atormentou, era como uma fatalidade que me atraía, um declive pelo qual deslizava.

Oh!, que noite linda! Fazia calor, cheguei suado à sua porta, havia luz na sua janela; ela estava acordada sem dúvida; detive-me ali, senti medo, permaneci longo tempo sem saber o que fazer, paralisado por mil angústias confusas. Novamente entrei, a minha mão deslizou uma segunda vez sobre o corrimão da sua escada e girou a chave.

Ela estava só, como pela manhã; continuava no mesmo lugar, quase na mesma postura, mas havia trocado o vestido; este era negro, o enfeite de renda que o ornava no alto estremecia sobre o colo branco, sua carne brilhava, seu rosto possuía essa palidez lasciva que dão os castiçais; a boca entreaberta, os cabelos todos soltos e caídos sobre os ombros, os olhos erguidos para o alto, ela parecia buscar alguma estrela desaparecida.

De repente, dando um pulo de alegria, ela se lançou sobre mim e me apertou nos seus braços. Foi para ambos um desses abraços palpitantes, como os que os amantes devem dar-se à noite em seus encontros, quando, após haver longamente espreitado com o olho estendido nas trevas cada passo sobre as folhas, cada forma vaga que passava na clareira, eles enfim se reencontram e se estreitam.

Ela me disse com uma voz ao mesmo tempo precipitada e doce:

— Ah!, tu me amas então, por isso voltaste? Conta, conta, ó meu coração, me amas?

Sua voz era aguda e maleável como as entonações mais altas da flauta.

Quase de joelhos, Marie me olhava com uma embriaguez sombria, mantendo-me ainda entre seus braços; quanto a mim, por mais surpreso que estivesse com essa paixão tão subitamente revelada, ela me encantava, orgulhava.

Seu vestido de cetim crepitava entre os meus dedos com o som de faíscas; às vezes, após experimentar o aveludado do tecido, sentia também a doçura quente do seu braço nu, sua roupa parecia uma parte dela própria, ela exalava a sedução da nudez mais luxuriante.

Marie quis então sentar-se nos meus joelhos, e recomeçou a sua carícia habitual, que era a de me passar a mão pelos cabelos enquanto me olhava fixamente, cara a cara, seus olhos dardejando os meus. Nessa posição imóvel, sua pupila parecia dilatar-se, dela saía um fluido que me percorria o coração; cada eflúvio desse olhar escancarado, semelhante aos círculos sucessivos que a águia descreve no ar, prendia-me cada vez mais à sua magia terrível.

— Ah!, tu me amas então, repetiu ela, tu me amas então, pois não é que voltaste para mim! Mas o que há contigo? Não me dizes nada, estás triste! Não me queres mais?

Ela calou-se e depois prosseguiu:

— Como és belo, meu anjo! És belo como o dia! Abraça-me então, ama-me! Um beijo, um beijo, rápido!

Ela se colou à minha boca e, arrulhando como uma pomba, encheu o peito do suspiro que dali retirava.

— Ah!, esta noite não é só para nós dois? Queria ter um amante parecido contigo, um amante jovem e saudável, que me amasse tanto, que só pensasse em mim. Oh!, como eu o amarei!

E lançou um desses gemidos de desejo que bem poderiam fazer Deus descer dos céus.

— Mas não tens um?, eu indaguei.

— Quem? Eu? E por acaso nós somos amadas? Pensam em nós? Quem nos irá querer? Tu mesmo, amanhã, te lembrarás de mim? Tu dirás a ti mesmo talvez só isto: "Ora, ontem, eu me deitei com uma garota", mas, brrr!, lá, lá, lá (e ela começou a dançar com os punhos na cintura, seus movimentos eram ignóbeis). Como eu danço bem! Ah, vê a minha fantasia.

Ela abriu o armário e vi, numa prancha, uma máscara negra e fitas azuis com um dominó; havia também um pantalão de veludo negro com galões dourados suspenso a um prego, restos descorados do último carnaval.

— Minha pobre fantasia, disse ela, quantos bailes! Como dancei neste inverno!

A janela estava aberta e o vento agitava a luz da vela sobre a cornija da lareira: ela pegou o castiçal e o colocou sobre a mesa-de-cabeceira. Aproximando-se da cama, sentou-se nela e pôs-se a meditar profundamente, a cabeça caída sobre o peito. Eu tampouco falava, aguardava apenas. Chegava-nos o odor quente das noites de agosto, ouvíamos, ali dentro, as árvores do bulevar agitarem-se, a cortina da janela estremecia; a tormenta durou toda a noite; várias vezes, à luz dos relâmpagos, percebi o seu rosto pálido, contraído numa expressão de tristeza lancinante; as nuvens passavam rápidas, a lua, meio oculta, aparecia por instantes num canto claro do céu circundado de nuvens sombrias.

Ela se despiu lentamente, com os movimentos regulares de uma máquina. Acercou-se de mim apenas de camisa, os pés descalços sobre o assoalho, tomou a minha mão e me conduziu ao seu leito; não me olhava, pensava em outra coisa; tinha o lábio rosa e úmido, as narinas abertas, os olhos em fogo, e parecia vibrar sob a pressão dos seus pensamentos como o instrumento musical que, mesmo na ausência do artista, deixa evaporar um secreto perfume de notas adormecidas.

Deitada ao meu lado, ela exibiu com orgulho de cortesã todos os esplendores da sua carne. Vi inteiramente nua sua garganta forte e sempre cheia como de um murmúrio tumultuoso, seu ventre de nácar, com o umbigo côncavo, seu ventre elástico e convulsivo, suave para ali mergulhar a cabeça como sobre um travesseiro de cetim quente; possuía quadris soberbos, desses verdadeiros quadris de fêmea, cujas linhas, descendo sobre uma coxa redonda, evocam sempre, de lado, não sei qual forma flexível e corrompida de serpente e de demônio; o suor que molhava a sua pele a tornava fresca e pegajosa, seus olhos brilhavam na noite de um modo terrível, e o bracelete de âmbar que ela trazia no braço direito soava quando alcançava os lambris da cama. Em momentos assim ela me dizia, mantendo a minha cabeça apertada sobre o seu coração:

— Anjo de amor, de delícias, de volúpia, de onde vens? Onde está tua mãe? Com o que sonhava ela quando te concebeu? Sonhava com a força dos leões da África ou com o perfume dessas árvores de terras longínquas, tão balsâmicas que se morre ao senti-lo? Tu não dizes nada; olha-me com teus grandes olhos, olha-me, olha-me! Tua boca, tua boca! Aqui, aqui, eis a minha!

E então seus dentes bateram como se ela sentisse muito frio, e seus lábios entreabertos tremeram e soltaram no ar palavras loucas:

— Ah!, sentirei ciúmes de ti, sim, se nos amarmos; qualquer mulher que te olhar...

E ela concluía a frase com um grito. Noutros momentos, agarrava-me com os braços rígidos e dizia-me em voz baixa que iria morrer.

— Ah!, como é formoso um homem jovem! Se eu também fosse homem, todas as mulheres me amariam, meus olhos brilhariam tanto! Eu seria tão elegante, tão belo! Tua amante te ama, não é? Eu queria conhecê-la. Onde se vêem? Na tua casa ou na dela? É durante um passeio, quando tu passas a cavalo? Tu deves ficar tão belo a cavalo! No teatro, quando todos saem e ela recebe o casaco? Ou então à noite, no jardim dela? Passam ali belas horas, não é? Conversando sob o caramanchão...

Deixei-a falar, parecia-me que ela criava com tais palavras a minha amante ideal, e eu amava esse fantasma que acabava de penetrar no meu espírito e ali brilhava mais efêmero do que um fogo-fátuo à noite no campo.

— Faz muito tempo que se conhecem? Fala-me disso um pouco. O que tu lhe dizes, para agradá-la? Ela é grande ou pequena? Ela canta?

Não pude impedir-me de dizer-lhe que ela se enganava, falei-lhe até das minhas apreensões quando decidira vir vê-la, dos remorsos, ou melhor, do estranho medo que sentira logo depois, e da mudança súbita que me havia impelido de volta para ela. Quando lhe revelei com sinceridade que jamais havia tido uma amante, que a havia procurado por todos os lugares, que a havia desejado longamente, e que enfim ela era a primeira que tinha aceito as minhas carícias, aproximou-se de mim com assombro e, segurando-me os braços, como se eu fosse uma ilusão que ela quisesse agarrar:

— Verdade?, indagou ela. Oh!, não mintas para mim. Tu és então virgem, e eu é que te deflorei, pobre anjo? Teus beijos, de fato, tinham não sei o que de ingênuo, beijos como só as crianças dariam se elas fizessem amor. Como me surpreendo contigo! Tu és encantador; quanto mais te observo, mais te amo, tua face é doce como um pêssego, tua pele, então, é toda branca, teus belos cabelos são fortes e abundantes. Ah!, como eu te amaria se tu quisesses! Pois nunca vi alguém como tu; diria que me olhas com bondade, e contudo teus olhos me queimam, sinto sempre uma vontade de me aproximar de ti, de te apertar contra mim.

Eram essas as primeiras palavras de amor que eu ouvia na vida.

Vindas não importa de onde, nosso coração as recebe com um estremecimento bem feliz. Lembrai-vos disso, vós! Eu me saciava nela com sofreguidão. Oh!, como me lançava rápido no novo céu.

— Sim, sim, beija-me muito, beija-me muito! Teus beijos me rejuvenescem, dizia ela, quero sentir o teu odor, é como o da minha madressilva no mês de junho, fresco e açucarado ao mesmo tempo; teus dentes, vejamos, são mais brancos do que os meus, não sou tão bela como tu... Ah!, como está bom, aqui!

E ela pousou a boca no meu pescoço, explorando-o com beijos ávidos, como um animal feroz no ventre de sua vítima.

— O que será que houve comigo, esta noite? Tu me deixaste toda em fogo, tenho vontade de beber e de dançar cantando. Alguma vez tu já quiseste ser um passarinho? Nós voaríamos juntos, deve ser tão doce fazer amor no ar, os ventos te impelem, as nuvens te rodeiam... Não, fica calado para que eu te olhe, para que eu te olhe longamente, assim me lembrarei sempre de ti!

— E por que isso?

— Por que isso?, repetiu ela, mas é para me lembrar de ti, para pensar em ti; pensarei em ti à noite, quando não puder dormir, de manhã, quando me despertar, pensarei em ti o dia todo, encostada na minha janela enquanto olho as pessoas, mas sobretudo ao anoitecer, quando não vemos ninguém e ainda não acendemos as velas; me recordarei do teu rosto, do teu corpo, do teu belo corpo, onde a volúpia respira, e da tua voz! Oh!, escuta, eu te peço, meu amor, deixa eu cortar uma mecha dos teus cabelos, eu a guardarei nessa pulseira, ela não me abandonará nunca mais!

E se ergueu imediatamente, trouxe a tesoura e cortou, atrás da minha cabeça, uma mecha dos meus cabelos. A pequena tesoura tinha duas lâminas pontiagudas que chiaram ao girar no eixo; sinto ainda na nuca o frio do aço e a mão de Marie.

Uma das mais belas coisas entre amantes é o ato de oferecer e permutar cabelos. Quantas belas mãos, desde que existem noites, passaram através dos balcões e doaram tranças negras! Nada de cabelos em correntes de relógio torcidas em oito, ou colados nos anéis, ou em forma de trevo nas medalhas, ou poluídos pela mão banal do cabeleireiro; eu os prefiro simples e amarrados nas duas extremidades por um fio, para não perder um só cabelo; as mechas deveriam ser retiradas pelo próprio amante da cabeça amada, nalgum momento supremo, no auge do primeiro amor, à véspera da partida. Uma cabeleira! Casaco magnífico da mulher nos dias primitivos, quando os cabelos lhe desciam até os tornozelos e lhe cobriam os braços, quando ela acompanhava o homem, caminhando ambos na margem dos grandes rios, e as primeiras brisas da criação estremeciam simultaneamente o cume das palmeiras, a juba dos leões e a cabeleira das mulheres! Amo os cabelos. Quantas vezes, nos cemitérios remexidos, ou nas velhas igrejas demolidas, eu contemplei os cabelos que apareciam na terra revolta, entre a ossada amarela e os pedaços de madeira podre! Muitas vezes o sol lançou em cima um pálido raio e eles brilharam como um veio de ouro; eu gostava de sonhar com os dias em que, reunidos todos sobre um crânio branco e untados de perfumes líquidos, alguma mão, hoje seca, deslizara sobre os fios e os estendera sobre o travesseiro, alguma boca, agora sem gengivas, os beijara no meio e mordera as pontas com soluços felizes.

Permiti que Marie me cortasse os cabelos com uma vaidade tola, tive vergonha de pedir em troca uma mecha dos seus, e, agora, quando nada tenho, nem uma luva, nem um cinto, nem sequer três corolas de rosas secas guardadas num livro, nada mais exceto a memória do amor de uma mulher da vida, deploro não haver guardado os seus cabelos.

Quando terminou, Marie deitou-se de novo ao meu lado, entrou nos lençóis toda palpitante de volúpia, tremia e se apertava a mim como uma criança; finalmente adormeceu, a cabeça pousada no meu peito.

Cada vez que eu respirava, sentia o peso da sua cabeça adormecida soerguer-se sobre o meu coração. Em qual comunhão íntima me encontrava então com esse ser desconhecido? Até aquele dia nós dois nada sabíamos um do outro, o acaso nos havia unido, estávamos ali na mesma cama, ligados por uma força sem nome; iríamos deixar-nos e nunca mais nos rever, os átomos que rolam e voam no ar conhecem encontros mais duradouros do que os que têm na terra os corações que se amam; à noite, sem dúvida, os desejos solitários se elevam e os sonhos se põem a buscar uns aos outros; aquele suspira talvez pela alma desconhecida que suspira também num outro hemisfério, sob outros céus.

Quais eram, agora, os sonhos que fluíam nessa cabeça? Sonhava ela com a sua família, com o seu primeiro amante, com o mundo, com os homens, com alguma vida rica, de uma opulência faiscante, com algum amor ardentemente desejado? Comigo, talvez! Com o olho fixo na sua fronte pálida, eu espreitava o seu sono e tentava adivinhar o sentido do som rouco que saía das suas narinas.

Chovia, eu percebia a água cair e Marie dormir; as chamas, prestes a apagar-se, crepitavam nas arandelas de cristal. A madrugada surgiu, uma linha amarela sobressaía no céu, alongava-se horizontalmente e, tingindo-se cada vez mais de ouro e vinho, enviava para dentro do apartamento uma tênue luminosidade alvacenta, irisada de roxo, que ainda brincava livremente com a noite e com o brilho das velas moribundas, refletidas no espelho.

Marie permanecia deitada sobre mim, e certas partes do seu corpo estavam na luz, outras na sombra; tendo-se agitado um pouco, sua cabeça ficou mais baixa do que os seios; o braço direito, o braço com a pulseira, pendia do leito e quase tocava o assoalho. Na mesa-de-cabeceira havia um buquê de violetas num vaso com água, eu estendi a mão, peguei-o, rompi o fio com os meus dentes e aspirei o seu perfume. O calor da véspera, sem dúvida, ou então o longo tempo decorrido desde que haviam sido colhidas, as fizera murchar, descobri nelas um olor delicado e muito particular, sorvi de cada violeta o seu perfume; como elas estavam úmidas, eu as apliquei sobre os meus olhos para me arrefecer: o meu sangue fervia e os meus membros fatigados sentiam como que uma queimadura ao tocar os lençóis. Então, não sabendo o que fazer e não desejando despertar Marie, pois sentia grande prazer em vê-la dormir, espalhei suavemente as violetas sobre o seu colo, até cobri-lo todo, e essas belas flores murchas, sob as quais elas dormia, eram o seu símbolo. De fato, apesar do seu frescor desvanecido, ou talvez devido a isso, Marie me enviava um perfume mais acre e mais penetrante; a infelicidade que devia ter-se abatido sobre ela a tornava bela, bela por causa da amargura que sua boca conservava mesmo no sono, bela devido às duas rugas que possuía atrás do pescoço, as quais sem dúvida ela ocultava durante o dia sob os cabelos. Ao ver essa mulher tão triste na volúpia e cujos próprios abraços tinham uma alegria lúgubre, eu adivinhava mil paixões terríveis que deviam tê-la marcado como o raio, a julgar pelos sinais deixados: por isso, a narração da sua vida deveria dar-me prazer, a mim que buscava na existência humana o lado sonoro e vibrante, o mundo das grandes paixões e das belas lágrimas.

Nesse momento, ela despertou, todas as violetas caíram, ela sorriu, os olhos ainda semicerrados, passou os braços ao redor do meu pescoço e deu-me um longo beijo matinal, um beijo de pomba que desperta.

Quando lhe pedi que me contasse a sua história, respondeu:

— A ti eu posso contar, sim. As outras mentiriam e começariam dizendo que não foram sempre assim, inventariam contos sobre suas famílias e sobre seus amores, mas não quero te enganar nem fingir que sou uma princesa; escuta, tu vais ver se fui feliz! Várias vezes tive vontade de me matar, sabias? Entraram certa vez no meu quarto, eu estava quase asfixiada. Oh, se eu não temesse o inferno, há tempos isso já teria acontecido. A verdade é que tenho medo de morrer; esse momento me apavora e, contudo, gostaria de estar morta!

Sou do campo, meu pai era fazendeiro. Antes da minha primeira comunhão, mandavam-me todas as manhãs guardar as vacas no pasto; ficava só o dia todo, sentava-me na beira de um fosso para dormir, ou então ia ao bosque procurar ninhos; subia em árvores como um menino, minhas roupas estavam sempre rasgadas; muitas vezes fui castigada porque roubei maçãs, ou porque deixei os animais entrarem nas terras dos vizinhos. Quando chegava o tempo da colheita, e dançava-se em círculo no pátio, eu ouvia canções que falavam de coisas que eu não compreendia, os rapazes abraçavam as moças, ria-se às gargalhadas; isso me entristecia e me fazia sonhar. Às vezes, na estrada, quando eu voltava para casa, pedia para subir numa carroça de feno, o homem me erguia e me colocava sobre feixes de forragem; acreditarás que acabei por sentir um prazer indizível em me ver erguida do chão pelas mãos fortes e robustas de um moço sólido, com o rosto queimado de sol e o peito suado? Seus braços geralmente estavam expostos até as axilas, eu adorava tocar os seus músculos que se moviam arredondando-se ou aplainando-se a cada movimento de suas mãos, e gostava quando me abraçavam, para poder sentir sua barba ralar o meu rosto. No fundo da campina, aonde ia todos os dias, havia um riachinho entre duas fileiras de choupos, nas suas margens brotavam todas as espécies de flores; fazia com elas buquês, coroas, correntes; com os grãos da sorva fazia colares, isso se tornou uma mania, eu trazia o meu avental sempre cheio deles, meu pai ralhava comigo, dizia que eu não passaria de uma mulher vaidosa. Até no meu quartinho eu os pendurara; às vezes, essa quantidade de odores me inebriava, e eu me sentia entorpecida, atordoada, gozava desse mal-estar. O odor do feno cortado, por exemplo, do feno quente e fermentado, me pareceu sempre delicioso, de tal modo que me fechava aos domingos num celeiro e passava ali toda a tarde, olhando as aranhas tecerem suas teias nas travas e ouvindo as moscas zumbirem. Vivia como uma menina ociosa, mas me tornava uma bela moça, cheia de saúde. Muitas vezes fui tomada de uma espécie de loucura, e corria, corria até cair, ou então cantava a plenos pulmões, ou falava sozinha, longamente; estranhos desejos me assaltavam, eu olhava muito as pombas fazendo amor no pombal, algumas vinham até a minha janela divertir-se ao sol e brincar na videira. À noite, ouvia ainda o bater de suas asas e o seu arrulho, o qual me parecia tão doce, tão suave, que desejava ser como as pombas e torcer o pescoço como elas fazem quando se beijam. "O que será que elas se dizem?", pensava, "pois elas não têm o ar tão feliz?", e me recordava de que vira também os cavalos correr com altivez atrás das éguas e que suas narinas se dilatavam; me recordava da alegria que fazia estremecer a lã das ovelhas à aproximação do carneiro e do murmúrio das abelhas quando se dependuravam em cachos nas árvores do pomar. No estábulo, não poucas vezes eu me esgueirei entre os animais para sentir a emanação dos seus membros, vapor de vida que eu aspirava a plenos pulmões, e para contemplar furtivamente sua nudez, para onde a fascinação atraía sempre o meu olhar perturbado. Outras vezes, no desvio do bosque, sobretudo ao crepúsculo, as próprias árvores assumiam formas singulares: ora os galhos eram braços que se elevavam ao céu, ora o tronco se contorcia como um corpo sob as rajadas da ventania. À noite, quando me despertava e havia lua e nuvens, eu via no céu coisas que me espantavam e que me davam desejo. Lembro-me de que uma vez, na véspera do Natal, vi uma giganta nua, em pé, com olhos que se moviam; ela teria talvez uns trinta metros de altura, mas se afastou, alongando-se sempre ao se adelgaçar, e acabou por se despedaçar, cada membro ficou separado dos outros, a cabeça foi a primeira coisa a fugir, todo o resto se agitava ainda. Ou então eu sonhava; e aos 10 anos já passava noites febris, noites cheias de luxúria. O que brilhava nos meus olhos, corria no meu sangue e fazia o meu coração saltar quando os meus membros se roçavam um no outro não era a luxúria? Ela cantava eternamente nos meus ouvidos cantigas voluptuosas; nas minhas visões, a carne brilhava como ouro, as formas desconhecidas agitavam-se como mercúrio derramado.

Na igreja, eu olhava o homem estendido na cruz e levantava a sua cabeça, completava os seus flancos, coloria todos os seus membros, erguia as suas pálpebras; criava à minha frente um homem belo, com olhos em chamas; libertava-o da cruz e o fazia descer até mim, sobre o altar, o incenso o circundava, ele avançava na fumaça enquanto tremores sensuais me percorriam a pele.

Quando um moço falava comigo, eu examinava os seus olhos e o modo como eles brilhavam, adorava sobretudo aqueles cujas pálpebras se moviam sempre, escondendo as pupilas e as exibindo, movimento semelhante ao mover das asas da mariposa; por trás das suas roupas, tentava surpreender o segredo do seu sexo, e interrogava a esse respeito as minhas amiguinhas. Espreitava também os beijos que meus pais trocavam, e ouvia os sons noturnos do seu leito.

Aos 12 anos, fiz a primeira comunhão: trouxeram-me da cidade um belo vestido branco, todas usávamos cintas azuis; pedi que enrolassem meus cabelos em papelotes como uma madame. Antes de sair, olhei-me no espelho, estava bonita como uma paixão, quase enamorei-me de mim mesma, desejei poder fazê-lo. Era perto da festa do *Corpus Christi*, as irmãs haviam enchido a igreja de flores que perfumavam o ar; eu mesma, durante três dias, havia trabalhado com as outras, ornamos com jasmins a mesinha em que seriam pronunciados os votos, o altar estava repleto de jacintos, o tapete cobria os degraus do coro, usávamos luvas brancas e segurávamos uma vela; sentia-me felicíssima, tinha nascido para aquilo; durante toda a missa, movi os pés sobre o tapete, pois não tínhamos disso em casa; teria apreciado deitar-me nele com o meu lindo vestido e permanecer sozinha na igreja, no meio dos círios acesos; o meu coração batia com uma nova esperança, eu aguardava a hóstia com ansiedade, ouvira dizer que a primeira comunhão nos modifica, e acreditava que, ao final do sacramento, todos os meus desejos se acalmariam. Mas não! De volta ao meu lugar, senti-me novamente em fogo; notara que me tinham olhado quando caminhei em direção ao padre, e que me haviam admirado; senti-me importante, considerei-me bela, orgulhei-me vagamente de todos os prazares escondidos em mim, os quais eu própria ignorava.

Na saída da missa, passeamos em fila no cemitério; os parentes e curiosos ficaram dos dois lados, na grama, para nos ver passar; eu caminhava à frente, era a maior. Durante o almoço, não pude comer, meu coração estava oprimido; minha mãe, que havia chorado no ofício, tinha ainda os olhos vermelhos; alguns vizinhos se aproximaram para me cumprimentar e beijaram-me com efusão, suas carícias me repugnavam. À noite, nas vésperas, havia ainda mais gente do que pela manhã. Diante de nós, ficaram os rapazes, eles nos olhavam com avidez, a mim sobretudo; mesmo quando abaixava os olhos, sentia ainda o olhar deles em mim. Tinham sido penteados, estavam tão bem vestidos quanto as meninas. Quando, concluído o primeiro dístico de um canto, eles assumiam a sua parte, a voz deles me revolvia a alma, e quando essa voz se extinguia, meu prazer expirava também, e depois crescia de novo, se recomeçavam. Pronunciei os votos; só me lembro de que falava de vestido branco e de inocência.

Maria se deteve aqui, imersa sem dúvida na emocionante lembrança que começava a dominá-la, mas retomou a narração, rindo de uma maneira desesperada:

— Ah! O vestido branco! Há muito tempo se gastou! E a inocência junto com ele! Onde estarão as outras agora? Algumas morreram, outras se casaram e tiveram filhos; não encontro mais nenhuma, não conheço ninguém. Ainda sinto vontade de escrever à minha mãe, mas me falta coragem, e depois, bah!, que estupidez, todos esses sentimentos!

Superando essa emoção, ela prosseguiu:

— Na manhã seguinte, ainda era dia de festa, um amigo da escola veio brincar comigo; minha mãe me disse: "Agora que tu és uma mocinha, não deverias mais ficar com os rapazes", e ela nos separou. Isso bastou para que eu me apaixonasse por aquele ali, eu o procurava, fiz-lhe a corte, tive vontade de fugir com ele para outro lugar, ele se casaria comigo quando eu crescesse, eu o chamava de meu marido, meu amante, mas ele estava assustado. Um dia voltávamos sozinhos do bosque, aonde fôramos colher morangos; ao passarmos perto de um monte de feno, lancei-me sobre ele e, envolvendo-o com todo o meu corpo para beijá-lo na boca, pus-me a gritar: "Ama-me, sim, nós nos casaremos, nós nos casaremos!" Ele se desembaraçou de mim e fugiu.

Depois disso, isolei-me do mundo e não saí mais da fazenda, vivia solitariamente nos meus desejos, como outros nos seus prazeres. Comentava-se que um rapaz havia raptado uma moça que lhe recusaram, eu fantasiava que era a sua amante, fugindo com ele na garupa do cavalo, através dos campos, e o apertando nos meus braços; quando se falava de um casamento, eu me deitava logo num leito branco, tremia como a noiva de receio e volúpia; invejava até os mugidos lamentosos das vacas que davam cria; e refletindo sobre a causa, sentia inveja das suas dores.

Nessa época meu pai morreu, minha mãe me levou com ela para a cidade, meu irmão foi para o exército, onde chegou a capitão. Eu tinha 16 anos quando saímos de casa; disse adeus para sempre ao bosque, ao prado onde estava o meu riacho, disse adeus ao portal da igreja, onde havia passado tantas horas agradáveis brincando ao sol, disse adeus também ao meu pobre quartinho; nunca mais revi aquilo tudo. As costureiras do bairro se tornaram minhas amigas e mostraram-me os seus namorados, acompanhava-as às festas, via os casais se amarem, e eu me entretinha à vontade com esse espetáculo. Todos os dias havia um novo pretexto para me ausentar de casa, minha mãe se deu conta disso, no início me censurou, depois me deixou tranqüila.

Finalmente, uma mulher de idade, que já me conhecia, propôs-me uma vida abastada, dizendo que havia encontrado para mim um amante muito rico, que bastaria eu sair de casa, na tarde seguinte, como se fosse levar uma encomenda a um bairro afastado, então ela me conduziria até ele.

Durante as 24 horas que se seguiram, pensei que iria enlouquecer; à medida que a hora marcada se aproximava, os minutos pareciam não passar, na minha cabeça só ecoava esta palavra: um amante!, um amante! Iria ter um amante, seria amada, iria então amar! Calcei primeiro os meus sapatos mais finos, depois, percebendo que os meus pés ficavam desgraciosos, escolhi as botas; também arranjei os cabelos de cem maneiras diferentes, em torçais, depois bandós, papelotes, tranças; à medida que me olhava no espelho, tornava-me mais bela, mas não o era o bastante, usava roupas comuns, corei de vergonha. Por que não era uma dessas mulheres muito brancas no meio dos seus veludos e rendas, exalando âmbar e rosa, com a seda que crepita e criados exuberantes? Amaldiçoei minha mãe, minha vida passada, e fugi, possuída de todas as tentações do demônio e saboreando-as antecipadamente.

Na esquina de uma rua, um fiacre nos aguardava, subimos nele; uma hora depois, o carro nos deixou junto à grade de um jardim. Passeamos ali um pouco, então percebi que a velha havia ido embora, e fiquei só, caminhando pelas alamedas. As árvores eram grandes, tinham muitas folhas, faixas de grama circundavam as platibandas com flores, jamais havia visto jardim tão belo; um riacho passava no meio, pedras, dispostas habilmente aqui e ali, formavam cascatas, cisnes recreavam-se na água e, com as asas estufadas, deixavam-se levar pela corrente. Distraí-me também olhando o viveiro de aves, onde pássaros de todas as espécies gritavam e se balançavam nas argolas; eles abriam suas caudas coloridas e passavam uns diante dos outros, era uma visão deslumbrante. Duas estátuas em mármore branco, ao pé da escadaria exterior, olhavam-se numa postura encantadora; o grande tanque em frente ficou dourado pelo sol poente e senti desejo de nele me banhar. Pensava no amante desconhecido que residia ali, esperava a qualquer momento ver algum homem belo sair de um bosquezinho e caminhar orgulhosamente como um Apolo. Após o jantar, quando se aquietaram os rumores do castelo, o meu senhor apareceu. Era um velho todo branco e magro, dentro duma roupa muito justa, com uma condecoração sobre a casaca e polainas que não lhe permitiam mover os joelhos. Possuía um grande nariz e olhinhos verdes com uma expressão malévola. Ele me abordou sorrindo, sem dentes. Para se sorrir, é preciso ter um pequeno lábio rosa como o teu, com algum buço nas duas extremidades, não é, querido anjo?

Sentamo-nos juntos num banco, ele tomou-me as mãos, achouas tão lindas que beijou cada um dos meus dedos; disse-me que se aceitasse ser sua amante, fosse boa moça e ficasse com ele, eu seria muito rica, teria criados para me servir e belos vestidos todos os dias, montaria a cavalo, passearia de carruagem; mas, dizia-me ele, era preciso amá-lo. Eu prometi que o amaria.

Contudo, não ardiam mais em mim aquelas chamas que há pouco me queimavam as entranhas à aproximação dos homens. Como permaneci ao lado dele dizendo para mim mesma que seria a sua amante, acabei por desejar isso. Quando ele me convidou para entrar, levantei-me vivamente, ele estava excitado, tremia de alegria, o velhinho! Após atravessarmos um belo salão repleto de móveis dourados, ele me conduziu ao meu quarto e quis despir-me; começou retirando a minha touca, mas decidiu então descalçar-me e foi-lhe difícil abaixar-se. "É que sou velho, minha criança", comentou. Ficou de joelhos, suplicava-me com o olhar e acrescentou, unindo as duas mãos: "Tu és tão linda!" Eu receava o que viria a seguir.

Havia uma grande cama no fundo de uma alcova, para ali ele me levou aos gritos; senti-me afogar nos edredões e colchões, seu corpo pesava sobre o meu, horrível suplício, seus lábios moles me cobriam de beijos frios, o teto do quarto me aniquilava. Como ele estava feliz! Como delirava! Tentando também sentir prazer, eu despertava o dele, segundo parecia; mas o que me importava o prazer dele! Era o meu que faltava, era o meu que eu desejava e tentava aspirar da sua boca oca e dos seus membros débeis, exigia-o de todo esse velho. E reunindo num esforço incrível o que eu ainda possuía de lubricidade contida, não obtive senão o desgosto na minha primeira noite de devassidão.

Mal ele saiu, levantei-me, abri a janela e deixei o ar refrescar-me a pele; desejei que o oceano me pudesse purificar, refiz meu leito, desfiz com cuidado todos os lugares onde esse cadáver me havia importunado com suas convulsões. Chorei a noite toda; desesperada, urrava como um tigre castrado. Ah!, se tu tivesses aparecido, então! Se nós nos tivéssemos conhecido naquela época! Se tu tivesses a minha idade, aí sim é que nos teríamos amado, aos 16 anos, quando meu coração era novo! Toda a nossa vida teria transcorrido assim, meus braços seriam usados para te apertar em mim e meus olhos para mergulhar nos teus!

Ela prosseguiu:

— Agora madame, levantava-me ao meio-dia, minha criada me seguia por toda parte, tinha à minha disposição uma caleche onde me deitava sobre almofadas; o meu cavalo de raça saltava maravilhosamente bem sobre os troncos das árvores e a pluma negra do meu chapéu de amazona agitava-se com graça; mas tendo-me enriquecido de um dia para o outro, todo esse luxo me excitava em vez de me apaziguar. Logo fiquei conhecida, isso criou uma rivalidade, meus amantes faziam mil loucuras para me agradar, todas as noites eu lia as cartas doces do dia, buscava nelas a expressão nova de algum coração diferente dos outros e feito para mim. Mas todos se pareciam, eu já sabia o fim das suas frases e o modo como eles cairiam de joelhos; dois deles repeli por capricho e ambos se mataram, sua morte não me comoveu, por que morrer? Por que não tentaram, ao contrário, possuir-me a qualquer preço? Se eu amasse um homem, não haveria mares tão grandes nem muros tão altos que me pudessem impedir de alcançá-lo. Como eu seria capaz, caso fosse homem, de corromper os guardas, de subir às janelas durante a noite e de sufocar sob a minha boca os gritos da minha vítima, para ser traída todas as manhãs pelas minhas expectativas da véspera!

Expulsava meus amantes com raiva e escolhia outros, a uniformidade do prazer me desesperava. Então corria em sua perseguição com frenesi, sempre buscando gozos novos e magnificamente sonhados, como os marinheiros angustiados que bebem a água do mar e não podem deixar de fazê-lo, tanta é a sua sede!

Finos e grosseirões, eu quis saber se eram todos iguais; provei a paixão dos homens de mãos brancas e gordas, com cabelos pintados e colados sobre as têmporas; tive pálidos adolescentes, louros, efeminados como garotas, que desfaleciam sobre mim; os velhos me mancharam com seus gozos decrépitos e contemplei, ao despertar, seu peito fundo e seus olhos baços. Sobre um banco de madeira, numa taberna de aldeia, entre um copo de vinho e um cachimbo aceso, o homem do povo também me beijou com violência; senti como ele uma alegria grosseira e assumi maneiras fáceis; mas a canalha não faz amor melhor do que os fidalgos nem o feixe de palha é mais quente do que os sofás. Para torná-los mais ardentes, devoteime a alguns como uma escrava, mas eles não me amaram melhor; pelos tolos cometi baixezas infames, mas eles só me odiavam e me desprezavam, quando eu teria podido multiplicar as minhas carícias e inundá-los de felicidade. Acreditando que as pessoas disformes poderiam amar melhor do que as outras, e que as naturezas raquíticas se agarravam à vida pela volúpia, entreguei-me aos corcundas, aos negros, aos anões; dediquei-lhes noites que deixariam enciumados os milionários, mas eu os amedrontava, talvez, pois me abandonavam depressa. Nem os pobres nem os ricos, sequer os feios puderam saciar o amor que eu lhes pedia; todos, fracos, lânguidos, concebidos no tédio, monstros feitos por paralíticos, a quem o vinho embriaga e a mulher mata, temendo morrer nos meus lençóis como se morre na guerra, não houve um só que não se fatigasse depois da primeira hora. Já não existem pois sobre a terra esses jovens divinos dos tempos antigos! Tampouco Baco, tampouco Apolo, ou esses heróis que caminhavam nus, coroados de pâmpanos e louros! Nasci para ser a amante de um imperador, sim! Precisava do amor de um bandido, sobre uma rocha dura e sob um sol da África; desejei o enlace das serpentes e os abraços com bramidos que se dão os leões.

Nessa época, eu lia muito; dois livros em particular reli cem vezes: *Paulo e Virgínia*, e um outro, intitulado *Os crimes das rainhas*. Neste contava-se a vida de Messalina, de Teodora, de Margarida de Borgonha, de Maria Stuart e de Catarina II. "Ser rainha, dizia-me, e enfeitiçar o povo!" Então, fui rainha, rainha como é possível ser hoje; entrando no meu camarote, eu passeava pelo público um olhar triunfante e provocador, mil cabeças seguiam o movimento das minhas sobrancelhas, tudo eu conquistava pela insolência da minha beleza.

Cansada porém de sempre procurar um amante e de desejá-lo cada vez mais ardentemente, fiz do vício um suplício que me era caro e acabei nesse lugar, o coração inflamado como se ainda possuísse uma virgindade para vender; fina, resignei-me a viver mal; opulenta, a dormir na miséria, pois descendo tão baixo já não aspirava talvez a sempre subir; à medida que meus órgãos se gastassem, meus desejos sem dúvida se acalmariam; queria assim anulá-los completamente e abominar para sempre o que desejara com tanto fervor. Sim, eu que havia tomado banho de morangos e leite vim deitar-me aqui sobre o catre comum onde a gentalha passa; em vez de ser a amante de um só, tornei-me a criada de todos, e que rude era o meu senhor! Não tive mais fogo no inverno nem vinho nas minhas refeições, há um ano uso o mesmo vestido, isso não importa! A minha profissão não é a de viver nua? Mas meu último pensamento, minha última esperança, tu conheces? Oh! Meu desejo era encontrar um dia aquilo que jamais havia visto, o homem que sempre me fugiu, que persegui no leito dos elegantes, no balcão dos teatros; quimera que só existe no meu coração e que desejo ter nas mãos; um belo dia, essa era a minha esperança, alguém viria sem dúvida — alguém que avança no meio dessa multidão —, mais alto, mais nobre, mais forte do que os outros; ele terá os olhos dilatados dos sultões, sua voz terá uma melodia lasciva, seus membros terão a flexibilidade terrível e voluptuosa dos leopardos, ele exalará odores que fazem desfalecer, e seus dentes morderão com volúpia este seio que se incha para ele. Quando alguém chegava, eu me perguntava: "É ele?", e diante de outro, insistia: "É ele? Que me ame, que me ame! Que me bata, que me quebre! Sozinha eu serei para ele um serralho, conheço as flores que excitam, as bebidas que exaltam e o quanto a própria fadiga se transforma em delicioso êxtase; para satisfazer a sua vaidade ou divertir o seu espírito serei coquete quando ele o quiser, mas de repente ele me encontrará lânguida, flexível como um caniço, exalando palavras doces e suspiros ternos; para ele me contorcerei em movimentos de cobra, terei à noite sobressaltos e crispações que dilaceram. Num país quente, bebendo o vinho delicioso no cristal e tocando castanholas, dançarei para ele danças espanholas, ou saltarei uivando um hino de guerra como as mulheres dos selvagens; se ele for apaixonado por estátuas e quadros, assumirei poses dignas de um grande mestre, diante das quais ele cairá de joelhos; se preferir que eu seja seu amigo, me vestirei de homem e irei à caça ao lado dele, eu o auxiliarei em suas vinganças; se for seu desejo assassinar alguém, ficarei à espreita para auxiliá-lo; se ele for ladrão, nós dois roubaremos juntos; eu amarei as suas roupas e o seu casaco." Mas não! Nunca, nunca! Por mais que o tempo passasse e as manhãs ressurgissem, era em vão que os membros do meu corpo serviam a todas as volúpias com que se deleitam os homens, permaneci como eu era aos 10 anos de idade, virgem, se uma virgem é aquela que não possui marido nem amante, não conheceu o prazer e com ele sonha sem cessar, e cria fantasmas encantadores e os vê em seus sonhos, ouve sua voz no ruído dos ventos, busca seus traços na face da lua. Sou virgem! Isso te faz rir? Mas não tenho da virgindade os vagos pressentimentos, a ardente languidez? Tenho isso tudo, exceto a própria virgindade.

Não vês na cabeceira da minha cama todas essas linhas cruzadas sobre a madeira? São marcas da unha daqueles que ali se debateram, das cabeças que se esfregaram ali; nunca tive afinidade alguma com nenhum deles; unidos tão estreitamente como os braços humanos o podem permitir, não sei qual abismo sempre nos separou. Oh!, quantas vezes, quando desvairados eles quiseram se entregar totalmente ao seu gozo, minha imaginação estava mil léguas longe dali, compartilhando a esteira de um selvagem ou o antro guarnecido de pelegos de algum pastor dos Abruzos!

Ninguém realmente veio aqui por mim, ninguém me conhece, todos procuram em mim talvez um determinado tipo de mulher como eu busco neles um certo tipo de homem; nas ruas não há esses cachorros que vão farejando a imundícia em busca de ossos de frango e pedaços de carne? Da mesma maneira, quem saberá todos os amores exaltados que se abatem sobre uma mulher da vida, todas as belas elegias que terminam no bom-dia que lhe dirigem? Quantos não chegaram aqui com o peito oprimido pelo desgosto e os olhos cheios de lágrimas! Alguns vieram após um baile, para reunir numa só mulher todas aquelas que acabavam de deixar; os outros, depois de um casamento, excitados com a idéia de inocência; e também os jovens, para tocar imaginariamente suas amantes a quem não ousam falar, fechando os olhos e vendo-as assim no seu coração; os maridos, para sentir-se outra vez jovens e saborear os prazeres fáceis da sua época; os padres, impelidos pelo demônio e não desejando uma mulher, mas a cortesã, o pecado encarnado, eles me amaldiçoam, têm medo de mim e me adoram; para a tentação ser mais forte e o pavor maior, eles prefeririam que eu tivesse o pé fendido e que pedrarias faiscassem no meu vestido. Todos passam tristemente, uniformemente, como sombras que se sucedem umas após as outras, como uma multidão da qual não se conserva mais que a lembrança do seu ruído, o arrastar de mil pés, os clamores confusos que saíam dela. Sei por acaso o nome de algum deles? Vêm e me deixam, jamais uma carícia desinteressada, e eles pedem ou pediriam o amor, se ousassem! É preciso chamá-los de belos, imaginá-los ricos, e eles sorriem. Aliás, adoram rir, às vezes é preciso cantar, ou se calar ou falar. Nessa mulher tão exposta, ninguém desconfiou que houvesse um coração; esses tolos elogiavam o arco das minhas sobrancelhas e o esplendor dos meus ombros, sentiam-se felizes por comprar barato o filé mignon, mas não se serviam desse amor inesgotável que corria diante deles e se lançava aos seus joelhos!

Vejo contudo que outras têm amantes, mesmo aqui, verdadeiros amantes que as amam; elas lhe dão um lugar à parte, no seu leito como na sua alma, e quando eles chegam elas ficam felizes. É por eles, sabias?, que elas se penteiam tão longamente e regam os vasos de flores das suas janelas; mas eu, eu não tenho ninguém; nem sequer a simples afeição de uma criancinha: a prostituta lhes é mostrada com o dedo, e elas passam diante de mim sem erguer a cabeça. Há quanto tempo, meu Deus, não saio de casa, não vejo os campos! Quantos domingos passei aqui ouvindo o repique desses sinos melancólicos que chamam todos para a missa que não freqüento mais! Há quanto tempo não ouço o guizo das vacas na mata! Ah!, quero ir-me daqui, sinto-me entediada, entediada; retornarei a pé à minha terra, visitarei a minha ama de leite, é uma boa mulher e me receberá bem. Quando eu era pequenina, ia à sua casa, ela me oferecia leite; eu a ajudarei a criar as suas crianças e a fazer a faxina diária, apanharei lenha seca na floresta e, à noite, quando nevar, nos aqueceremos no canto do fogo, o inverno já está chegando; no Dia de Reis, comeremos todos juntos o bolo. Oh!, ela me amará tanto, eu acalentarei os pequenos para fazê-los adormecer, como serei feliz!

Ela se calou, depois me olhou com olhos que brilhavam através das lágrimas, como para me dizer: "E tu?"

Eu a escutara com avidez, observara as palavras saindo da sua boca e tentara identificar-me com a vida que expressavam. De repente ela se elevou sem dúvida às proporções que eu lhe conferia e me pareceu uma mulher nova, repleta de mistérios ignorados e ainda dotada de um encanto fascinante e de atrativos novos, a despeito da nossa intimidade. Os homens que a haviam possuído deixaram nela como que um odor de perfume esvaecido, esses traços de paixões desaparecidas lhe conferiam uma majestade voluptuosa; a libertinagem a dotava de uma beleza infernal. Sem as orgias do passado, teria ela esse sorriso de suicida que a fazia assemelhar-se a uma morta que despertasse no amor? Sua face, de fato, estava mais pálida, seus cabelos mais elásticos e perfumados, seus membros mais flexíveis, mais macios e cálidos; tanto quanto eu próprio, ela também havia passado de alegrias a tristezas, corrido de esperanças para desgostos, e abatimentos inomináveis haviam sucedido a espasmos loucos; sem nos conhecermos, ela na sua prostituição e eu na minha castidade, nós dois havíamos seguido o mesmo caminho e chegado ao mesmo precipício; enquanto eu buscava uma amante, ela havia procurado um homem, ela no mundo, eu no meu coração, mas aquela e este nos tinham escapado.

— Pobre mulher, eu lhe disse apertando-a em mim, quanto já sofreste!

— E por acaso tu também sofreste assim?, ela quis saber, tu és como eu? Vezes sem conta já ensopaste teu travesseiro de lágrimas? Para ti, os dias de sol no inverno são também tristes? Quando caminho só numa noite de neblina, sinto como se a chuva atravessasse o meu coração e o fizesse sucumbir em pedaços.

— Duvido contudo que tu tenhas jamais te sentido tão entediado no mundo como eu, tu usufruíste teus dias de prazer, mas eu me sinto como se tivesse nascido numa prisão, tenho mil coisas em mim que nunca viram a luz.

— Tu és tão jovem, porém! Na verdade, todos os homens são velhos agora, as crianças se aborrecem como eles, nossas mães se sentiam entediadas quando nos conceberam, as pessoas não eram assim antigamente, não é?

— É verdade, comentei, as casas onde moramos são todas parecidas, brancas e melancólicas como túmulos no cemitério; nos velhos barracos negros que foram demolidos a vida devia ser mais quente, ali se cantava forte, ali se quebravam os cântaros sobre as mesas, ali se quebravam os leitos fazendo amor.

— Mas o que é que te faz tão triste? Por acaso amaste muito?

— Se eu amei, meu Deus! O bastante para invejar a tua vida.

— Invejar a minha vida!, respondeu ela.

— Sim, eu a invejo! Sim, no teu lugar eu talvez tivesse sido feliz, pois, se o homem que tu desejas não existe, a mulher que eu quero deve viver em algum lugar; entre tantos corações que batem, deve existir um para mim.

— Continua procurando-a, continua!

— Oh!, sim, eu amei! Amei tanto que estou repleto de desejos sufocados. Não, tu não conhecerás todas aquelas que me enlouqueceram e que abriguei com amor angelical no fundo do coração. Após conviver com alguma mulher o dia inteiro, eu exclamava: "Por que só a conheci agora! Todos os seus dias já vividos me pertenciam, seu primeiro sorriso devia ter sido para mim, seu primeiro pensamento no mundo, também. Estranhos vêm e lhe falam, ela lhes responde, pensa neles. Eu devia ter lido todos os livros que ela admira. Por que não passeei com ela sob todas as sombras que a abrigaram? Tantos foram os vestidos que usou e que não conheci; as mais belas óperas ela ouviu e eu não estava lá; outros já a fizeram aspirar flores que não colhi, não posso fazer nada, ela me esquecerá, sou para ela como um transeunte qualquer." E ao separar-me dela, me dizia: "Onde estará ela? O que faz o dia todo, longe de mim? Como gasta o seu tempo?" Deixa uma mulher amar um homem, lhe fazer um sinal, e ele cairá a seus pés! Mas que sorte se ela chegar a nos dirigir o olhar! É que é preciso... ser rico, andar a cavalo, ter uma casa com estátuas, dar festas, despender o ouro, fazer barulho; mas viver na multidão, sem poder subjugar a mulher pelo talento ou pelo dinheiro, e continuar anônimo como o mais fraco e o mais tolo de todos, quando se aspira a amores celestes, quando se morreria alegremente sob os olhos de uma mulher amada — eu conheci esse suplício.

— Tu és tímido, não é? Elas te dão medo.

— Hoje, não. Antigamente, só o barulho dos seus passos já me fazia estremecer, parava na frente do salão de beleza para olhar os belos rostos de cera com flores e diamantes nos cabelos, rostos rosas, brancos, o pescoço exposto, apaixonei-me por alguns; o mostruário de um sapateiro me deixava também em êxtase: naqueles sapatinhos de cetim, que alguém iria adquirir para o baile da noite, eu colocava um pé nu, um pé encantador, com unhas finas, um pé de alabastro vivo, como o de uma princesa no banho; os espartilhos dependurados diante das casas de moda, agitados pelo vento, despertavam-me igualmente desejos estranhos; ofereci buquês de flores a mulheres que não amava, esperando que o amor surgisse a seguir, ouvira falar disso; escrevi cartas endereçadas a qualquer uma, só para emocionar-me com a minha pluma, e chorei; o menor sorriso na boca da mulher fazia o meu coração se dissolver em delícias, e isso é tudo! Tanta felicidade não era para mim, quem me amaria?

— Espera! Espera um ano ainda, seis meses! Amanhã, talvez, espera!

— Já esperei demais.

— Tu falas como uma criança, observou ela.

— Não, sequer posso conceber agora um amor do qual não venha a estar saciado vinte e quatro horas depois, sonhei tanto com o amor que estou fatigado dele como os que o desejaram muito.

— Mas só existe isso de belo no mundo.

— A quem o estás dizendo? Daria tudo para passar uma só noite com uma mulher que me amasse.

— Oh!, se tu não ocultasses mais teu coração, se começasses a mostrar tudo que nele há de bom e generoso, todas as mulheres te desejariam, não haveria uma só que não tentasse ser tua amante; mas tu foste ainda mais louco do que eu! Quem dá valor aos tesouros escondidos? Só as coquetes percebem o segredo de homens como tu, e os torturam, as outras nada vêem. Tu merecias contudo ser amado! Pois bem, tanto melhor! Eu é que te amarei, eu é que serei tua amante!

— Minha amante?

— Oh!, sim, deixa! Eu te seguirei por todos os lugares, partirei daqui, alugarei um quarto diante do teu, eu te olharei o dia todo. Como te amarei! Estarei junto de ti à tarde e pela manhã, dormiremos juntos à noite, os braços em volta do corpo, comeremos na mesma mesa, um diante do outro, trocaremos de roupa no mesmo quarto, sairemos juntos e te sentirei perto de mim! Não fomos feitos um para o outro? Tuas esperanças não combinam bem com os meus desgostos? A tua vida e a minha não são a mesma coisa? Tu me contarás todas as tristezas da tua solidão, eu te direi os suplícios que suportei; haveremos de viver como se nós dois devêssemos estar juntos só por uma hora, esgotando toda a volúpia e a ternura que existir em nós, e depois recomeçaremos, e morreremos juntos. Beija-me, beija-me de novo! Pousa no meu peito a tua cabeça para que eu sinta bem o peso dela, para que teus cabelos me acariciem o pescoço, para que minhas mãos percorram teus ombros, teu olhar é tão terno!

O cobertor remexido pendia para o chão e deixava nossos pés descobertos; Marie se pôs de joelhos e o puxou para debaixo do colchão, vi seu dorso branco curvar-se como um caniço. As noites insones me abalaram, minha fronte estava pesada, os meus olhos ardiam, ela beijou as minhas pálpebras docemente com a ponta dos lábios, refrescando-as como se as umedecesse com água fria. Marie também havia cedido ao torpor por um instante, mas logo se recobrou; irritada pela fadiga, inflamada pelo gozo de carícias passadas, ela me estreitou com desesperada sensualidade, dizendo-me: "Amemonos, já que ninguém nos amou, tu és meu!"

Ela ofegava, a boca aberta, e me beijava com furor; depois, acalmando-se de repente e passando a mão sobre seus bandós desalinhados, acrescentou:

— Vê como a nossa vida seria bela se morássemos num lugar onde o sol abrisse flores amarelas e amadurecesse as laranjas, numa certa praia que deve existir em algum lugar, com areia inteiramente branca, com homens usando turbantes e mulheres trajando vestidos diáfanos; ficaremos os dois deitados sob alguma árvore frondosa e de folhas largas, ouviremos os ruídos do mar, caminharemos na praia para apanhar conchas, farei cestos de caniços, tu irás vendê-los; sou eu que te vestirei, frisarei teus cabelos com meus dedos, porei um colar em ti, oh!, como te amarei! Como te amarei! Deixa-me então me saciar de ti!

Tendo-me conchegado ao seu lado, com um movimento impetuoso ela veio por cima de mim e deitou-se sobre todo o meu corpo com uma alegria obscena, pálida, trêmula, os dentes cerrados, apertando-me contra ela com uma força violenta; senti-me arrastado por um furacão de amor, os soluços arrebentaram, e depois os gritos agudos; meu lábio, úmido de saliva, ardia e comichava; nossos músculos, torcidos nos mesmos nós, comprimiam-se e penetravam-se uns nos outros, a volúpia virava delírio, o gozo, suplício.

Abrindo de repente uns olhos surpresos e apavorados, ela disse:

— Se eu tivesse um filho!

E, num outro tom, passou a carinhos suplicantes:

— Sim, sim, uma criança! Um filho teu!... Tu me abandonas? Nunca mais nos veremos, nunca mais voltarás? Pensarás em mim, às vezes? Terei sempre aqui teus cabelos, adeus!... Espera, mal começou a amanhecer.

Por que a minha pressa em fugir? Por acaso eu já a amava?

Marie nada mais disse, e eu ainda permaneci ao seu lado cerca de meia hora; ela sonhava talvez com o amante ausente. Há um momento da despedida em que, numa antecipação da tristeza, a pessoa amada já não se encontra conosco.

Não nos dissemos adeus, tomei-lhe a mão, ela respondeu a esse gesto, mas a força ficara no seu coração.

Jamais a revi.

Não deixei de pensar nela desde então, não houve um só dia em que não me dedicasse a isso tanto quanto possível, às vezes me escondo de propósito e, sozinho, tento viver de novo nessa lembrança; muitas vezes me esforço para pensar no passado antes de adormecer, a fim de sonhar com ela à noite, mas essa felicidade não me foi dada.

Eu a procurei em todos os lugares, nos passeios, no teatro, na esquina, não sei por que acreditei que ela me escreveria; quando uma carruagem parava à minha porta, eu a imaginava saltando dela. Com que angústia segui certas mulheres! Com que palpitação no coração virava a cabeça para verificar se era ela!

A casa foi demolida, ninguém foi capaz de dizer-me nada a seu respeito.

O desejo de ter novamente a mulher que se possuiu uma vez é alguma coisa de atroz e muito pior do que o outro, imagens terríveis nos perseguem como remorsos. Não sinto ciúmes dos homens que a possuíram antes de mim; mas sim dos que a possuíram depois; o acordo tácito entre nós, parece-me, era que deveríamos ser fiéis um ao outro, e durante mais de um ano mantive essa promessa, mas depois o acaso, o tédio, a lassidão do próprio sentimento talvez, fizeram-me faltar à minha palavra. Mas era ela que eu perseguia por toda parte; no leito das outras eu sonhava com as suas carícias.

É inútil querer semear as novas paixões por cima das antigas, estas sempre reaparecem, não existe força no mundo capaz de arrancar suas raízes. As estradas romanas, por onde corriam as carruagens consulares, há muito não são usadas, mil novos caminhos as atravessam, o capim cresceu por cima, o trigo ali brota, mas ainda se percebe o seu vestígio e suas grandes pedras danificam os arados que sulcam a terra.

O tipo que buscam quase todos os homens talvez seja apenas a lembrança de um amor concebido no céu ou nos primeiros dias de vida; estamos atrás de tudo o que se relaciona com isso, a segunda mulher que nos satisfaz parece-se quase sempre com a primeira, é preciso um grande grau de corrupção ou um coração bem vasto para tudo amar. Vós já percebestes como aqueles que escrevem vos falam eternamente das mesmas mulheres, e as retratam cem vezes sem jamais se fatigar? Tive um amigo que adorou, aos 15 anos, uma jovem mãe que ele havia visto amamentando o filho; durante muito tempo, ele só apreciou o talhe robusto, a beleza das mulheres magras lhe era odiosa.

À medida que o tempo passava, eu a amava cada vez mais; com o arrebatamento que sentimos pelas coisas impossíveis, inventava aventuras para voltar a vê-la, imaginava o nosso reencontro, revi seus olhos nos glóbulos azuis dos rios e a cor de seu rosto nas folhas da faia quando as colore o outono. Certa vez, caminhava rápido por um prado, as ervas silvavam ao redor dos meus pés conforme eu avançava, ela estava às minhas costas; voltei-me, não havia ninguém ali. Dias atrás, uma carruagem passou diante dos meus olhos, ergui a cabeça, um grande véu branco saía pela porta e se agitava ao vento, as rodas giravam, o véu contorcia-se, chamava-me e depois desapareceu, fiquei novamente só e aniquilado, mais abandonado do que no fundo de um precipício.

Oh!, se se pudesse extrair de si mesmo tudo que se possui e criar um ser com o pensamento apenas! Se se pudesse ter nas mãos seu fantasma e tocá-lo na fronte, ao invés de perder no ar tantas carícias e tantos suspiros! Ao contrário, a memória esquece e a imagem se dilui, mas permanece em nós a obstinação da dor. Foi para evocá-la que escrevi o que precede, esperando que as palavras a fizessem reviver; meu intento fracassou, sei a respeito dela muito mais do que contei.

Não fiz essa confidência a ninguém, teriam zombado de mim.

Não se deveria escarnecer dos que amam, é deplorável isso; cada um, por pudor ou egoísmo, esconde o que possui de melhor e mais delicado na alma; para fazer-se estimar, é preciso só mostrar os aspectos mais torpes, é o modo de estar no nível comum. Amar uma mulher dessas?, teriam exclamado; mas, sobretudo, ninguém teria compreendido essa relação; por que, então, eu abriria a boca?

Talvez eles tivessem razão, ela não era decerto nem mais bela nem mais ardente do que qualquer outra, receio ter amado apenas uma idealização do meu espírito e buscado em Marie somente o amor com o qual ela me fizera sonhar.

Durante muito tempo me debati nessa questão, havia elevado tanto o amor para ter esperança de que ele descesse até mim; e, como essa idéia persistisse, acabei admitindo que seria assim. Contudo, só o senti vários meses depois de tê-la abandonado; no início, ao contrário, vivi numa grande serenidade.

Como o mundo é vazio para aquele que nele caminha só! O que fazer? Como usar o tempo? Com que ocupar o cérebro? Como os dias são longos! Onde está, pois, o homem que se queixa da brevidade dos dias da vida? Mostrem-me ele, deve ser um mortal feliz.

Tentai distrair-vos, dizem eles, mas como? É o mesmo que dizer-me: tentai ser feliz; mas como? E para que tanto movimento? Tudo está bem na natureza, as árvores brotam, os rios correm, os pássaros cantam, as estrelas brilham; mas o homem atormentado movimenta-se, agita-se, abate florestas, remexe a terra, lança-se ao mar, viaja, corre, mata os animais, mata-se a si mesmo, e chora, e urra, e pensa no inferno, como se Deus lhe tivesse dado um espírito para conceber outros males além dos que já suporta!

Antigamente, antes de Marie, meu tédio tinha algo de belo, de grandioso; mas, agora, é estúpido, é o tédio de um homem repleto de aguardente ruim, o sono de um ébrio.

Aqueles que viveram muito não são assim. Aos 50 anos, eles se sentem mais saudáveis do que eu aos 20, tudo lhes é ainda novo e atraente. Serei como esses cavalos miseráveis que já estão cansados mal saem da estrebaria, e que só trotam com facilidade depois de um longo trecho de estrada, em que avançaram coxeando e com sofrimento? Muitos espetáculos me fazem mal, outros tantos me dão pena, ou melhor, tudo acaba se confundindo no mesmo fastio.

Aquele que é nobre o bastante para não desejar ter uma amante, exceto quando puder cobri-la de diamantes e instalá-la num palácio, e que assiste aos amores vulgares e contempla com olhar calmo a fealdade desses dois animais no cio a que chamamos um amante e uma amante, não é tentado a aviltar-se tanto, ele se proíbe de amar como se isso fosse uma fraqueza e abate sob os joelhos todos os seus desejos; essa luta o esgota. O egoísmo cínico dos homens afasta-me deles, assim como o espírito limitado das mulheres me aborrece; estou errado, afinal de contas, pois dois belos lábios valem mais do que toda a eloqüência do mundo.

A folha caída se agita e voa ao sabor do vento, gostaria de voar assim, ir-me embora, partir para não voltar mais, não importa para onde, mas deixar o meu lugar; minha casa pesa-me sobre os ombros, quantas vezes entrei e saí pela mesma porta! Quantas vezes ergui os olhos para o mesmo lugar do teto do meu quarto que bem poderia já tê-lo gasto.

Oh!, curvar-se sobre o dorso dos camelos! Diante de si um céu todo em fogo, uma areia inteiramente castanho-escura, o horizonte chamejante que se alarga, os terrenos que ondulam, a águia que desponta sobre a vossa cabeça; num canto, um bando de cegonhas com patas rosadas, elas passam e vão para as cisternas; o camelo vos embala, o sol vos faz fechar os olhos, vos banha com seus raios, ouve-se só o ruído abafado dos passos dos animais, o condutor acaba de cantar sua canção, avança-se, avança-se. À noite, as estacas são assentadas, arma-se a tenda, dá-se água aos dromedários, deita-se sobre uma pele de leão, fuma-se, as fogueiras são acesas para afastar os chagais que se ouve ganir ao fundo do deserto, estrelas desconhecidas, e quatro vezes maiores do que as nossas, palpitam nos céus; pela manhã, enchem-se os odres no oásis, parte-se, fica-se só, o vento assobia, a areia se ergue em turbilhões.

E então, numa planície qualquer onde se galopa todo o dia, palmeiras se elevam entre as colunas e agitam docemente sua sombra ao lado da sombra imóvel dos templos destruídos; cabras sobem nos frontispícios em ruínas e mordiscam as plantas que cresceram nas cinzeladuras de mármore, elas fogem pulando quando vós vos aproximais dali. Mais além, quando se atravessou florestas em que as árvores estão unidas umas às outras por lianas gigantescas, quando se atravessou rios cuja margem oposta não se avista, é o Sudão, o país dos negros, o país do ouro; ainda mais distante, oh!, sigamos sempre em frente, quero ver o furioso Malabar e suas danças de morte: os vinhos matam como os venenos, os venenos são doces como os vinhos; o mar, azul e repleto de coral e pérolas, ecoa ruídos de orgias que acontecem nos antros das montanhas, no mar não há mais ondas, a atmosfera é rubra, o céu sem nuvens se mira no tépido Oceano, as amarras fumegam quando são retiradas da água, os tubarões seguem os navios e devoram os mortos.

Oh!, a Índia, a Índia, sobretudo! Montanhas brancas, repletas de pagodes e ídolos, no meio de florestas povoadas de tigres e elefantes, de homens amarelos com trajes brancos, de mulheres cor de estanho com anéis nos pés e nas mãos, as túnicas de gaze as envolvem como um vapor, dos olhos só se percebem as pálpebras enegrecidas com hena; elas cantam juntas para louvar a algum deus, elas dançam... Dança, dança, dançarina sagrada da Índia, filha do Ganges, rodopia bem seus pés na minha cabeça! Como uma cobra, ela se enrosca, desembaraça os braços, sua cabeça se movimenta, suas ancas balançam, suas narinas se incham, seus cabelos se soltam, a fumaça do incenso cobre o ídolo dourado e apalermado com quatro cabeças e vinte braços.

Numa canoa de madeira de cedro, uma canoa comprida, cujos remos delgados se assemelham a plumas, sob uma vela de bambus trançados, ao som de tantãs e de tamborins, irei ao país amarelo que se chama China; os pés das mulheres cabem na mão, sua cabeça é pequena, as sobrancelhas finas se alçam nas extremidades, elas vivem em caramanchões de junco verde e comem frutos de casca aveludada em porcelana pintada. Bigode fino caindo sobre o peito, cabeça raspada com um rabicho que lhe vai até as costas, o mandarim, um leque redondo entre os dedos, passeia na galeria onde ardem os tripés, e pisa lentamente sobre esteiras de arroz; traz um pequeno cachimbo atravessado no seu barrete pontiagudo, escrituras negras estão estampadas em seus trajes de seda vermelha. Oh!, como as caixas de chá me fizeram viajar!

Levem-me, tempestades do Novo Mundo que arrancam os carvalhos seculares e agitam os lagos onde as serpentes se recreiam nas ondas! Que as torrentes da Noruega me cubram com sua espuma!

Que a neve da Sibéria, caindo abundante, oculte o meu caminho! Oh!, viajar, viajar, nunca parar, ver tudo surgir e passar nessa valsa desmedida, até que a pele arrebente e o sangue jorre!

Que os vales se sucedam às montanhas, os campos às cidades, as planícies aos mares. Desçamos e subamos o litoral, que as agulhas das catedrais desapareçam atrás dos mastros dos navios aglomerados nos portos; escutemos as cascatas caírem sobre os rochedos, o vento nas florestas, as geleiras se fundirem ao sol; possa eu ver cavaleiros árabes correrem, mulheres carregadas em palanquins, e depois as cúpulas se arredondarem, as pirâmides se elevarem nos céus, os subterrâneos abafados onde adormecem as múmias, os desfiladeiros estreitos onde o bandido carrega o seu fuzil, os juncos onde se esconde a cobra cascavel, as zebras listradas correndo nas vastas campinas, os cangurus eretos, os macacos se balançando na extremidade das palmas dos coqueiros, os tigres saltando sobre a sua presa, as gazelas lhes escapando...

Vamos, vamos! Passemos os amplos oceanos onde as baleias e os cachalotes guerreiam entre si. Eis que chega, como um grande pássaro marinho que agitasse as asas sobre a superfície das ondas, a piroga dos selvagens; cabeleiras ensangüentadas pendem da proa, esses aí pintaram as costas de vermelho; os lábios fendidos, o rosto coberto de desenhos, argolas no nariz, eles vociferam o canto da morte, o seu grande arco está tenso, suas flechas de ponta verde, envenenadas, provocam uma morte aflitiva; suas mulheres nuas, seios e mãos tatuados, erguem grandes fogueiras para as vítimas de seus esposos, porque eles lhes prometeram carne branca, tão macia sob os dentes.

Aonde irei? A terra é vasta, explorarei todos os caminhos, esgotarei todos os horizontes; possa eu morrer ao dobrar o Cabo, de cólera em Calcutá ou de peste em Constantinopla!

Quem me dera ser apenas um muleteiro na Andaluzia! E trotar o dia todo nas gargantas das serras, ver correr o Guadalquivir com suas ilhas de louros-rosas, ouvir, à noite, as guitarras e as vozes soarem sob os balcões, olhar a lua refletir-se no tanque de Alhambra, onde as sultanas se banhavam antigamente.

Por que não sou gondoleiro veneziano ou condutor de uma dessas carruagens leves que, no verão, vos levam de Nice a Roma? Há pessoas vivendo em Roma, pessoas que sempre moraram ali. É feliz o mendigo de Nápoles que dorme ao sol, deitado na praia e que, fumando seu charuto, vê também a fumaça do Vesúvio subir ao céu! Invejo-lhe o leito de seixos e os sonhos que ali pode ter; o mar, sempre belo, lhe traz o perfume das suas ondas e o murmúrio longínquo de Capri.

Às vezes, imagino-me desembarcando na Sicília, numa pequena aldeia de pescadores onde todos os barcos têm velas latinas. É de manhã; e ali, entre cestos e redes estendidas, uma moça do povo está sentada, os pés descalços, no seu espartilho há um cordão de ouro, um costume das mulheres das colônias gregas; seus cabelos negros, separados em duas tranças, lhe caem até os calcanhares, ela se ergue, sacode seu avental; caminha, seu talhe é ao mesmo tempo robusto e flexível como o da ninfa antiga. Se uma mulher assim me amasse! Uma pobre criança ignorante que não saberá sequer ler, mas cuja voz será doce quando me disser, com seu sotaque siciliano: "Amo-te! Fica aqui!"

O manuscrito se detém aqui. Conheci porém o seu autor, e se alguém, tendo passado por todas as metáforas, hipérboles e outras figuras que sobejam nas páginas precedentes, chegou a esta e deseja agora encontrar um final, que continue: lhe daremos isso.

É preciso admitir que são poucas as palavras à disposição dos sentimentos, do contrário o livro teria acabado na primeira pessoa. Sem dúvida, nosso homem não encontrou mais nada para dizer; chegou a um ponto em que não se escreve mais e apenas se reflete — ele se deteve aqui, tanto pior para o leitor!

Admiro o acaso que quis que o livro não fosse além, justo quando teria começado a melhorar; o autor iria entrar no mundo, teria mil coisas para nos ensinar, mas entregou-se, ao contrário, cada vez mais a uma solidão austera, de onde nada saía. Ora, ele julgou conveniente não mais se lamuriar, demonstração talvez de que começava realmente a sofrer. Nem em sua conversa, nem em suas cartas, nem nos papéis que examinei após a sua morte, entre os quais este manuscrito se encontrava, deparei com algo que revelasse o seu estado de alma a partir da época em que cessou de escrever as suas confissões.

Seu grande desgosto era não ser pintor, dizia compor quadros belíssimos na imaginação. Afligia-se, igualmente, com o fato de não ser músico; pelas manhãs de primavera, quando passeava ao longo das avenidas de choupos, sinfonias infindáveis ressoavam em sua cabeça. Contudo, não entendia nada de pintura e de música, vi-o admirar quadros torpes e sair da Ópera com enxaqueca. Com um pouco mais de tempo, paciência, trabalho e, sobretudo, com um gosto mais refinado pela forma artística, ele teria chegado a fazer versos medíocres, bons para colocar no álbum de alguma senhora, o que é sempre elegante, não importa o que digam.

Na adolescência, ele se nutriu de autores muito ruins, como se pode verificar pelo seu estilo; amadurecendo, desgostou-se deles, mas os excelentes não lhe despertaram o mesmo entusiasmo.

Apaixonado pelo que é belo, a feiúra lhe era repugnante como o crime; de fato, é algo de atroz um ser disforme, visto de longe, assusta, de perto, enoja; quando ele fala, sofreis; se ele chora, as suas lágrimas vos irritam; tendes vontade de batê-lo quando ele ri e, em silêncio, a sua presença imóvel vos parece a sede de todos os vícios e de todos os baixos instintos. Além disso, o nosso autor jamais perdoaria a um homem que ofendesse já no primeiro encontro; em compensação, era muito devotado às pessoas que não lhe haviam dirigido sequer quatro palavras, mas cujo modo de andar, ou formato do crânio, admirava.

Ele fugia das reuniões, dos espetáculos, dos bailes, dos concertos, pois, mal entrava num salão, a tristeza o entorpecia, tinha frio nos cabelos. Quando a multidão o acotovelava, um ódio inteiramente novo lhe subia ao coração, mostrava então ao vulgo um coração de lobo, um coração de animal feroz acuado na toca.

Possuía a vaidade de acreditar que os homens não o amavam, os homens não o conheciam.

As desgraças públicas e os sofrimentos coletivos o comoviam muito pouco, diria até que se apiedava mais dos canários engaiolados, batendo as asas quando faz sol, do que dos povos escravizados — nascera assim. Estava cheio de escrúpulos delicados e de verdadeiro pudor, não podia, por exemplo, sentar numa confeitaria e perceber um pobre diante dele vendo-o comer sem enrubescer até as orelhas; saindo, dava-lhe todo o dinheiro que tivesse e afastava-se bem depressa. Mas era considerado cínico, porque usava as palavras certas e dizia em voz alta aquilo que se pensa em silêncio.

O amor da amante de um outro (ideal de jovens que não possuem os meios para sustentá-las) lhe era odioso, o repugnava; pensava que o homem que paga é o mestre, o senhor, o rei. Ainda que fosse pobre, ele respeitava a riqueza e não as pessoas ricas; ser simplesmente o amante de uma mulher que um outro aloja, veste e alimenta, parecia-lhe alguma coisa de tão espiritual quanto roubar uma garrafa de vinho da adega alheia; acrescentava que gabar-se disso era próprio dos criados velhacos e da gentalha.

Desejar uma mulher casada, e por causa disso tornar-se amigo do marido, apertar-lhe afetuosamente as mãos, rir de seus trocadilhos, entristecer-se com a notícia de seus maus negócios, levar os seus recados, ler o mesmo jornal que ele, em uma palavra, executar, num só dia, mais baixezas e vilezas do que dez forçados em toda a sua vida, era alguma coisa muito humilhante para o seu brio. E ele amava, no entanto, várias mulheres casadas; às vezes, percebia que a situação lhe era favorável, mas a repugnância o tomava de repente quando a bela dama já começava a lhe dirigir olhares doces como as geadas de maio que queimam os damasqueiros floridos.

E as costureiras?, perguntareis. Essas, nunca! Ele não podia resignar-se a subir a uma água-furtada para beijar uma boca que acabou de engolir o queijo do almoço, ou para segurar uma mão com frieira...

Quanto a seduzir uma jovenzinha, ele iria sentir-se menos culpado se a violasse, prender alguém a si próprio era para ele pior do que assassiná-lo. Pensava seriamente que há menos mal em matar um homem do que em gerar um filho: ao primeiro vós tirais a vida, não a vida inteira, mas a metade, ou um quarto, ou a quinta parte dessa existência que vai acabar mesmo, que acabará sem vós; mas, com relação ao segundo, dizia ele, não sois vós a causa de todas as lágrimas que ele verterá desde o berço até a sepultura? Sem vós, ele não teria nascido, e ele nasce, mas para quê? Para a vossa diversão, não para a alegria dele mesmo, com certeza; para carregar o vosso sobrenome, o sobrenome de um tolo, aposto! Seria igualmente conveniente escrevê-lo numa parede; por que um homem para suportar o fardo de três ou quatro letras?

Opinava que aquele que, apoiado no Código Civil, entra à força no leito de uma virgem que lhe deram pela manhã, exercendo assim uma violação legal que a autoridade protege, não possuía um similar entre os macacos, os hipopótamos e os sapos, que, macho e fêmea, se unem quando os desejos comuns os fazem procurar-se e acasalar-se, entre os quais não há nem pavor e aversão de um lado, nem brutalidade e despotismo obsceno do outro; e ele expunha a esse respeito longas teorias imorais, que considero desnecessário reproduzir.

Eis por que ele não se casou nem teve como amante uma moça sustentada por outro, ou uma mulher casada, ou uma costureira, ou uma jovenzinha; sobraram as viúvas, ele não pensou nelas.

Quando foi necessário escolher um modo de vida, hesitou entre mil opções repugnantes. Para passar por filantropo, ele não era suficientemente malicioso, e sua bondade natural o afastava da medicina; — quanto ao comércio, era incapaz de calcular, bastava a visão de um banco para ficar irritado. Apesar de suas extravagâncias, possuía bastante juízo para levar a sério a nobre profissão de advogado; além do que, sua razão não se conformava às leis. Possuía também um gosto demasiado apurado para se lançar na crítica, era excessivamente poeta, talvez, para ter êxito nas letras. Aliás, *seriam esses modos de vida? É preciso estabelecer-se, ter uma uma posição no mundo, é entediante ficar ocioso, é preciso mostrar-se útil, o homem nasceu para o trabalho*: máximas difíceis de compreender, mas que lhe foram repetidas freqüentemente com solicitude.

Resignado com o fato de se aborrecer em todos os lugares e de se desgostar de tudo, ele declarou desejar cursar direito e foi morar em Paris. Várias pessoas o invejaram em seu vilarejo, e lhe disseram que ele se sentiria feliz freqüentando os cafés, os espetáculos, os restaurantes, vendo as belas mulheres; ele os deixou falar e sorriu como se sentisse vontade de chorar. No entanto, havia desejado ardentemente abandonar para sempre o seu quarto, onde tanto bocejara e esfregara os cotovelos na velha escrivaninha de mogno, na qual, aos 15 anos, compusera seus dramas! E ele se separou disso tudo com dificuldade; são talvez os lugares que mais amaldiçoamos os que preferimos a outros, os prisioneiros não sentem falta de sua cela? É que, nessa prisão, eles tinham esperança e, libertos, não esperam mais nada; pelas paredes de seu calabouço, admiravam a planície salpicada de margaridas, sulcada de riachos, coberta de trigais amarelos, com árvores que ladeavam as estradas — mas, restituídos à liberdade, à miséria, vêem a vida tal como ela é, pobre, grosseira, inteiramente lamacenta e fria, vêem o campo também, o belo campo tal como ele é, ornado de sentinelas para impedi-los de colher os frutos se têm sede, repleto de guardas florestais quando querem caçar e estão famintos, coberto de gendarmes se têm vontade de passear e falta-lhes o passaporte.

Mudou-se para um quarto mobiliado, cujos móveis haviam sido comprados e usados por outros; pareceu-lhe estar vivendo em ruínas. Passava o dia trabalhando, escutando o ruído surdo da rua, olhando a chuva cair sobre os telhados.

Quando havia sol, passeava no Luxemburgo, pisava sobre as folhas caídas, recordava-se que no colégio fizera o mesmo; mas não teria suspeitado que, dez anos depois, voltaria a isso. Ou, então, sentava-se num banco e sonhava com mil coisas ternas e tristes, olhava a água fria e negra dos tanques, depois ia embora, angustiado. Duas ou três vezes, sem ter o que fazer, entrou em igrejas na hora da bênção, esforçava-se para rezar; como os seus amigos haveriam de rir se o vissem molhar os dedos na pia de água benta e fazer o sinal da cruz!

Certa noite, perambulando pelo subúrbio e sentindo-se irritado sem motivo, quis saltar sobre espadas nuas e combater até o fim, quando ouviu vozes que cantavam e os sons doces de um órgão responder-lhes de modo descontínuo. Entrou. Sob o pórtico, uma velha senhora, acocorada no piso, pedia esmolas mexendo moedas numa caneca de lata; a porta forrada ia e vinha conforme as pessoas entravam ou saíam, ouvia-se o ruído de tamancos, de cadeiras que se deslocavam sobre as lajes; ao fundo, o coro estava iluminado, o tabernáculo brilhava à luz dos castiçais, o padre salmodiava, candeeiros suspensos na nave principal balançavam-se na extremidade de compridos cabos, o cume das ogivas e as naves laterais permaneciam na sombra, a chuva fustigava os vitrais e fazia crepitar as malhas de chumbo, o órgão prosseguia e as vozes recomeçavam, como no dia em que ele havia ouvido nas falésias o mar e os pássaros dialogarem. Desejou ser sacerdote, para pronunciar orações sobre o corpo dos mortos, para usar um cilício e se prosternar maravilhado no amor de Deus... De repente, um riso constrangido de piedade lhe chegou do fundo do coração, enfiou o chapéu nas orelhas e saiu alteando as espáduas com desprezo.

Jamais se havia sentido tão triste, nunca os dias foram tão longos para ele; os realejos que ouvia tocar sob sua janela lhe arrancavam a alma, encontrava nesses instrumentos uma melancolia invencível, dizia que essas caixas estavam repletas de lágrimas. Ou melhor, nada dizia, pois não se comportava como um delicado, entediado, o homem desiludido de tudo; já perto do fim, acreditou-se que havia adquirido um caráter mais alegre. Freqüentemente, era algum simplório homem do sul, um piemontês, um genovês, que virava a manivela. Por que havia deixado a sua cornija, a sua cabana circundada de espigas de milho no tempo da colheita? Ouvia-o tocar durante muito tempo, olhava a sua grande cabeça quadrada, a sua barba negra e as suas mãos morenas; um macaquinho vestido de vermelho saltava sobre o seu ombro e fazia caretas, o homem estendia o boné, ele atirava ali a esmola e o seguia com os olhos até perdê-lo de vista.

Diante dele se construía uma casa, isso durou três meses; viu as paredes elevarem-se, os andares subirem uns sobre os outros, depois os vidros foram colocados nas janelas, a casa foi rebocada, depois fecharam-se as portas; os casais vieram morar nela e começaram a viver ali, ele ficou irritado de ter vizinhos, preferia mais a visão das pedras.

Ele visitava os museus, contemplava todos esses personagens factícios, imóveis e sempre jovens na sua vida ideal, personagens que serão admirados e que vêem passar diante de si a multidão, sem mover a cabeça, sem tirar a mão da espada, e cujos olhos brilharão ainda quando nossos netos já tiverem sido sepultados. Ele se perdia em divagações diante de estátuas antigas, sobretudo daquelas que estavam mutiladas.

Um incidente lamentável lhe sucedeu. Certo dia, na rua, ele acreditou reconhecer alguém que passava ao seu lado, o estranho fez o mesmo movimento, eles se detiveram e se falaram. Era ele! Seu antigo amigo, seu melhor amigo, seu irmão, aquele que estivera ao seu lado no colégio, na sala de aula, na sala de estudo, no dormitório; faziam juntos as tarefas e os deveres; no pátio ou nas excursões, caminhavam de braço dado, haviam jurado viver unidos e ser amigos até a morte. Inicialmente, eles se deram um aperto de mão, chamando um ao outro pelo nome, depois se olharam dos pés à cabeça sem nada dizer, ambos haviam mudado e até envelhecido um pouco. Um quis saber qual era a ocupação do outro, em seguida eles se calaram sem mais e não souberam continuar, seis anos sem se verem e não puderam encontrar quatro palavras para trocar. Aborrecidos, enfim, de terem ficado cara a cara, eles se separaram.

Como não tinha energia para nada e o tempo, contrariamente à opinião dos filósofos, lhe parecia a riqueza que menos se toma emprestada no mundo, pôs-se a beber aguardente e a fumar ópio; passava em geral seus dias deitado e meio embriagado, num estado entre a apatia e o pesadelo.

Outras vezes, a força lhe voltava, e ele se erguia de repente como uma mola. Então o trabalho lhe parecia cheio de encantos, e a manifestação do pensamento o fazia exibir esse sorriso plácido e profundo dos sábios; punha-se imediatamente em atividade, tinha planos soberbos, gostaria de fazer com que certas épocas aparecessem sob uma luz toda nova, ligar a arte à história, comentar os grandes poetas tanto quanto os grandes pintores, para isso aprender línguas, chegar à antigüidade, entrar no Oriente; via-se já lendo inscrições e decifrando obeliscos; depois, considerava-se louco e cruzava outra vez os braços.

Não lia mais, ou então eram livros que considerava ruins, contudo eles lhe davam certo prazer por causa da sua própria mediocridade. À noite, não dormia, a insônia o revirava no leito, sonhava e despertava, de tal modo que, pela manhã, se sentia mais fatigado do que se tivesse passado a noite em claro.

Exaurido pelo tédio, hábito terrível, encontrava até mesmo certo prazer na apatia que é a sua conseqüência: comportava-se como as pessoas que se sentem morrer, não abria mais a janela para respirar o ar, não lavava mais as mãos, tinha realmente a falta de asseio dos pobres, vestia a mesma camisa a semana inteira, não fazia mais a barba nem penteava os cabelos. Ainda que friorento, se molhasse os pés ao sair pela manhã não trocava de calçado o dia todo nem acendia o fogo, ou então atirava-se completamente vestido na cama e esforçava-se para adormecer; olhava as moscas que corriam no teto, fumava e acompanhava com os olhos as pequenas espirais azuis que saíam dos seus lábios.

Percebe-se claramente que ele não tinha um objetivo, e nisso residia a infelicidade. O que poderia animá-lo, emocioná-lo? O amor? Afastava-se dele; a ambição o fazia rir; pelo dinheiro, sua cupidez era bastante grande, mas sua preguiça falava mais alto, e, depois, um milhão não valia o esforço que se despenderia para obtê-lo; é ao homem nascido na opulência que o luxo cai bem; aquele que ganhou sua fortuna, quase nunca a sabe gastar; seu orgulho era tal que não aceitaria um trono. Vós agora me perguntareis: o que queria ele? Não sei de nada, mas, certamente, não sonhava em se eleger mais tarde deputado; teria mesmo recusado a posição de prefeito, incluso aí o traje bordado, a cruz de honra passada em volta do pescoço, as calças de couro e as botas longas e macias nos dias de gala. Ao invés de ser ministro, preferia ler André Chénier, teria preferido ser Talma a Napoleão.

Era um homem que se comprazia no quimérico, no incompreensível, e fazia grande abuso dos epítetos.

No alto desses cumes, a terra embaixo desaparecia com tudo que dela se tira. Existem também dores em cujo ápice não se é mais nada e tudo se despreza; quando elas não vos matam, o suicídio vos liberta. Ele não se matou, ele ainda viveu.

O carnaval chegou, ele não se divertiu. Fazia tudo fora do tempo, os enterros quase despertavam a sua alegria, e os espetáculos, a tristeza; imaginava sempre uma multidão de esqueletos, usando luvas, punhos e chapéus com plumas, inclinando-se na borda dos camarotes, olhando-se de soslaio, assumindo maneiras afetadas que queriam ser agradáveis, dirigindo-se olhares vazios; na platéia, via brilhar, sob o fogo do lustre, milhares de crânios brancos, quase unidos. Ouvia os homens descerem correndo a escadaria, eles riam, iam-se embora com suas mulheres.

Uma recordação brotou no seu espírito, pensou em X..., essa aldeia aonde ele chegara um dia a pé, conforme contou no que vós lestes; quis revê-la antes de morrer, sentia-se definhar aos poucos. Colocou algum dinheiro no bolso, pegou seu casaco e partiu imediatamente. A quaresma, naquele ano, havia começado mais cedo, em fevereiro, fazia ainda muito frio, as estradas estavam com gelo, o veículo rolava a todo galope, ele estava num cupê, não dormia, mas se sentia arrastar com prazer na direção desse mar que iria rever mais uma vez; olhava as rédeas do postilhão, iluminadas pela lanterna do tejadilho, deslocarem-se no céu e bater na garupa fumegante dos cavalos, o céu estava puro e as estrelas brilhavam como nas mais belas noites de verão.

Por volta das 10 horas da manhã, ele desceu em Y... e fez o trajeto a pé até X...; caminhava rápido, dessa vez, até mesmo correu para se aquecer. As valetas estavam cheias de gelo, as árvores despojadas exibiam galhos de extremidade vermelha, as folhas caídas, apodrecidas pela chuva, formavam um grande leito negro e ferruginoso, cobrindo o sopé da floresta, o céu inteiramente branco não tinha sol. Os postes que indicavam o caminho tinham sido derrubados; num determinado lugar, cortara-se a madeira depois que ele havia passado por ali, na última viagem. Apressou-se, queria chegar logo. Por fim, o terreno começou a descer, ali ele tomou, através dos campos, um caminho que conhecia, e logo percebeu, à distância, o mar. Então se deteve, ouviu-o quebrar na margem e ribombar no fundo do horizonte, *in altum*; um odor salgado lhe chegou, trazido pela brisa fria do inverno, seu coração batia.

Construíra-se uma nova casa à entrada do vilarejo, duas ou três outras tinham sido demolidas.

Os barcos estavam no mar, o cais, deserto; os moradores tinham-se fechado em suas casas; grandes pingentes de gelo, que as crianças chamam *velas de rei*, pendiam da beirada dos tetos e das extremidades das goteiras, as tabuletas da mercearia e da taberna chiavam asperamente sobre o seu triângulo de ferro, a maré subia e avançava sobre os seixos da praia com um ruído de correntes e soluços.

Depois do desjejum (ele ficou bastante surpreso de não sentir fome), foi passear na praia. O vento cantava, os juncos finos, que crescem nas dunas, assobiavam e se curvavam com fúria, a espuma rapidamente se dispersava e corria sobre a areia, às vezes uma rajada a levava na direção das nuvens.

A noite desceu, isto é, esse longo crepúsculo que a precede nos dias mais tristes do ano; grossos flocos de neve caíam do céu, dissolviam-se sobre as ondas, mas ficavam muito tempo sobre a areia, salpicando-a com grandes lágrimas de prata.

Num certo lugar da praia, viu uma velha barca enterrada pela metade, estava encalhada ali havia bem uns vinte anos, o funcho marinho tinha brotado dentro dela, os pólipos e os mexilhões pregaram-se às suas pranchas esverdeadas; ele amava essa barca, examinou-a de todos os lados, tocou-a em diferentes lugares, olhou-a simplesmente como se olharia um cadáver.

A cem passos dali, havia uma passagem na garganta de uma rocha, onde muitas vezes fora sentar-se e passara horas despreocupadas — levava um livro e não o lia, ali se instalava só, deitado de costas para olhar o azul do céu entre as paredes brancas dos rochedos a pique; foi lá que teve os seus sonhos mais doces, foi lá que ouviu melhor o grito das gaivotas e foi lá que o fuco sacudiu sobre ele as pérolas da sua cabeleira; de lá vira as velas dos barcos desaparecerem no horizonte e era onde o sol aquecia mais do que em todos os outros lugares da terra.

Buscou o lugar e o reencontrou; mas outros haviam tomado posse dele, pois, escavando o chão maquinalmente com os pés, encontrou um fundo de garrafa e uma faca. Fizera-se ali uma festa, sem dúvida, viera-se ali com senhoras, ali haviam almoçado, rido, gracejado: "Ó, meu Deus", disse para si mesmo, "não haverá sobre a terra lugares que amemos muito, em que vivamos com intensidade para que eles nos pertençam até a morte, e onde outros, exceto nós mesmos, jamais ponham os olhos?!"

Depois subiu novamente pelo pequeno barranco, onde tantas vezes as pedras haviam rolado sob os seus pés; até mesmo as havia lançado de propósito, com força, para ouvi-las bater contra as paredes das rochas e escutar a resposta do eco solitário. Sobre o planalto que domina a falésia, o ar tornou-se mais vivo, viu a lua erguer-se em frente, numa porção do céu azul sombrio; abaixo dela, à esquerda, havia uma estrelinha.

Ele chorava, de frio ou tristeza? Seu coração morria, sentiu necessidade de falar com alguém. Entrou numa taverna, onde algumas vezes havia bebido cerveja, pediu um charuto e não pôde impedir-se de dizer à boa mulher que o servia: "Já estive aqui antes." Ela lhe respondeu: "Ah, mas ainda não é a temporada, meu senhor, não é a temporada", e lhe entregou o troco.

À noite, ele ainda quis sair, foi deitar-se numa cova usada pelos caçadores para atirar nos patos selvagens, viu momentaneamente a imagem da lua balançar nas ondas e mover-se no mar como uma grande serpente, depois, de todos os lados do céu, nuvens se acumularam novamente, e tudo ficou negro. Nas trevas, as vagas tenebrosas se balançavam, subiam umas sobre as outras e detonavam como cem canhões, uma espécie de ritmo transformava esse barulho numa melodia terrível, a praia, vibrando sob o golpe das ondas, respondia ao mar aberto e retumbante.

Perguntou-se então se não devia terminar com tudo; ninguém o veria, nenhuma esperança de socorro, em três minutos estaria morto; mas, no instante seguinte, devido a uma contradição comum em momentos assim, a existência voltou a lhe sorrir, sua vida de Paris lhe pareceu atraente e cheia de boas promessas, reviu seu confortável quarto de trabalho e avaliou todos os dias tranqüilos que ali ainda poderia passar. E, no entanto, as vozes do abismo o chamavam, as vagas se abriam como um túmulo, prontas para em seguida se fechar sobre ele e envolvê-lo na sua dobra líquida...

Sentiu medo, recolheu-se, a noite inteira ouviu o vento assobiar no meio do terror; acendeu um grande fogo e se esquentou a ponto de chamuscar as próprias pernas.

Sua viagem havia terminado. Voltou para casa, encontrou os vidros claros cobertos de geada, na chaminé os carvões estavam extintos, as roupas ainda jaziam sobre o leito, a tinta havia secado no tinteiro, as paredes estavam frias e ressumavam.

Disse para si mesmo: "Por que não fiquei lá?", e relembrou com amargura a alegria da sua partida.

O verão retornou, não se sentiu porém mais alegre. Ainda foi algumas vezes à Ponte das Artes, viu as árvores das Tulherias se agitarem ao vento e, no final de tarde, os raios do sol passando sob o arco da Estrela como uma chuva luminosa.

Enfim, no último mês de dezembro, ele morreu, mas lentamente, pouco a pouco, só pela força do pensamento, sem que qualquer órgão do seu corpo estivesse doente, como alguém que morre de tristeza — o que parecerá incrível às pessoas que sofreram muito, mas que convém tolerar num romance, pelo amor ao maravilhoso.

Ele recomendou que seu corpo fosse aberto, pois temia ser enterrado vivo. Contudo, proibiu expressamente que o embalsamassem.

25 de outubro de 1842

TREZE CARTAS DO ORIENTE A LOUIS BOUILHET

precedidas de
aquarelas e desenhos
de Eugène Delacroix

Double étude d'un Turc assis sur un canapé.
Aquarela, 25,9 x 19,4 cm.

E.D

Arabe assis de face, mains croiées.
Aquarela, 19,3 x 27,6 cm.

Na página anterior,
Jeune arabe armé.
Aquarela, 31 x 19,5 cm.

rouge
24 avril

Na página anterior,
Architecture mouresque.
Aquarela, 19,4 x 12,5 cm.

Tête de lion rugissant.
Técnica mista, aquarela e guache, 18 x 19 cm.

Cavalier arabe.
Aquarela, 18,5 x 20 cm.

Femme arabe assise sur des coussins.
Aquarela e lápis, 10,7 x 13,8 cm.

Na página seguinte,
Scène de bataille entre Grecs e Turcs.
Aquarela e lápis, 33,7 x 52,3 cm.

ROTEIRO DA VIAGEM AO ORIENTE
(1849-1851)

Inicialmente, Gustave Flaubert e seu amigo Maxime Du Camp visitaram o Egito: Alexandria, 15 de novembro de 1849; Isna, 6 de março de 1850; retorno ao Cairo, 26 de junho.

A seguir, os dois visitaram a Palestina: Jerusalém, 9 de agosto.

Foram então à Síria: Damasco, 4 de setembro.

Depois visitaram o Líbano: Baalbek, 14 de setembro.

No dia 4 de outubro chegaram à ilha de Rodes e, no dia 27 de outubro, chegaram à Ásia Menor: Esmirna, 27 de outubro; Constantinopla (atual Istambul), 12 de dezembro.

Visitaram a Grécia: Atenas, 18 de dezembro; o Peloponeso, de 24 a 29 de janeiro de 1951.

Chegaram finalmente à Itália: Roma, 28 de março.

(Primeira Carta)

Cairo, sábado à noite, 10 horas,
1º de dezembro de 1849.

Começo, meu velho amigo, beijando a tua boa face e soprando sobre este papel toda *a inspiração* possível, a fim de fazer com que *teu espírito* venha a mim. Acredito, de resto, que tu pensas muito nesses viajantes, pois nós aqui pensamos demais em ti, e deploramos cem vezes durante o dia a tua ausência. Ontem, por exemplo, meu caro senhor, fomos a um bordel. Mas não antecipemos os fatos. — Agora, a lua brilha sobre os minaretes, tudo está silencioso, de tempos em tempos ladram os cães; diante da janela, cujas cortinas estão puxadas, tenho a massa negra das árvores do jardim visíveis à luz pálida da noite. Escrevo numa mesa quadrada, coberta por um pano verde, iluminada por duas velas e retirando a minha tinta de um pote de pomada. Perto de mim, a uns 10 milímetros, jazem as minhas ordens ministeriais, que parecem desejar limpar a minha bunda qualquer dia desses. — Ouço, atrás da divisória, o jovem Maxime fazer suas dosagens fotográficas. Os mudos estão, lá em cima, dormindo, a saber, Sassetti e o *drogman*[1]; e este *drogman*, para dizer a verdade, é um dos mais incorrigíveis proxenetas, rufiões e velhos bardaxas[2] que se poderia imaginar. Quanto à minha senhoria, ela veste uma grande camisa de tecido grosso de algodão, ornamentada de borlas, e cujo formato exigiria longa descrição. Minha cabeça está completamente raspada, salvo uma mecha no occipício (é por aí que, no dia do julgamento, Maomé deverá carregar-vos), e metida num boné cilíndrico vermelho que cega de vermelhidão e que me fez, nos primeiros dias, sufocar de calor. Estamos muito orientais, Max(ime) sobretudo é colossal, quando fuma o narguilé rolando o seu terço. Considerações de segurança detêm nosso ímpeto pelos trajos; como o europeu é mais respeitado no Egito, somente na Síria nos vestiremos de modo totalmente típico. E tu, meu amado e velho cretino, o que será de ti nessa pátria suja que vejo às vezes em ternos sonhos agitados? Sonho com nossos domingos, quando ouvia o ruído da grade de ferro e via aparecer a bengala, o caderno e tu... Quando retomaremos nossas intermináveis conversas no canto do jogo, mergulhados em nossas poltronas verdes... Ah, como está *Melaenis*?[3] E as peças de viagem? Etc., etc. Envia-me alguns volumes. Até nova ordem, escreve-me para o Cairo, Egito, e não te esqueças de colocar sob o endereço: *chargé de mission en Orient*. Respondendo-me de imediato, terei tua carta lá pelo fim do mês. Estarei ainda aqui, de onde partiremos no início de janeiro para nossa viagem ao Alto Egito e Núbia. Será coisa de cerca de três meses. Mas todas as tuas cartas deverão ser endereçadas ao Cairo. De lá, o cônsul da França se encarregará de fazê-las chegar aonde estivermos. Ainda não vi as Pirâmides. Na próxima semana faremos uma breve viagem às redondezas, para visitar as Pirâmides, Sacara, Mênfis e o Motakam, onde espero matar hienas ou alguma raposa, da qual levarei a pele.

Estou certo de que, como homem inteligente, tu não esperas receber de mim um *relato* da minha viagem. Mal tenho tempo para manter atualizadas as minhas notas. Ainda não escrevi nada, nem mesmo abri um livro, exceto ontem, quando li três odes de Horácio como divertimento, enquanto fumava meu chibuque[4]. Queria, contudo, te enviar alguma coisa que pudesse te divertir no teu domicílio da rua Beauvoisine, entre Huart[5] e os mochos empalhados. Enfim, eis aqui, até o presente, o resumo do que senti: pouco surpreeendido com a natureza, como paisagem, como céu, como deserto (exceto a miragem); surpreso bastante com as cidades e os homens. Hugo diria: "Eu estava mais próximo de Deus do que da humanidade!" Isso porque, sem dúvida, eu havia sonhado mais, escavado mais e imaginado mais o horizonte, o verde, a areia, as árvores, o sol, do que as casas, as ruas, os costumes... Foi, no que diz respeito à natureza, um reencontro, e quanto ao resto, uma descoberta. Mas há um elemento novo, que eu não esperava ver e que é desmedido aqui: o grotesco. Todo o antigo cômico do escravo espancado, do vendedor de mulheres rude, do mercador trapaceiro, é aqui muito vivo, muito verdadeiro, encantador. Nas ruas, nas casas, a propósito de tudo, à direita e à esquerda, distribuem-se golpes de bastão com uma prodigalidade festiva. São entonações guturais que se assemelham a gritos de animais ferozes, e risos ainda mais altos, com largas roupas brancas, dentes de marfim que batem sob os lábios espessos, nariz chato dos negros, pés empoeirados, e colares, e pulseiras! Pobre velho! Foi-nos oferecido, na casa do paxá de Roseta, um jantar em que havia dez negros para nos servir. Vestiam fraques de seda, alguns pulseiras de prata; um negrinho enxotava as moscas com um espanador de junco; comíamos com os dedos; traziam um prato após o outro sobre uma bandeja de prata; cerca de trinta pratos desfilaram dessa maneira. Estávamos num pavilhão de madeira, com todas as janelas abertas, sobre divãs, com vista para o mar.

Uma das coisas mais belas é o camelo. Não me canso de ver passar esse estranho animal que saltita como um peru e balança o pescoço como um cisne. Eles têm um grito que tento em vão reproduzir. Espero ainda poder imitá-los, mas é difícil devido a um certo gorgolejo que treme no fundo do estertor que eles emitem. Aliás, talvez eu vá conviver bastante com camelos; pois iremos do Cairo a Jerusalém pelo deserto e ao Monte Sinai[6]. Coisa de uns 25 dias, pelo menos. Nossa caravana se comporá de 12 camelos. Consegues ver-nos empoleirados em cima deles? Quando chegarmos a Jerusalém, estaremos provavelmente mortos de cansaço. Mas se o dromedário se conduzir comigo como o mediterrâneo, eu levarei vantagem. Pois vós sabeis, meu caro senhor, que eu era o mais folgazão de todos os passageiros, embora o mar estivesse detestável (rolava-se, vomitava-se. Era soberbo.) Durante toda a travessia, 11 dias, eu comi, fumei, contei patranhas e era tão amável com as minhas histórias lúbricas, ditos, gracejos, etc., que o estado-maior me adorava. Creio que viajarei de novo no *Le Nil* sem pagar o bilhete. Adquiri, ali, esta convicção: que as coisas previstas raramente acontecem. Tinha medo de enjôo e não tive disso nem um tiquinho; o mesmo não se pode dizer de Maxime e do jovem Sassetti. Apoiado sobre a pavesada, eu contemplava as ondas ao luar, esforçando-me para pensar em todas as lembranças históricas que deveriam ocorrer-me, e não ocorreram, enquanto meu olho, estúpido como aquele do boi, olhava a água, simplesmente. Várias vezes pensei em Racine no seu gabinete, com sua peruca e sua roupa do século XVII, escavando a imaginação para combinar a planície líquida com a montanha úmida[7], pensei em toda a agitação que ele imaginava e que caos tranqüilo isso fazia na sua cabeça.

Se queres ter uma boa idéia de Malta, lê o que o livro de Maxime diz sobre ela: é bastante exato. — Pensa na Calessina[8], apenas imagina-te com a aparência de um daqueles clérigos dos velhos bons tempos, calções curtos, com o chapéu pontiagudo e acompanhado de uma dama.

Na manhã em que nós abordamos o Egito, subi nas gáveas com o timoneiro e percebi *esse velho Egito.* O céu, o mar, tudo estava azul. O serralho do velho paxá se destacava todo branco no horizonte. Foi o que eu vi. Aproximando-nos da terra, do lado das Catacumbas e dos banhos de Cleópatra, percebemos um homem em pé conduzindo dois camelos à sua frente. — No porto, alguns árabes sentados com as pernas cruzadas sobre as pedras, pescando a linha com o ar mais pacífico do mundo. Passamos atrás de um pequeno brique trazendo escrito o nome de *Saint-Malo*, uma porção de merda caiu ruidosamente na água do depósito de uma fragata turca e jogamos as âncoras. Toda uma flotilha de canoas repletas de carregadores, de *drogmans*, de *cawas*[9], de cônsules, lançou-se à nossa volta. Foi um grande tumulto de pacotes, de xingamentos; embaraçava-se em longos cachimbos, em cordames, em turbantes, jogavam-se os baús por cima da margem, nas lanchas, o todo temperado de golpes de cacete sobre as espáduas dos felás. — Mal tínhamos tocado a terra e já o infame Du Camp excitou-se à vista de uma negra que tirava água de uma fonte. Excitou-se também diante dos negrinhos. Por quem ele não se excita! Ou, para dizer melhor, pelo quê?

Em Alexandria, já na noite da nossa chegada, vimos uma procissão de tochas. Festejava-se a circuncisão de uma criança. Fachos de resina aclaravam as ruas escuras onde a multidão colorida se empurrava aos gritos. Aqui no Cairo, assistimos a cenas cômicas do mesmo gênero. Numa dessas últimas noites, vimos os devotos cantar em louvor a Alá, numa festa de casamento; organizados num paralelogramo, eles iam gingando e salmodiando de uma maneira monótona. Um deles dava o tom e lançava regularmente gritos agudos. — Os bufões são perfeitos, e os gracejos daqui, do melhor gosto. Numa espécie de farsa que nosso *drogaman* nos traduzia aproximadamente, havia isto: um médico estava trancado em casa, batia-se na sua porta. Ele se recusava a abrir. "Quem é? — É... (etc.). — Não. — Quem bate? — É uma puta. — Ah, entra!"

Ontem, na praça pública, vimos um gatuno com uma criança de

sete ou oito anos e duas garotinhas. O menino era uma amável figurinha que dirigia ao povo apóstrofes deste calão: "Cinco paras[10], por favor, para comer o mel em honra do profeta, e eu vos darei minha mãe para foder", e as pessoas riam, "Eu vos desejo todo tipo de prosperidade, sobretudo uma vara bem comprida".

Numa ocasião em que ele falava a um homem surdo, após haver tentado se fazer ouvir, gritando-lhe alternadamente numa e noutra orelha, pôs-se no fim, e de desespero, a gritar-lhe na bunda.

Amanhã teremos *uma diversão na água*, com várias putas que dançarão ao som do tambor árabe, com crótalos e seus penteados com piastras de ouro. Na minha próxima carta tentarei ser menos desordenado (fui incomodado vinte vezes nesta aqui) e te remeterei algo de valor. — Anteontem, fomos ver uma mulher que nos fez comer duas outras. O apartamento arruinado e esburacado era iluminado por uma lamparina, via-se uma palmeira pela janela sem vidros e as duas mulheres turcas tinham roupas de seda com desenhos dourados. É aqui que se conhecem os contrastes, coisas esplêndidas reluzem na poeira. Fodi numa esteira de onde se deslocou uma ninhada de gatos, estranho coito desses que os dois se olham sem poder falar-se. O olhar é duplicado pela curiosidade e pela estupefação. Gozei pouco, aliás, a cabeça estava demasiado excitada. Essas xoxotas raspadas fazem um efeito estranho. Elas tinham ainda a carne dura como o bronze, e a minha possuía um admirável par de nádegas.

Adeus, seu velhaco. Pensa em nós, escreve-me e, às vezes, à minha mãe também, isso lhe dará muito prazer, e informa a ela que recebeste notícias minhas. Nós te abraçamos, trabalhador inflexível. Teremos sobre o que tagarelar na volta!

Adeus, mil beijos,

teu

Numera tuas cartas.

Cairo, 24 de dezembro de 1849.

Post-scriptum

Para ti somente

O bufão de Mohammed Ali, para agradar a multidão, agarrou um dia uma mulher num bazer do Cairo, colocou-a na entrada da loja de um vendedor qualquer e lá a possuiu em público, enquanto o proprietário fumava tranqüilamente o seu cachimbo.

Sobre a estrada do Cairo a Choubra, havia faz algum tempo um jovem singular que se deixava enrabar na frente de todos por um macaco *da espécie robusta*, para dar boa impressão de si mesmo e fazer rir.

Há pouco tempo que morreu um marabuto[11]. Era um idiota que passava entretanto por santo, por alguém tocado por Deus. Todas as mulheres muçulmanas iam vê-lo e o masturbavam, de maneira que ele morreu de esgotamento. De manhã à noite era uma masturbação perpétua. Ó Bouilhet, se fosses tu, esse marabuto!

Quid dicis do fato seguinte. Algum tempo atrás havia um santon (padre ascético) que passeava completamente nu pelas ruas do Cairo, usando só um barrete na cabeça e uma carapuça no pau. Para mijar, ele retirava o solidéu do pau, e as mulheres estéreis, desejosas de crianças, iam se colocar sob a parábola de urina e se friccionavam com esse líqüido.

Adeus, seu velhaco. Recebi esta manhã uma carta da minha mãe. Está muito triste, a pobre mulher. Estou lhe fazendo falta. Etc. Confio totalmente na tua inteligência e no teu *conhecimento do coração humano*. Teu.

(Segunda Carta)

Cairo, 15 de janeiro de 1850.

Hoje, ao meio-dia, caro e velho amigo, recebi a tua boa e longa carta, carta tão esperada. Ela me comoveu até as entranhas. *Eu a encharquei.* Como penso em ti, é verdade! Inestimável velhaco! Penso em ti várias vezes por dia, e como sinto a tua falta! Se tu sentes a minha falta, sinto também a tua. E quando caminho pelas ruas com o nariz para cima, olhando o céu azul, as gelosias das casas e os minaretes cobertos de pássaros, sonho contigo, como tu estás, na tua casinha da rua Beauvoisine, no canto do fogo, enquanto a chuva escoa pelos vidros e Huard se encontra lá. Agora deve estar fazendo frio em Rouen, esse velho frio porcalhão e aborrecido. Fica-se com as patas úmidas e entediado de pensar no sol. Quando nos revermos, se terão passado muitos dias, quero dizer, muitas coisas. Seremos nós dois ainda os mesmos, não terá nada mudado na comunhão de nossos seres? Tenho muito orgulho de nós mesmos para não acreditar nisso. Trabalha sempre, permanece como és. Continua a tua fastidiosa e sublime maneira de viver, e então veremos ressoar a pele desses tambores que tanto esticamos há tanto tempo. Procuro em toda parte algo de chique para te levar. Até o momento, nada encontrei, mas em Mênfis cortei dois ou três ramos de palmeira *para tu fazeres bengalas.* — Tenho me dedicado muito ao estudo da perfumaria e da composição de ungüentos. Anteontem, comi a metade de uma pastilha e fiquei com o corpo febril durante três horas. Parecia que eu tinha fogo na língua. Vou muito aos banhos turcos. Devorei os versos de *Melaenis.* — Vejamos, acalmemo-nos. Quem não soube se conter jamais soube escrever[1]. Estou tinindo neste momento. Tenho vontade de te dar um monte de socos. Tudo se choca e se embaralha no meu cérebro doente. — Tratemos de pôr ordem nele.

Antes de mais nada, não sou como essas pessoas que não cumprem suas promessas. Sim, eu disse aquilo. E repeti a pergunta em voz alta![2] Era de manhã, o sol se erguia diante de mim, todo o vale do Nilo, banhado num nevoeiro, parecia um mar branco, imóvel, e o deserto atrás, com seus montículos de areia, era como um outro oceano de um violeta sombrio e cujas ondas estivessem petrificadas. Entretanto, o sol subia atrás da cadeia arábica, o nevoeiro se dilacerava em grandes gazes ligeiras, as campinas, cortadas por canais, eram como tapetes verdes ornados de galão, de modo que havia três cores, apenas: um imenso verde aos meus pés, em primeiro plano; o céu louro-rubro, como um vermelho gasto, atrás, e, ao lado, uma outra extensão, com pequenas elevações arredondadas, de um tom alourado e cintilante; depois, bem ao fundo, os minaretes brancos do Cairo e os barcos que passavam no Nilo, as duas velas abertas (como as asas de uma andorinha que vemos de longe); aqui e ali, no campo, alguns grupos de palmeiras. Sim, foi lá, sobre a pirâmide de Chefren, no meio dos meus árabes que ofegavam por terem me rebocado para cima, e bastante próximo da inscrição *Humbert encerador*[3], que Max(ime) havia colocado sem que eu me desse conta, que, concentrando todas as forças da minha alma, e voltando-me na direção do Oriente, perguntei: "Quem tem mais chance de vencer, Pigny ou Defodon[4]?!!!" Repeti, gritei aos ecos. Não havia eco, e os abutres que voavam à minha volta subiram mais alto, levando aos céus esse enigma eterno.

Sim, nos demos bem nas Pirâmides. À noite, o vento batia sobre a nossa tenda com grandes golpes surdos, como na vela de um navio. — Levantamos uma vez às duas da madrugada, as estrelas brilhavam. O tempo estava seco e claro. Um chacal gania atrás da segunda Pirâmide. Nossos árabes estavam deitados em covas que eles haviam aberto na areia com suas próprias mãos para nelas dormir; suas duas ou três fogueiras crepitavam. Alguns, sentados em círculo, fumavam seus cachimbos e, entre esses, um velho cantava algo monótono que tinha um refrão (era lento, e emitido à meia-voz). Entramos em todas as Pirâmides, rastejamos sobre o peito nos corredores, deslizando sobre a bosta dos morcegos que vinham rodopiar em volta de nossas tochas e mantendo-nos o melhor que podíamos sobre a inclinação escorregadia das lajes. — Fazia ali 40 a 50 graus de calor. Sufoca-se ligeiramente, mas depois de algum tempo se acostuma. Nos poços de Saqqara, fizemos o mesmo exercício e recolhemos algumas múmias de íbis que ainda estão no seu pote. Mas tanto a ascensão às Pirâmides como a visita ao seu interior (o que é, porém, mais complicado) são uma verdadeira bagatela quanto à dificuldade. Elas têm isto de engraçado, essas bravas Pirâmides: quanto mais nós as vemos, maiores elas parecem. — No primeiro instante, não tendo nenhum ponto de referência ao lado, não nos impressionamos com o seu tamanho. A cinqüenta passos, cada uma de suas pedras não tem a aparência mais imponente do que a de um paralelepípedo. Vós vos aproximais dela. Cada pedra tem oito pés de altura e outro tanto de largura. Mas quando subimos nela, e chegamos ao meio, isso se torna imenso. No alto, ficamos inteiramente estupefatos. No segundo dia, quando voltávamos ao pôr-do-sol de uma cavalgada que havíamos feito atrás, no deserto, passando perto da segunda Pirâmide, esta me pareceu disposta a pique e abaixei as espáduas como se ela fosse cair em cima de mim e me esmagar. Seu cume ficou esbranquiçado por causa das fezes das águias e dos abutres que planam sem cessar em volta do pico desses monumentos, o que me fez recordar isto de *Santo Antônio*: "os deuses com cabeça de íbis têm as espáduas manchadas de excremento branco dos pássaros..."[5]. Max(ime) repetia sem parar: "Do lado da Líbia vi a esfinge que fugia. Ela galopava como um chagal"[6] .A propósito de repetir, não tomo um banho sem me dizer este verso, do qual tu não compreendes toda a sutileza, assim como Trissotin:

Où Rome dans les eaux se plonge avant la nuit.[7]

Esse verso aí aumenta o prazer do meu banho. É como uma temperatura mais quente por cima do calor da estufa. Quanto à velha Esfinge que está aos pés das Pirâmides e que parece as vigiar, nós chegamos diante dela a galope. E senti ali uma senhora vertigem. Max(ime) estava mais pálido do que o meu papel. É muitíssimo estranho, e difícil de explicar, aquilo foi *mais forte do que eu*. Parti primeiro, ultrapassando tudo. Maxime me alcançou na areia, e nós galopamos como dois furiosos, os olhos fixados na direção da Esfinge (*Abou Eloul*[8]: o pai do terror), que crescia, crescia e saía da terra como um cachorro que se levanta. Nenhum desenho que eu conheço dá uma idéia exata dela, salvo uma fotografia excelente que Maxime tirou. O seu nariz está comido como por um câncer, as orelhas separadas da cabeça como um negro, percebemos ainda os olhos muito expressivos e aterradores; todo o corpo está na areia; diante de seu peito há um grande buraco, resto de tentativas de desobstruções. — Foi ali que detivemos os nossos cavalos, que respiravam barulhentamente enquanto olhávamos com olhar de idiota. Depois o arrebatamento de novo nos tomou e partimos em sua direção na mesma velocidade através das ruínas de pequenas Pirâmides que se espalham aos pés das grandes.

Não é todo dia que se tem emoções tão po-é-ticas, graças a Deus, pois o homenzinho estouraria. Em Mênfis, não existe mais nada, além de um colosso deitado sobre o ventre num pântano, muitas palmeiras e rolas dentro delas. Voltando de lá, encontrei no pó um grande escaravelho que capturei e foi incluído na minha coleção. —

DE SALTATORIBUS

Não vimos ainda as dançarinas. Estão todas no Alto Egito, exiladas. Os belos bordéis não existem mais no Cairo. A festa que deveríamos ter feito no Nilo, na última vez que te escrevi, fracassou. Todavia, não perdemos grande coisa. Mas tivemos os dançarinos. Oh! Oh! Oh!

Éramos nós te chamando. — Sentia-me indignado, e muito triste. Três ou quatro músicos tocando instrumentos singulares (nós os levaremos conosco) estavam em pé no fundo da sala de jantar do hotel, enquanto a uma pequena mesa um senhor fazia sua refeição e nós outros fumávamos nossos cachimbos sentados no divã. Como dançarinos, imagina dois velhacos um tanto quanto feios, mas encantadores por causa da corrupção, da degradação intencional do olhar e da feminilidade dos movimentos, tendo os olhos pintados com antimônio e vestidos como mulheres. Como traje, amplas calças e um casaco curto bordado que descia até o epigástrio, e as calças, além disso, seguras por uma grande cinta de caxemira com várias dobras, começavam mais ou menos nos pêlos pubianos, de modo que todo o ventre, os rins e o início das nádegas estavam descobertos, através de uma gaze negra colada sobre a pele, isto é, retida pelas vestes inferior e superior. Ela se enruga sobre os quadris como uma onda tenebrosa e transparente a cada movimento dos dançarinos. A música segue sempre no mesmo ritmo, sem parar, durante duas horas.

A flauta é rude, os tamborins repercutem nos seus pulmões, o cantor domina tudo. Os dançarinos passam e voltam, caminham, movimentando a bacia com um movimento breve e convulsivo. É um *trinado de músculos* (única expressão justa). Quando a bacia se desloca, todo o resto do corpo fica imóvel. Quando, ao contrário, o peito se move, o resto não se agita. Eles avançavam assim até vós, os braços abertos tocando crótalos de cobre, e o rosto, sob a maquilagem e o suor, mais inexpressivo do que o de uma estátua. Quero dizer que eles não sorriam. O efeito provém do contraste entre a gravidade da cabeça e os movimentos lascivos do corpo. Às vezes, eles se inclinam inteiramente para trás no solo, como uma mulher que se deita para ser possuída, e se levantam outra vez com um movimento dos rins parecido àquele de uma árvore que se endireita depois que passa o vento. — Nas saudações e reverências, suas calças largas e vermelhas incham de repente como balões ovais, depois parecem dissolver-se, vertendo o ar que as enchia. De quando em quando, durante a dança, o seu cornaca ou proxeneta saltita em volta deles, beijando seu ventre, seu traseiro, os rins, e dizendo gracejos ousados para apimentar algo que é já evidente por si mesmo. É muito bonito para ser excitante. Duvido que as mulheres sejam melhores do que os homens. A fealdade destes acrescenta muito em termos de arte. Fiquei com enxaqueca o resto do dia. E senti vontade de mijar duas ou três vezes durante a apresentação, efeito nervoso que eu atribuo mais particularmente à música. Mandarei voltar esse maravilhoso Hassan-el-Bilbeis. Ele dançará para mim *a abelha*, em especial. Por um tal bardaxa, deve ser coisa apreciável.

Já que falamos de bardaxas, eis o que sei deles. Aqui é muito distinto. Admite-se sua sodomia e fala-se dela na mesa da hospedaria. Às vezes se nega um pouquinho, todo mundo então vos injuria, e isso se torna público. Viajando para a nossa instrução e encarregados de uma missão governamental, nós consideramos como um dever nos entregar a esse tipo de ejaculação. A ocasião para isso ainda não se apresentou, mas nós a estamos buscando, todavia. É nos banhos que isso se pratica. Reserva-se o banho para si (5 francos, incluídos os massagistas, o cachimbo, o café, a roupa branca) e se enraba o seu garoto numa das salas. — Tu sabes de sobra que todos os meninos de banho são bardaxas. Os últimos massagistas, esses que vêm vos friccionar quando tudo acabou, são geralmente rapazinhos muito gentis. Vimos um deles num estabelecimento bastante próximo de nós. Mandei reservar o banho *só para mim*. Fui lá. O velhaco estava fora nesse dia! Fiquei só no fundo da estufa, olhando o dia findar através das grossas lentilhas de vidro da cúpula; a água quente escoava-se por toda parte; deitado como um bezerro, eu pensava numa porção de coisas e meus poros tranqüilamente se dilatavam todos. É muito voluptuoso e um tanto melancólico tomar um banho assim sozinho, perdido nessas salas obscuras onde o menor ruído ecoa como a detonação de um canhão, enquanto os *kellaks*[9] nus se chamam entre si e vos manejam e vos reviram como embalsamadores vos preparando para o túmulo. Nesse dia (anteontem, segunda), o meu *kellak* me friccionava docemente, quando, tendo chegado às partes nobres, levantou os meus bagos para limpá-los, depois continuou a me friccionar o peito com a mão esquerda, pondo-se com a direita a puxar a minha pica para cima e para baixo, então inclinou-se sobre o meu ombro me repetindo: *batchis, batchis* (isso significa: gorjeta, gorjeta). Era um homem de uns cinqüenta anos, ignóbil, repugnante. Viste o efeito, e a palavra *batchis, batchis*? Eu o repeli levemente, dizendo: *làh, làh*, não, não. Ele pensou que eu estava chateado e fez uma cara lastimosa. Então lhe dei alguns tapinhas no ombro, repetindo num tom mais doce: *làh, làh*. Ele começou a sorrir como se quisesse me dizer: "Ora! Tu és um porcalhão mesmo assim, mas hoje não quer". Quanto a mim, ri bem alto como um velho gaiato. — A abóbada da piscina percutiu na sombra a minha risada. Mas o mais lindo veio em seguida, quando, no meu quarto, envolvido em roupas brancas e fumando o narguilé enquanto me secavam, de tempos a tempos eu gritava ao meu *drogman* que ficara na sala da frente: "Joseph, o moleque que vimos naquele dia ainda não voltou? — Não, senhor. — Ah, Deus do céu!", e seguia-se o monólogo de um homem vexado.

Vi, há 8 dias, um macaco na rua se precipitar sobre um asno e tentar masturbá-lo à força. O asno zurrava e dava coices sem parar, o dono do macaco gritava, o macaco guinchava. Fora duas ou três crianças que riam e eu mesmo, a quem aquilo muito divertia, ninguém deu atenção ao caso. Quando contei esse fato ao Sr. Belin, o chanceler do consulado, ele me disse que vira uma vez um avestruz tentar violentar um asno.

Max(ime) foi masturbado outro dia num bairro deserto sob as ruínas e gozou muito. Chega de lubricidade.

Fomos, através de *batchis*, sempre (o *batchis* e o golpe de bastão são o fundo do Árabe, não se ouve outra coisa e só se vê isso), iniciados na sociedade dos encantadores de serpente. Colocaram-nos serpentes à volta do pescoço, ao redor das mãos. Recitaram-se sobre nossas cabeças encantamentos, sopraram-nos na boca e quase meteram nela a língua também. Era muito engraçado. Os homens que exercem tão *culpável profissão* executam seus vis malabarismos, como diria o Sr. Voltaire, com singular habilidade. A propósito do Sr. Voltaire, fiquei emocionado com o que tu me disseste sobre ele depois da tua noite em Mauny. Morei no castelo durante vários meses, aos 2 anos e meio. São minhas lembranças mais antigas. Recordo-me de um gramado redondo e de um *maître-d'hotel* de roupa negra que passava por ali, grandes árvores e um longo corredor no fim do qual, à esquerda, ficava o quarto de dormir.

Que revolução é a nomeação de Chéruel[10]! Como se deve ter comentado isso! O colégio ficará vazio! Que decadência! Onde estará ele, o gaiato suficientemente intrépido para ousar ocupar a cátedra? Isso será como Lo(uis) XVIII depois de Napoleão.

E o casamento do filho de Lornier! *Lornier Filho*. Trata de me conseguir bons detalhes, hein? Isso deve ser muito, muito interessante.

Conversamos amigavelmente com sacerdotes de todas as religiões. As posturas e atitudes das pessoas são às vezes realmente belas. Mandamos fazer traduções de canções, contos, tradições, tudo que há de mais popular e oriental. Empregamos *os* sábios, isso é literal. Usamos de muito jeito, muita insolência, grande liberdade de linguagem. O gerente do nosso hotel acredita até que às vezes exageramos.

Um dia desses iremos visitar os feiticeiros, sempre em busca dessas velhas animações[11].

Meu pobre velhaco, tenho muita vontade de te abraçar. Ficarei contente quando puder ver-te outra vez. Ontem, lendo teus versos[12], extrapolei tudo para me dar prazer e fingir que estavas aqui!

Na estrofe "Enfin la tête basse...", eu não gosto de "c'est une âme divine", nem de "qu'un double instinct domine".

"Cependant sur les monts...", é bom...

Beau, jeune, ivre d'amour et défiant les pleurs

me põe em alvoroço, mas a rima que se segue me parece fácil.

Não sei o que pensar do tumulto de Marcia. É de muito bom gosto? No entanto, isso faz de fato efeito. Além do que talvez seja intencional da sua parte, é necessário que ela grite, ainda mais porque a gritaria não dura tanto tempo.

O agir de Marcius é soberbo. Excelente.

... ma jeunesse lointaine
Accourt comme un fantôme au-devant de mes pas

parece-me delicioso como grotesco contido. Todo o movimento de Paulus, magnífico. Belíssimo, belíssimo, belíííssimo, meu rapaz. Como é necessário, porém, que a crítica se misture ao elogio, a serpente às flores, os espinho às rosas, a varíola ao traseiro e Marcia a Melaenis, a feiticeira, não achas que

Tout s'agitait ensemble au fond de son cerveau

lembra alguma coisa meio parecida no começo do terceiro canto, quando ele está sobre o monte Pincius, antes de encontrar Mirax???

Là-bas sur le ciel noir
.................collines
.................fescennines
.................tiburtines

adorável; e todo o movimento que termina com os soluços.

"faisait les noix..."

dos quais se havia semeado as estradas tiburtinas[13], *very good indeed.* Taieb, como diz um árabe.

O jovem Du Camp acha que *tu deves ler Melaenis* a Gautier. Só não deixe com ele teus cadernos (o caderno!). Ele com certeza os perderá. Estou te avisando.

Vai ver minha mãe sempre que puderes, ampara-a, escreve-lhe quando ela estiver fora, a pobre velha precisa disso. Tu farás assim um ato de grande caridade e, ao mesmo tempo, tu verás ali a expansão pudica de uma boa e honesta natureza.

Ah, meu velho bardaxa, sem ela e sem ti eu não pensaria mais na minha pátria, quero dizer, na minha casa. Continuas a beber cálices de licor com o tio Parain? E Deshayes? Védie? Mulot?[14] O ilustre Huard? Continua todavia muito exaltado? Que cabeça! Tu te empanturras como um vilão na casa de Caban?[15] Como vilania, vejo aqui exemplos graciosos. É único. Basta um governo despótico para rebaixar a dignidade do homem. Misericórdia, que canalhas eles são!

À noite, quando tu te recolheres, quando tuas estrofes não saírem, pensa em mim. E quando tu te sentires entediado, o cotovelo apoiado na mesa, pega um pedaço de papel e manda-me tudo, tudo. Devorei tua carta e a reli mais de uma vez.

Neste momento, vejo a ti de camisa perto do fogo, sentindo muito calor e contemplando o próprio pau. A propósito, cu se escreve sem acento. Isso me chocou.

Adeus, beijo-te e sou mais do que nunca marechal de Richelieu, uniforme azul colado ao corpo, mosquiteiro cinza, regência e cardeal Dubois, arre!

Osso duro de roer.

Teu velho.

(Terceira Carta)

13 de março de 1850, a bordo do nosso barco,
12 léguas acima de Assuã.

Daqui a seis ou sete horas passaremos sob o trópico desse velho maroto chamado Câncer. Neste momento, faz 30 à sombra; estamos descalços, em camisa; te escrevo no meu divã, ao som dos tambores dos nossos marujos, que cantam batendo palmas. O sol cai perpendicularmente sobre a tenda do nosso convés. O Nilo está liso como um rio de aço. Há grandes palmeiras nas margens. O céu está inteiramente azul. Ô pobre velho! Pobre velho do meu coração!

O que tu fazes, aí em Rouen? Não recebo tuas cartas há muito tempo, ou, para ser mais preciso, só recebi uma até agora, datada do fim de dezembro, e à qual respondi imediatamente. Pode ser que eu tenha outra no Cairo, ou já vindo para cá. — Minha mãe me escreve contando que não te vê mais com freqüência. Por quê? Se isso te aborrece muito, vai vê-la só de vez em quando, mas faz isso por mim e trata de me contar tudo sobre *a minha casa*, sem omitir nada. — Estiveste em Paris? Retornaste à casa de Gautier? E Pradier, tu o viste? O que aconteceu com a tua viagem à Inglaterra exigida pelo conto chinês?[1] *Melaenis* já está concluída? Envia-me o final, infame canalha. Leio sempre os teus versos, vai, pobre infame. Tenho necessidade urgente de retirar a minha objeção à palavra "vagabundo", aplicada ao Nilo.

Que le Nil vagabond roule sur ses rivages.[2]

Nenhuma designação mais justa, mais precisa, nem mais ampla ao mesmo tempo. — É um rio estranho e magnífico, que se parece mais com um oceano do que com qualquer outra coisa. Praias de areia se estendem a perder de vista sobre as margens, sulcadas pelo vento como as praias do mar. Suas dimensões são tais que não se sabe para onde desce a corrente, e muitas vezes parece que se está preso num grande lago. Ah, não! Se tu aguardas uma carta um pouco limpa, vais ficar desapontado. Estou te advertindo seriamente de que a minha inteligência diminuiu muito. Isso me inquieta, não é brincadeira, sinto-me bastante vazio, muito aviltado, muito estéril. O que vou fazer quando puser de novo os pés em casa, publicarei, não publicarei? O que escreverei? E escrever, ainda? Aquele episódio do *Santo Antônio* foi um duro golpe, não o nego. Tentei em vão começar o meu conto oriental[3]. Pensei durante dois dias na história de Micerino, em Heródoto (esse rei que come a própria filha). Mas tudo isso desapareceu assim como chegou. Como atividade, leio todos os dias a *Odisséia* em grego. Desde que estamos no Nilo, já consumi quatro cantos. Como retornaremos pela Grécia, isso me poderá ser útil. Nos primeiros dias ainda escrevi um pouco, mas, graças a Deus, percebi logo a tolice. É melhor ser dois olhos, com toda a honestidade. Como tu vês, vivemos numa grande indolência, passamos todos os nossos dias deitados em nossos divãs a apreciar o que acontece, desde os camelos e as tropas de bois de Sennar até as barcas que descem para o Cairo, carregadas de negras e de presas de elefantes. Estamos agora, meu caro senhor, numa região onde as mulheres vivem nuas, e podemos dizer, tal qual o poeta, "como a mão", pois todo o seu trajo consiste apenas em anéis. Comi moças da Núbia que usavam colares de piastras de ouro que iam até as suas coxas e, no ventre negro, cintos de pérolas coloridas. Sua dança! Santíssimo nome de Deus!!! Procedamos por ordem, entretanto.

Do Cairo a Beni Suef, nada de muito interessante. Gastamos dez dias para fazer essas 25 léguas por causa do *Kamsin*[4] (ou simum[5] mortífero), que nos retardou. Nada do que se diz dele é exagero. É uma tempestade de areia que vos sucede inopinadamente. É preciso fechar-se e ficar tranqüilo. Nossas provisões é que sofreram muito com isso, a poeira penetra em todos os lugares, até nas latas bem fechadas. O sol, nesses dias, tem a aparência de um disco de chumbo, o céu fica pálido, as barcas rodopiam no Nilo como piões. Não se vê um só pássaro, uma só mosca. Chegando a Beni Suef, fizemos uma corrida de cinco dias ao lago Moeris. Como não pudemos ir até o fim, voltaremos lá quando estivermos regressando para o Cairo. Até o momento, contudo, vimos pouca coisa; pois estamos aproveitando o vento para irmos avante, sempre; mas no retorno nos deteremos em todos os lugares. Como temos a intenção de ir a Al-Quesir, sobre as margens do Mar Vermelho, e ao grande oásis de Tebas, é certo que não voltaremos ao Cairo antes do final de maio, o que significa que só chegaremos à Síria no mês de junho. — Assim, até nova ordem, manda tuas cartas para o Cairo. —

Em Medinet-el-Fayun, pernoitamos na casa de um cristão de Damasco que nos ofereceu sua hospitalidade. Havia na casa dele, alojado como comensal costumeiro, um padre católico que tinha toda a aparência de comer a dona da casa. Ô, os padres!! Primeiro, eles se alimentam melhor do que nós. Se aquele não se alimentava mal, bebia melhor ainda. Sob o pretexto de que os muçulmanos não bebem vinho, esses bravos cristãos se empanzinam de aguardente. A quantidade de cálices de licor que se bebe de um trago, em nome da confraternização religiosa, é inacreditável. Nosso anfitrião era um homem um tanto quanto letrado, e como estávamos na região de Santo Antônio, conversamos com ele sobre Ário, Santo Atanásio etc. O bom homem ficou exultante. Sabe o que ele havia pendurado nas paredes do nosso quarto? Uma gravura da vista de Quillebeuf, e outra da abadia de Graville![6] Isso me fez sonhar ainda mais. Mas o proprietário ignorava o que essas duas gravuras representavam. Quando se viaja por terra como nós, à noite deita-se em casas de barro seco, cujos tetos de cana de açúcar vos permite contemplar as estrelas. À vossa chegada, o xeque que vos alojará manda matar um carneiro, os dignitários locais vêm fazer-vos uma visita e beijar-vos as mãos, um após o outro. Deixa-se a coisa correr com a altivez de um grande sultão, depois se senta à mesa, quer dizer, o traseiro no chão e todos em volta de um prato comum, no qual se mergulha a mão, rasgando, mastigando e arrotando um mais do que o outro. É uma polidez do lugar, é preciso arrotar após as refeições. Desempenho-me mal nisso. Em compensação, peido muito bem, e, melhor ainda, em silêncio.

De volta a Beni Suef, fiz amor (e também em Asiut) numa choupana tão baixa que era necessário rastejar para nela entrar. Ali só se podia ficar ou curvado ou de joelhos. Fodia-se sobre uma esteira de palha, entre quatro paredes de lodo do Nilo, sob um teto de caniços e à luz de uma lamparina presa na taipa.

Num lugar chamado Gebel-Zeir, vimos uma cena muito boa. No alto de uma montanha que domina o Nilo, encontra-se um monastério copta. É costume dos monges, quando percebem uma embarcação de viajantes, descer da sua montanha, lançar-se na água e vir a nado pedir-vos esmola. É-se atacado por eles. Vós vedes esses folgazões descerem completamente nus as rochas a pique e nadar na sua direção com toda a força, gritando tanto quanto são capazes: "*batchis, batchis, cawadja christiani*", "Umas esmolas, senhor cristão", e como nesse lugar há muitas cavernas, o eco repete com um estrondo de canhão: *cawadja, cawadja*... Os abutres e as águias voam sobre nossas cabeças, a barca desliza na água com duas grandes velas desfraldadas. Nesse momento, um dos nossos marujos (o palhaço a bordo) dançava todo nu uma dança lasciva que consistia em tentar enrabar-se a si mesmo. Para enxotar os monges cristãos, ele lhes mostrou seu pau e sua bunda, fingindo que estava mijando e cagando sobre a cabeça deles (os monges estavam agarrados à borda da embarcação). Os outros marujos lhes gritavam injúrias com os nomes repetidos de Alá e Maomé. Alguns davam-lhes golpes de bastão, outros golpes de cabos, Joseph[7] batia em cima com tenazes pequenas de cozinha. Era um *tutti* de pancadas com a palma da mão na cabeça, de pintos, de traseiros nus, de gritos e risos. Quando recebem algum dinheiro, eles os metem na boca e voltam para casa pelo mesmo trajeto. Se não se lhes aplica tão boas sovas, é-se assaltado por uma tal quantidade deles que haveria perigo de a barca soçobrar.

Mais à frente, não são homens que vêm nos ver, mas os pássaros. Há em Sheik-Said um *santon* (capela-mausoléu erguida em honra de um santo muçulmano)[8], onde os pássaros vão, eles mesmos, depositar os alimentos que lhes damos. Esses alimentos são consumidos pelos famintos viajantes que passam por lá. Nós, que *já lemos Voltaire*, não acreditamos nisso. Mas se está tão atrasado aqui! Recita-se aqui tão pouco Béranger! ("Como, senhor, ainda não se começou a civilizar um pouco tal lugar? O impulso das estradas de ferro não se faz ali sentir? Qual é a situação da instrução primária etc.?") Então, quando se passa diante desse monumento, todos os pássaros vêm rodear o barco, pousar sobre os homens... Esfarela-se para eles o pão, eles giram, pegam na água o que se atirou e partem.

Em Qena fiz algo muito decente que, espero, terá a tua aprovação: havíamos colocado os pés na terra para obter algumas provisões e caminhávamos bem tranqüilos pelos bazares, o nariz para cima, aspirando o odor do sândalo que circulava à nossa volta, quando, na sinuosidade de uma rua, caímos subitamente no bairro das perdidas. Imagina, amigo, cinco ou seis ruas curvas com casas de cerca de um metro e sessenta de altura, construídas com barro cinzento. Nas portas, mulheres em pé, ou então sentadas em esteiras. As negras usavam vestidos azuis-celestes, as outras vestidos amarelos, brancos, vermelhos — roupas largas que tremulavam ao vento quente. O perfume das especiarias em meio a tudo isso; e nos colos nus longos colares de piastras de ouro, de modo que, quando elas se movimentam, isso estala como carroças. Elas vos chamam com vozes lânguidas: "*Cawadja*, *Cawadja*"; seus dentes brancos brilham sob os lábios vermelhos e negros; seus olhos de estanho giram como rodas. — Passeei por esses lugares e depois os percorri de novo, dando *batchis* a todas, elas me chamavam e me agarravam; elas me pegavam no meio do corpo e queriam arrastar-me para suas casas... Acrescenta o sol por cima. Pois bem! Não fodi (o jovem Du Camp não agiu assim), de propósito, deliberadamente, a fim de preservar a melancolia desse cenário e fazer com que ele se impregnasse em mim mais profundamente. Parti, assim, com um grande deslumbramento, o qual ainda posso sentir. Não existe nada de mais belo do que essas mulheres a vos chamar. Se eu tivesse trepado, uma outra imagem teria crescido por cima dessa e teria atenuado o seu esplendor[9].

Nem sempre me distingui, no entanto, por um sentimento *artístico* tão estóico. Em Isna, certo dia, trepei rápido cinco vezes e chupei três. Digo isso sem rodeios nem circunlóquio. Acrescento que foi prazeroso. Kuchuk-Hanem[10] é uma cortesã muito famosa. Quando chegamos à casa dela (eram duas da tarde), ela nos atendeu, sua confidente havia ido pela manhã ao nosso barco, escoltada por um carneiro doméstico todo salpicado de hena amarela, com uma focinheira de veludo negro e que a seguia como um cão. Era muito engraçado. Ela estava saindo do banho. Um enorme tarbuche, cuja borla fofa lhe caía sobre as largas espáduas e que tinha no topo uma placa de ouro com um pedra verde, cobria o alto da sua cabeça, enquanto seu cabelo sobre a fronte estava arrumado em tranças finas que se atavam na nuca; a parte inferior do corpo estava oculta em imensas calças rosas, o busto nu mal coberto por uma gaze violeta, ela estava em pé no alto da sua escadaria, tendo o sol atrás, ela surgiu assim inteira contra o fundo azul do céu que a circundava. — É uma safada com ar imperial, tetuda, carnuda, com narinas abertas, olhos desmesurados, joelhos magníficos, e que, ao dançar, exibe altivas pregas de carne sobre o ventre. Ela começou a nos perfumar as mãos com água de rosa. Seu peito exalava um odor de terebintina açucarada. Um colar triplo de ouro ficava por cima. Vieram os músicos e se dançou. Sua dança ainda está muito longe de se igualar àquela do famoso Hassan, de que já te falei. Mas era no entanto muito agradável, e de um estilo intrépito. Em geral, as belas mulheres dançam mal. Excluo uma núbia que vimos em Assuã. Mas isso não é mais a dança árabe, é mais feroz, mais fogoso. Isso exprime o tigre e o negro.

À noite, voltamos à casa de Kuchuk-Hanem. Havia ali quatro dançarinas e cantoras, *almées* (a palavra *almée* quer dizer sabichona, autora pretensiosa e pedante. Como quem dissesse puta, o que prova, senhor, que em todos os países as mulheres de letras!!!...). A festa começou às 6 horas e terminou às 10 e meia, a coisa toda misturada com trepadas nos intervalos. Dois tocadores de rabeca, sentados no chão, não paravam de fazer chiar os seus instrumentos. Quando Kuchuk se despiu para dançar, se desceu sobre os olhos dos músicos uma dobra do seu turbante, para que não vissem nada. O efeito desse pudor sobre nós foi assustador. Poupo-te toda a descrição da dança; isso seria pouco eficaz. É preciso te expor por meio de gestos, para te fazer compreender, e ainda assim duvido!

Quando foi preciso partir, eu não parti. Kuchuk não mostrou grande interesse em nos manter à noite na sua casa, temendo os ladrões que podiam vir, se soubessem que havia estrangeiros ali. Maxime ficou sozinho no divã, e eu desci ao nível do chão, onde estava o quarto de Kuchuk. Deitamos no seu leito feito de galhos de palmeira. Uma mecha queimava num candeeiro de formato antigo, suspenso na parede. Numa peça vizinha, os sentinelas conversavam em voz baixa com a servente, uma negra da Abissínia que tinha nos dois braços marcas da peste. Seu cachorrinho dormia sobre o meu casaco de seda.

Eu a chupei com furor; seu corpo estava suado, ela ficara fatigada de haver dançado, sentia frio. — Eu a cobri com a minha peliça, e ela adormeceu, os dedos entrelaçados com os meus. Quanto a mim, não fechei os olhos. Passei a noite tendo devaneios sem fim. Havia ficado por causa disso. Contemplando dormir aquela bela criatura que ressonava com a cabeça recostada no meu braço, eu pensava em minhas noitadas nos bordéis de Paris, em um monte de antigas lembranças... e naquela ali, na sua dança, na sua voz cantando canções sem significado nem palavras compreensíveis para mim. Isso durou a noite toda. Às três horas eu me levantei para ir mijar na rua; as estrelas brilhavam. O céu estava claro e muito alto. Ela despertou, foi buscar um pote de carvão, e durante uma hora se aqueceu, agachada em volta, depois veio deitar-se e adormeceu de novo. Quanto às trepadas, elas foras boas. A terceira, sobretudo, foi feroz, e a última, sentimental. Dissemo-nos então muitas coisas ternas, abraçamo-nos já perto do fim de uma maneira melancólica e amorosa.Pela manhã, às 7 horas, partimos. Fui (com um marujo) caçar sozinho num campo de algodão, sob as palmeiras e os gazis[11]. A planície era bela. Árabes, asnos, búfalos iam para o campo. O vento soprava nos galhos finos dos gazis. Isso silvava como nos juncos. As montanhas estavam rosas, o sol subia, meu marinheiro ia à minha frente, curvando-se para passar sob os espinhais e me designando com um gesto mudo as rolas que via nos galhos. Matei uma só: não as via. Eu caminhava sem me deter, sonhando com manhãs análogas... Com uma em especial, na casa do Marquês de Pomereu, no Castelo de Héron, depois de um baile. Não me havia deitado e, pela manhã, fui passear de barco no lago, sozinho, metido no meu uniforme de colegial. As cegonhas me olhavam passar e as folhas dos arbustos caíam na água. Foi alguns dias antes do início das aulas; eu tinha 15 anos.

Enquanto eu absorvia tudo isso, meu pobre velho, tu não deixaste de estar presente. Era como um vesicatório permanente que estimulava o meu espírito e fazia fluir o sumo que o excitava mais. Deplorava (a palavra é fraca) a nossa separação, então desfrutava tudo por ti também, eu me embriagava por nós dois, e tu tomavas parte nisso, fica tranqüilo.

No que se refere à natureza, o que vi de mais interessante foram os arredores de Tebas. A partir de Qena, o Egito perde seus modos agrícolas e pacíficos, as montanhas se tornam mais altas e as árvores maiores. Uma noite, nas cercanias de Denderah, fizemos um passeio sob os *dooms* (palmeiras de Tebas); as montanhas eram borra de vinho, o Nilo azul, o céu lazulita e as pastagens de um verde lívido; tudo estava imóvel; isso tinha a aparência de uma paisagem pintada, de um grande cenário de teatro feito especialmente para nós. Alguns bons turcos fumavam ao sopé das árvores com seus turbantes e seus longos cachimbos. — Nós caminhamos entre as árvores.

A propósito, vimos já muitos crocodilos. Eles ficam no canto das ilhotas, como troncos de árvores encalhados. Quando nos aproximamos, eles se lançam na água como grossas lesmas de cor cinza. Há também muitas cegonhas e grandes grous que ficam na margem do rio em longas filas, alinhados como regimentos. Eles fogem batendo as asas quando percebem o barco...

Mas aqui, na Núbia, isso muda. Há poucos animais, tudo se torna mais vazio. O Nilo se estreita entre rochas. Ele, que era tão largo, fica agora apertado, em determinados lugares, entre montanhas de pedra. Tem a aparência de não se mover, inteiramente liso e cintilando ao sol.

Anteontem ultrapassamos as cataratas, ou, para ser preciso, as cataratas da primeira catarata, pois é toda uma região. Negros nus atravessam o rio sobre troncos de palmeira, remando com as duas mãos. Eles desaparecem nos turbilhões de espuma mais rapidamente do que um floco de lã negra lançado numa corrente de moinho. Depois, a extremidade do seu tronco de árvore (sobre o qual estão deitados) empina-se como um cavalo, só então nós voltamos a percebê-los, eles chegam até vós e sobem a bordo, a água escorre dos seus corpos polidos como das estátuas de bronze das fontes.

A descrição do modo como se atravessa as cataratas é muito longa. Merda. Sabias que um toque errado no leme faria o barco espatifar imediatamente nas rochas? Tínhamos cerca de 15 homens para sirgar o nosso barco. Todos eles puxam junto um longo cabo e se comunicam entre si, lançando longos gritos.

Neste momento, estamos detidos por falta de vento. As moscas me atacam o rosto; o jovem Du Camp saiu para fazer um ensaio fotográfico; tem-se dado muito bem; teremos, creio eu, um álbum muito bonito. Quanto ao vício, ele está se acalmando. Suspeita-se que eu esteja herdando suas qualidades, pois me torno um porcalhão. Estou perfeitamente consciente disso. Se o cérebro diminui, a pica se levanta. — Isso não quer dizer, contudo, que eu não tenha reunido alguns símiles. *Senti algumas pequenas comoções.* Mas como empregá-las, e onde? Ainda não recolhi para ti, conforme te prometi, seixos do Nilo, pois o Nilo tem pouco disso. Mas peguei a areia. Não perdemos a esperança, embora seja difícil, de exportar (expressão comercial) alguma múmia.

Escreve-me, pois, cartas longuíssimas, envia-me tudo que tu quiseres, contanto que seja muita coisa.

Dentro de 12 meses, nessa mesma época do ano, estarei voltando. Retomaremos os nossos bons encontros de domingo, em Croisset. Faz então já cinco meses que parti. Ah!, penso em ti freqüentemente, pobre velho. Adeus, nós te abraçamos, te aperto com os dois braços, sem deixar de fora os teus cadernos todos.

Teu G(usta)ve Flaubert

Se tu queres saber como está nossa aparência, estamos da cor de cachimbo queimado. Engordamos, nossa barba cresce rapidamente. Sassetti veste-se à maneira egípcia, e o gracejo do senhor Maxime consiste em me repetir: "Ora, tu me deixas entediado." Outro dia, durante duas horas, ele me declamou Béranger, e nós passamos a noite, até as 11horas, a maldizer esse patife. Hein? Como a "Canção dos Mendigos"[12] é pouco apropriada aos socialistas, e deve satisfazê-los muito pouco.

Max (ime) exige que, por pompa, eu date também minha carta: *par le 23º 39' de latitude Nord.*

Estamos agora justamente sob o trópico, mas não o vejo.

(Quarta Carta)

2 de junho (1850), entre Girga e Asiut.

Bem, antes mais nada, meu caro senhor, permiti-me expressar a minha admiração frenética pelo pedaço que vós me enviastes sobre Don Dick d'Arrah[1]. Está no ponto! Eis o estilo! Realmente, é muito bonito, muito bonito, rapaz, muito bonito, insisto, como diria o tio Magnier[2]. Acabo de relê-lo e de rir como três caixões de defunto abertos.— Há expansões e movimentos de mestre muito altivos. — Esse velho Ri-ri-ri-chadr[3]! Isso me deu tanta vontade de beber da sua cerveja que a minha língua está de fora. Vejo a areia que se espalha no chão do estabelecimento, ouço-a crepitar sob as botas. A sala deve estar ao rés do chão, baixa, úmida, deve cheirar a mofo e ter pouca luz. Homem cruel, tu não me disseste *onde* está localizado o estabelecimento. Deve estar na parte *baixa* da cidade, na rua Nationale, ou na rua de la Savonnerie, talvez, a menos que esteja em Saint-Sever, o que seria sublime. Oh, eis enfim um que se estabelece, um que se fixa, como Lormier filho, esse grande homem, e nós, nós ainda estamos longe de nos estabelecer ou nos fixar, até mesmo a qualquer coisa. No que me diz respeito, eu recuso isso. Refleti muito sobre o assunto desde que nos separamos, pobre velho. Sentado na frente do meu barco, olhando a água correr, medito sobre a minha vida passada com intensa profundidade. Retornam-me muitas coisas já esquecidas, como as antigas canções de amas de leite que vos chegam em fragmentos... Será que eu atinjo um novo período? Ou uma decadência completa? Mas, saindo do passado, vou construindo o futuro com sonhos agitados, e lá eu não vejo nada, nada. Estou sem planos, sem idéias, sem projetos e, o que é pior, sem ambição alguma. O eterno "para quê?" responde a tudo e fecha com sua barreira de bronze cada avenida que eu me abro no campo das hipóteses. A gente não se torna alegre viajando. Não sei se a visão de ruínas inspira grandes pensamentos. Mas me pergunto de onde vem o desgosto profundo que a idéia de agitar-me, a fim de que falem de mim, agora me dá. Não sinto em mim a *energia física* para publicar, ir ao impressor, escolher o papel, corrigir as provas etc. E o que é isto comparado ao resto? É tão mais vantajoso trabalhar para si mesmo. Faz-se como se quer e de acordo com as suas próprias idéias, nós nos conformamos a nós mesmos, não é o mais importante? E, depois, o público é tão estúpido! E, além disso, quem é que lê? E o que se lê? E o que se admira! Ah!, as épocas tranqüilas, as boas épocas das perucas empoadas, vivia-se solidamente sobre os seus saltos altos e suas bengalas. Mas o solo nos treme. Onde encontrar o equilíbrio, mesmo admitindo que temos a alavanca? O que nos falta a todos, não é o estilo, nem essa flexibilidade do arco e dos dedos designados sob o nome de talento. Nós temos uma orquestra harmoniosa, uma rica paleta, recursos variados. Com respeito a habilidades e astúcias, sabemos muito, mais do que talvez se soube um dia. Não, o que nos falta é o princípio intrínseco, é a alma da coisa, a idéia mesma do assunto. Tomamos notas, viajamos, miséria, miséria. Tornamo-nos sábios, arqueólogos, historiadores, médicos, sapateiros e pessoas de opinião. Qual a conseqüência disso? Mas, e o coração? A verve? A seiva? De onde partir e aonde ir? Nós chupamos bem, usamos muito a língua, acariciamos devagarinho, mas foder! Mas ejacular para fazer a criança! — Li a peça de Augier[4]. É muito tola, eis o que eu tenho para dizer sobre ela. Há mesmo coisas saídas da boca do mais desprezível pateta; que pobre tisana é a Hipocrene[5] desse jovem. A crítica de Vacquerie[6] deve ter sido boa. Tudo isso me importuna. Sim, quando eu voltar, retomarei, e por longo tempo, espero, a minha vidinha tranqüila sobre a minha mesa redonda, vendo a minha lareira e o meu jardim. Continuarei vivendo como um urso, pouco me lixando para a pátria, a crítica e o mundo. Essas idéias revoltam o jovem Du Camp, que tem idéias bem diversas, isto é, ele tem projetos bem inquietos para a volta e quer lançar-se numa atividade demoníaca. No final do próximo inverno, daqui a uns 8 ou 9 meses, conversaremos sobre tudo isso, caro rapaz.

Irei fazer-te uma confidência bastante franca: me preocupo tanto com a minha missão quanto me preocupo com o rei da Prússia[7]. Para *cumprir meu mandato* a contento, seria necessário renunciar à minha viagem. Seria muito tolo. Cometo às vezes asneiras, mas não tão grandes. Podes imaginar-me, em todos os lugares, fazendo perguntas sobre colheitas, produto, consumo, quanto se cagou de óleo, quanto se empanturrou de batatas inglesas? E em cada porto: quantos navios? Qual a tonelagem? Quantas navios zarparam? Quantas chegaram? E de novo isso e de novo aquilo etc. Merda! Ah!, não, francamente, isso seria possível? E após tantas torpezas (o meu título já é suficiente), se se tivessem feito algumas diligências, se os amigos se tivessem mexido e o ministro tivesse sido camarada, eu teria tido a condecoração; que cena! Satisfação para o tio Parain. Então, não, mil vezes não quero nada disso, *me honrando tanto a mim mesmo que já ninguém me poderá honrar* (frase rija). Se eu vivesse em Paris, se eu cogitasse em comer as mulheres e ser gracioso, de acordo. Mas em Croisset, entre o tio Caire e o tio Defodon, para que isso serviria?

O final de *Melaenis* não me, não nos agradou. Ficamos aborrecidos. Vê-se, velho, seja dito entre nós, que tu te apressaste para concluí-lo. O defeito geral é o de ser muito curto. A situação exigiria melhor desenvolvimento, está esboçado apenas. Eu li e reli esse final deplorável. Na minha opinião ele deve ser refeito. É triste porque até ali tua obra ia em frente e crescia. Isso era montanha. Quanto ao epílogo, não gosto do final grotesco de todos os personagens: Polydamas, que morre por causa de um barbarismo ouvido casualmente, Coracoïdès, que se afoga num caldo, ou Commode (Cômodo), cujo fim teu auditor romano conhece bem. Polydamas, sobretudo, me desagradou. Que Marcius morra de uma indigestão, vá lá; e é tanto melhor que os outros morram de um modo diferente:

Quant à Pantabolus, il partit pour l'Afrique...

e os três versos que se seguem, tudo muito bonito, surpreendente e bom. Não gosto do detalhe sobre o nariz do hoteleiro. Foi bom uma vez, no canto precedente, quando se fala desse personagem e ele se encontra lá! Mas aqui é forçado, e de um gosto pouco refinado. Ainda mais porque duas estrofes atrás tu já falaste do hoteleiro, "hoteleiro muito discreto".

Volto ao início:

Oh je le sais trop bien, dit-il avec effort!
C'est mon mauvais génie etc.

Mas, ao contrário, me parece que ele deveria estar muito surpreso de rever Melaenis, em quem ele não pensava mais. Numa cena teatral (pois há disso, devido à presença de Melaenis nesse momento), tu te privas do próprio efeito teatral, a saber, a surpresa de Paulus.

A estrofe

> *Tu connais maintenant cette longue torture*
> ....
> *Tu sai le sang qui bout à la lave pareil*
> *La bouche que frémit, la tempe qui murmure,*

romantismo de melodrama, isso, meu caro, mais tagarelice do que sentimento. Não é certamente o que ela teria dito.

A estrofe "Elle avait dans la voix..." é bela, ainda que não me agrade o "le ciel sans mélanges", e depois, por que se forma lá uma tempestade? É por que se vai matar alguém? É muito trágico, muito duro. Todo crime deve ser praticado durante o mau tempo, sei bem. Mas tu poderias, creio eu, desligar-te do princípio. Em suma, não me agrada esse fogo de Bengala que ilumina o final.

Prossigo com a insolência da amizade:

> Mais *l'engourdissement*
> Mais *la froide sueur*

pesado, pesado.

> *Des tonnerres lointains au fond des cieux*

belo verso, todavia.

> *Où prends-tu cette voix qui charme? — et cette flamme*
> *Qui dans tes longs regards*

bela solução

> *brille comme une lame*

É foda que não haja outra palavra além de "lame".

Mas o que eu acho ruim, é isto:

Notre torche d'hymen c'est la tempête au ciel
Nous fuirons, nous aurons quelque retrait ombreuse
Pour y faire à nos coeurs un exil éternel
....
nos désirs immenses
... la vie est courte... le monde est étroit.

Falso, falso. Antigo? Não é de ontem? E do Velléda[8]. E tu colocas isso sob o Imperador Commode (Cômodo). E depois, por que se esconder? Quem agora se opõe a que eles vivam juntos? Melaenis não deve ser perfeitamente feliz, já que Paulus não pode mais desposar Marcia? Por que então:

Notre bonheur est fait de pleurs et de vengeances
Et cet amour terrible aura des violences
Pleines de volupté, de délire et d'effroi

por que o *délire*, por que o *effroi*, *effroi* do quê?

Segundo teu plano, eu havia compreendido que, nesse lugar, a triunfante Melaenis envolveria Paulus num dilema repentino: "Desde que tu venhas comigo", tão feminino e tão lógico, que o bom homem, abalado, diria: "É claro, é uma boa ocasião", e se iria com ela, para comê-la tranqüilamente. Tu até me havias falado do efeito cômico que uma reviravolta no coração de Paulus causaria. Sobre isso, algo a fazer?

Sa voix tomba, etc.

esses versos aí, muito bonitos, muito bonitos.

Et s'embrassent tous deux *couronnés de tonnerre*

muito *tonnerre*, muito pomposo.

Quanto à última estrofe, não acho nada para dizer sobre ela.

Eis, meu caro senhor, tudo o que eu tinha para te vomitar a respeito de opiniões. Meu companheiro as compartilha. Se pareço ranzinza, é porque numa obra tão severa como *Melaenis* o menor defeito sobressai, e vós nos habituastes a não ser indulgentes, ó Alteza, e a merda da mosca aparece mais sobre a púrpura do que sobre a lã.

Maxime Du Camp acha que Gustave Flaubert foi indulgente em sua crítica.

Meu bom velho, o verdadeiro defeito do teu final é ser ele muito curto e muito duro. Seria preciso pôr ali alguma coisa simples e muito mais desenvolvida. Todavia, consola-te, tu o refarás, e o farás bem. Eu te auguro um final feliz, estou certo disso. Nós retomaremos isso no próximo inverno, em Croisset, nos nossos bons domingos, nos quais penso todos os domingos. E a China, isso avança[9]? Farás este verão uma excursão a Londres, a Amsterdam e a Haia? É um assunto de quinze dias, penso que isso te é indispensável.

A peça que tu me envias sobre o M. que rachou a cabeça de tanto rimar[10] é muito bonita e muito forte, sobretudo o final. Os dois últimos versos são magníficos. Envia-me todas as tuas composições, e me mantém informado sobre a China.

Quando tu fores a Paris, vai à casa desse bom Pradier. Passa também na rua da Paix, nº 2. Tu darás notícias de mim e beijarás a senhora da casa. Isso te será prazeroso e a mim também. É um belo gesto.

Penso demais em ti, vai, seu canalha: eu te vejo circulando pelas ruas de Rouen, os cotovelos colados nos flancos, nariz para cima, com a bengala e o chapéu cinza, pois já estamos no verão. Neste momento, terça-feira, 4 de junho, vejo-te virando a esquina da rua Ganterie ao lado do cajado. A propósito, eis que o grande momento se aproxima. Isso será decisivo, definitivo. Finalmente saberemos o que se cumprirá, o prêmio de oratória francesa decidirá tudo. Não viverei mais nessa perplexidade atroz que me persegue até no meio do deserto, como os djins. Será Pigny? Será Defodon[11]? Qual? É como a batalha de Ácio, o destino da humanidade depende disso, talvez. Eu compararia de bom grado um deles a Catilina e o outro a César, a menos que o primeiro se torne um Marius e que se descubra mais tarde no segundo um Silas! Ó, quem saberá? As grandes repúblicas foram abaladas por ambições que, na origem, pareciam menos perigosas. Uma ação fútil esconde em geral um motivo sério. Alcibíades mandou cortar o rabo do seu cão para distrair a atenção dos atenienses. *Petrus et Paulus ludunt, vincis forma, vincis magnitudine, Ludovicus rex. Amo deum*[12].

Parece que o estabelecimento de bacharéis vai bem...

Doctior Petro!

(Isso é um gracejo do jovem Du Camp, a quem acabo de comunicar as minhas inquietações sobre a questão do Ocidente[13].)

... e que tu possas dar tuas aulas particulares com sucesso. Tanto melhor, trata de ganhar dinheiro e de viver bem. É sempre assim. Fiquei sabendo da queda de Huard[14]. Ele é como Hugo. A arte não lhe basta mais. Não é para lamentar isso: quanto mais se afastarem os patifes, mais seleta ficará a sociedade. Sua partida de Rouen alterou de algum modo tua maneira de viver? Continuas na mesma casa? Parece que o jovem Bellangé sente afeição por minha mãe e lhe multiplica as visitas: no meu retorno, se ele continuar fazendo das suas diante de mim, eu o porei porta afora, sem piedade! Tu podes preveni-lo desde já que o meu caráter se *azeda*, como diria o tio Parain. — Então tu reviste essa boa Rachel[15]. Queria ter detalhes sobre isso. Praticas tu muitas infâmias? Tu pegaste de novo alguma gonorréia? (Nosso *drogman* chama isso de outra coisa.) Dá-me todos os detalhes possíveis sobre tudo. Envia-me volumes.

Vi Tebas, velho; é muito bonita. Chegamos lá às 9 da noite, o luar banhava as colunas. Os cães latiam, as grandes ruínas assemelhavam-se a fantasmas, e a lua, no horizonte, toda redonda e roçando o chão, parecia permanecer imóvel intencionalmente. Em Karnac, tivemos a impressão de uma vida de gigantes. Passei uma noite aos pés do Colosso de Memnon, devorado por mosquitos. O velho patife possui uma bela aparência e está coberto de inscrições. As inscrições e os excrementos dos pássaros, eis as duas coisas sobre as ruínas do Egito que indicam a vida. A pedra mais corroída não possui um talo de grama. Isso desfaz-se em pó como uma múmia, eis tudo. As inscrições dos viajantes e os excrementos das aves de rapina são os únicos ornamentos das ruínas. Freqüentemente, vemos um grande obelisco bem reto com uma longa mancha branca que desce sobre ele como uma veste, mais larga a partir do topo e se estreitando já embaixo. São os abutres que vêm defecar ali há séculos. O efeito é muito bonito, *e curioso o seu simbolismo*. A natureza disse aos monumentos egípcios: Vós não quereis a mim, a semente dos líquenes não cresce sobre vós? Então, merda, eu defecarei sobre o vosso corpo. —

Nos hipogeus de Tebas (uma das coisas mais curiosas e divertidas que se pode ver) descobrimos obscenidades faraônicas, o que prova, meu caro Senhor, que os homens sempre se condenaram às penas eternas por amor às mocinhas, como diz aquele imortal cancionista[16]. É uma pintura representando homens e mulheres à mesa, comendo e bebendo, todos se agarrando e dando-se beijos de língua. Há ali perfis agradavelmente suínos, olhos de burgueses meio bêbados que são admiráveis. Mais além, vimos duas senhoritas com vestes transparentes, as formas muitíssimo putas, tocando guitarra com ar lascivo. É bordel, como uma gravura lúbrica *Palais-Royal, 1816.* — Isso nos fez rir muito e também nos fez pensar. Que abismos de reflexões, meu senhor; é tão moderno que se chega a acreditar que no tempo de Sesóstris já se conheciam os "capotes ingleses"[17].

Algo magnífico são os túmulos dos reis. Imagina grutas como as de Caumont[18], onde se desce por escadas sucessivas, tudo isso pintado e dourado de alto a baixo e representando cenas fúnebres, mortos sendo embalsamados, reis sobre seus tronos com seus atributos, e fantasias terríveis e singulares, serpentes que caminham sobre pernas humanas, cabeças decepadas pousadas sobre o dorso de crocodilos, e depois os músicos e florestas de lótus. Vivemos ali três dias. — Está muito devastado e destruído, não pelo tempo, mas pelos viajantes e pelos sábios.

Fizemos uma caçada à hiena. Isso consiste em pernoitar a céu aberto, sob as estrelas, ou melhor, sob as belas estrelas, pois nunca vi um céu mais bonito como nessa noite. Mas a fera zombou de nós. Ela não apareceu. Em troca, quando eu passeava certo dia a cavalo, sozinho e desarmado, ao lado dos hipogeus, enquanto Max(ime) por sua vez fotografava, e subia com vagar, o queixo sobre o peito, deixando-me conduzir pelo animal, ouvi de repente um ruído de pedras que rolavam: levanto a cabeça e vejo, saindo de uma caverna, a dez passos à frente, algo que escala a rocha íngreme como uma serpente. Era uma grande raposa; ela se detém, senta-se sobre o traseiro e me olha. Ponho meu lornhão e ficamos a nos contemplar reciprocamente durante três minutos, entregando-nos sem dúvida a reflexões diferentes. Quando me voltava devagar, amaldiçoando a besteira que fizera, saindo sem o meu fuzil, eis que à minha esquerda, de uma outra caverna (o solo nesse lugar é mais esburacado do que uma escumadeira), sai, com calma impudente, o mais belo chacal que se poderia ver. Ele se foi tranqüilamente, a passo, detendo-se de quando em quando para voltar a cabeça e me lançar olhadelas de desdém. Em Karnac, fomos importunados à noite pelo barulho desses gaiatos aí, que uivavam como diabos, um deles veio uma noite roubar nossa manteiga bem no meio do nosso acampamento. Quando aos crocodilos, são mais comuns no Nilo do que as *aloses*[19] no Sena. Disparamos às vezes contra eles, mas sempre de muito longe. Para matá-los, é necessário atingi-los na cabeça, e é só quando se aproxima bastante (mas eles têm ouvidos apurados e escapam agilmente) que se tem a oportunidade de exterminar esses horríveis monstros. — Que bela idéia é essa de monstro! Que animal mau para o prazer de ser mau!

Em Isna, revi Kuchuk-Hanem. Foi triste. Eu a encontrei mudada. Ela estava doente. Trepei só uma vez. (O tempo estava abafado, havia nuvens, sua criada da Abissínia jogava água no chão para refrescar o quarto.) Eu a olhei demoradamente, a fim de fixar a sua imagem na minha memória.. Quando parti, nós lhe dissemos que voltaríamos no dia seguinte, e não voltamos. Mas o fato é que saboreei muito a amargura que havia nisso tudo; é o mais importante; eu o senti bem lá no fundo.

Em Qena, comi uma bela safada que me apreciou muito e me fazia sinais mostrando que eu tinha belos olhos. Ela se chamava *Osneb-Taouileh*, o que significa: *a jumenta grande*. E uma outra, porca gorda sobre a qual gozei bastante e que exalava cheiro de manteiga.

Vi o Mar Vermelho em Quseir. Foi uma viagem de quatro dias para ir e de cinco para voltar, de camelo e num calor que, ao meio-dia, chegava a 45 graus Reámur. Isso agastava e, às vezes, cheguei a desejar a cerveja Richard, pois tínhamos uma água que, além do sabor de bode que lhe transmitira os odres, cheirava ela mesma a enxofre e a sabão. Levantávamos às 3 da madrugada, deitávamos às 9 da noite, vivendo de ovos cozidos, de frutas secas e de melancias. Era a autêntica vida do deserto. Ao longo de toda a estrada, encontrávamos de quando em quando carcassas de camelos, mortos de fadiga. Há lugares onde se depara com grandes placas de areia, lisas e lustrosas como a eira de uma granja; são os lugares onde os camelos pararam para mijar. Com o tempo, a urina acabou envernizando o solo e o nivelou como um soalho. Havíamos levado algumas carnes frias. Na tarde do segundo dia, porém, fomos obrigados a jogá-las fora. Uma perna de carneiro, que deixamos sobre uma pedra, atraiu imediatamente, pelo odor, um abutre e ele se pôs a voar em volta.

Encontramos grandes caravanas de peregrinos que iam a Meca (Quseir é o porto de onde eles embarcam para Djidda. De lá até Meca não se leva mais do que três dias), velhos turcos que transportavam suas mulheres em cestas, um harém completo que viajava coberto e que gritava, quando passamos perto dele, como um batalhão de mulheres faladeiras, um dervixe com uma pele de tigre nas costas.

Os camelos das caravanas vão às vezes um atrás do outro, outras todos lado a lado. Então, quando se percebe lá longe no horizonte, em miniatura, todas aquelas cabeças que vêm bamboleando em sua direção, tem-se a impressão de que uma emigração de avestruzes avança lentamente, lentamente, e se aproxima. Em Quseir, vimos os peregrinos do fundo da África, pobres negros que estão caminhando há um, dois anos. — Há entre eles crânios bem singulares. Vimos também pessoas de Buchara, tártaros de touca pontiaguda que faziam a sopa à sombra de uma barca encalhada, que fora construída com madeira vermelha da Índia. Quanto aos pescadores de pérolas, só vimos suas pirogas. Dois se colocam nela, um rema e o outro mergulha, e vão para o mar aberto. Quando o mergulhador sobe à superfície da água, o sangue lhe escorre pelas orelhas, pelas narinas e pelos olhos.

Tomei, na manhã de minha chegada, um banho no Mar Vermelho. Foi um dos prazeres mais voluptuosos da minha vida, eu me deitei nas ondas como sobre mil mamas líquidas que me percorriam o corpo todo.

À noite, Maxime, por polidez e para honrar o nosso anfitrião, teve uma indigestão. Estávamos alojados num pavilhão separado com vista para o mar, deitados em divãs e servidos por um jovem eunuco negro que carregava com elegância as taças de café numa bandeja sobre o seu braço esquerdo. Na manhã do dia em que devíamos partir, fomos ao velho Quseir, duas léguas além, do qual só permanece o nome e o lugar. Max(ime), indignado, se pôs imediatamente a roncar na areia. O *cawas* do cônsul de Gedda e seu chanceler também tinham vindo conosco, assim como a filha do nosso anfitrião, e eles se puseram a colher conchas, enquanto eu, sozinho, olhava o mar. Jamais esquecerei aquela manhã. Ela me comoveu como uma aventura. O fundo da água, por causa das conchas, dos mariscos, madrepérolas, corais etc., estava mais colorido do que um campo coberto de primaveras. Quanto à cor da superfície do mar, todas as tintas possíveis ali aparecem, ali reluzem, se modificam aos poucos, passam de uma a outra, fundem-se todas, do chocolate ao ametista, do rosa ao lápis-lazúli e ao verde mais pálido. Era inaudito, e se eu fosse pintor ficaria muito aborrecido pensando o quanto a reprodução dessa variedade (admitindo-se que isso seja possível) pareceria falsa. Partimos de Quseir à tarde, nesse mesmo dia, às 4 horas, sentindo grande tristeza. Meus olhos ficaram úmidos quando abracei o nosso anfitrião e montei no camelo. É sempre triste partir de um lugar ao qual não voltaremos jamais. Eis aqui as minhas melancolias de viajante, que são talvez uma das coisas mais válidas das viagens.

Sobre a mudança que poderíamos ambos ter sofrido durante a nossa separação, não o creio, meu velho, que ela, se houve uma, tenha sido vantajosa para mim. Tu terás ganho pela solidão e concentração; eu terei perdido pela disseminação e pelo devaneio. — Eu me torno muito vazio e muito estéril. Eu o sinto, isso se apodera de mim como uma maré cheia. — Deve ser talvez porque o corpo se desloca. — Não posso fazer duas coisas ao mesmo tempo. Deixei provavelmente a minha inteligência lá, com minhas calças de cordel na cintura, meu divã de marroquim e vossa parceria, caro senhor. Aonde tudo isso nos levará? Que teremos feito em dez anos? Parece-me que, se eu for mal-sucedido mais uma vez na primeira obra que tentar escrever, não terei mais do que me jogar na água. Eu, que era tão audacioso, me torno tímido ao extremo, o que, nas artes, é a pior de todas as coisas e o maior sinal de fraqueza.

Existe um poeta no Cairo que escreve tragédias orientais à maneira de um Marmontel temperado de Ducis[20]. Ele nos leu uma tragédia sobre Abd-el-Kader, que se apaixona por uma francesa e termina se matando de ciúme. Existem ali certos *fragmentos*. Tu podes julgá-lo pelo tema. Esse poeta, que é médico e cujo nome é Chamas, é um ser inchado de vaidade, velhaco, larápio, importuna todo o mundo com suas obras e é rejeitado por seus compatriotas. Quando da revolução de fevereiro, ele dedicou uma peça a Lamartine, cujo verso final dizia:

Vive à jamais le Gouvernement provisoire!

Numa outra peça, dedicada ao povo francês, havia este:

Peuple Français! Ô mês compatriotes!

Ele vive com uma negra suja numa casa sombria. Sua família o teme e, quando ele lê a tragédia, todos na casa tremem, silenciosos e atentos. Ele possui um nariz de papagaio, óculos azuis e um engenheiro o acusa de ter-lhe roubado uma caixa de roupas. A canalha francesa no exterior é magnífica e, acrescento, numerosa.

Bem, meu velho, tu vais concordar que esta carta é quase um pacote e que sou um homem amável! Escreve-me para Beirute, onde estaremos lá pelo final de julho; depois, para Jerusalém. Trabalha sempre. Trata de não te aborrecer demasiado. Não fodas tanto, economiza as tuas forças, uma onça de esperma perdido é pior do que dois litros de sangue. — A propósito, tu me perguntas se eu já concluí o assunto dos banhos[21]. Sim, e sobre um jovem folgazão marcado de bexiguinhas e que usava um grande turbante branco. Isso me fez rir, eis tudo. *Mas* eu vou repetir. Para que uma experiência seja bem feita, é preciso repeti-la.

Adeus, velho da pluma, eu beijo a tua boa cabeça.

Teu, *sempre e adesso*, como diz Antony, esse velho Antony.

5 de junho. — É amanhã, dia 6, o aniversário de nascimento do grande Corneille. Que sessão na Academia de Rouen! Que discursos! E que discurso do tio Hellis! A roupa formal desses senhores: gravatas brancas; pompa, sadias tradições! Um pequeno relatório sobre a agricultura!

(Quinta Carta)

Cairo, 27 de junho (de 1850).

Eis-nos de volta ao Cairo. Só tenho isso de novo para dizer-te, meu bom velho, é que, depois da minha última carta, não surgiu nada de interessante para narrar-te sobre a nossa viagem. Dentro de alguns dias iremos a Alexandria e, no final do próximo mês, se até lá não surgir nenhum obstáculo, estaremos perto de Jerusalém, eis tudo.

Deixei a nossa pobre barca com uma melancolia danada. De volta ao hotel, no Cairo, tinha um ruído na cabeça como após uma viagem de diligência. A cidade me pareceu vazia e silenciosa, embora ela estivesse cheia e agitada. Na primeira noite que passei aqui (terça-feira última), escutei o tempo inteiro esse barulho suave dos remos na água que, durante três longos meses, embalou nossos intermináveis dias sonhadores. — As palmeiras daqui me parecem vassouras. Toda a minha viagem me volta e me chega ao coração esse gosto agridoce que se sente quando se arrota um bom vinho e se diz: "Esse foi". — Ah, sim!, vi algo de novo sobre o qual nada te disse. Pede à minha mãe para te ler o que escrevi a ela sobre as grutas de Samun. Todavia, ainda te falarei disso, é uma das coisas mais aterradoras que já vi.

Bizarro fenômeno psicológico, meu senhor! Retornando ao Cairo (e após haver lido tua boa carta), eu me senti invadido pelo ímpeto intelectual. O caldeirão se pôs a ferver de repente, senti desejos ardentes de escrever. *Eu estava quente*. Tu me falas do prazer que te dão minhas cartas. Não duvido disso, pela alegria que as tuas me dão. Eu as leio invariavelmente três vezes seguidas, me encho delas. O que tu me contou sobre tuas visitas a Croisset me comoveu muito. Senti-me no *teu lugar*. Obrigado, caro velho, pelas visitas que fazes à minha mãe. Obrigado, obrigado. Ela não tem mais ninguém a quem falar de mim nas *suas idéias*, e é só tu que me conheces, afinal de contas. Isso se pressente pelo coração. Mas não te sintas obrigado a ir a Croisset todos os domingos, pobre velho. Não te incomodes, por devoção; *est modus in rebus*[1]. Quanto a ela, creio que ela pagará pelas tuas visitas uns cem francos, como retribuição. — Seria maroto fazer-lhe a proposição. Vê só que memorial poliria o "Rapaz"[2] nessa ocasião: "Tanto pela sociedade de um homem como eu. Gastos extraordinários: haver dito uma palavra espirituosa..., ter sido encantador e haver-se servido do bom tom. Etc."

Tu te irritas: te irritarás menos quando eu tiver voltado? Quem sabe? A idade das tristezas contínuas nos chega. Pelo menos nós nos aborreceremos juntos.

O plano de um conto chinês me parece considerável como idéia geral. Podes enviar-me o enredo? Quando tu tiveres dado os teus primeiros passos no quesito cor local, deixa ali os livros e te mete a compor; *não nos percamos na arqueologia*, tendência geral e funesta, creio eu, da geração que vem. A resolução de Mulot[3] é bela e me deu grande prazer como moralidade artística; mas ela é tão inteligente e simpática como é consciensiosa? Um mestre teria ido conversar com um preboste durante vinte minutos ou oito dias, teria compreendido e feito o trabalho. E o tempo perdido!! Miseráveis que somos, nós temos, penso, muita opinião porque somos profundamente históricos, porque admitimos tudo, e nos colocamos no ponto de vista da coisa para julgá-la. Mas temos tanto dom quanto capacidade de compreender? Uma originalidade feroz é compatível com tanta amplidão? Eis a minha dúvida sobre o espírito artístico da época, isto é, sobre o pouco que há. Se não fizemos nada de bom, pelo menos estamos preparando e iniciando talvez uma geração que terá a audácia (procuro outra palavra) dos nossos pais com esse ecletismo tão nosso. O que me surpreenderá. O mundo irá tornar-se muito estúpido. Durante muito tempo ele será bem tedioso. Fazemos bem de viver agora. Tu não acreditarás que conversamos muito sobre *o futuro da sociedade*. Parece-me quase certo que ela será, num período mais ou menos longo, dirigida como um colégio. Os prefeitos (de estudo) farão as leis. Tudo será previsível. A humanidade não cometerá mais erros de linguagem no seu tema insípido, mas que estilo tedioso! Que ausência de graça, de ritmo, de arrojo etc! Ô Magniers[4] do futuro, e os vossos entusiasmos?!

Que importa! Deus estará sempre lá, apesar de tudo. Esperemos que ele seja cada vez mais forte e que esse velho sol não venha a fenecer. Ontem, à luz do crepúsculo, reli a falação de Paulus a Vênus[5], e esta manhã defendi, como aos 18 anos, a doutrina da Arte pela

Arte contra um utilitarista (homem seguro, todavia). Resisti à torrente; ela nos arrastará? Não. Que nos destruam antes a goela com o pé de nossas mesas. "Sejamos fortes, sejamos belos, limpemos na grama a poeira que mancha nossos borzeguins dourados", ou não os limpemos (se é que eu sei por que me veio essa citação[6]); contanto que haja ouro embaixo, que importa a poeira em cima! Li (sempre a propósito dessa velha malandra, a literatura, a quem é necessário ajudar a ingurgitar o mercúrio e as pílulas[7] e a se limpar completamente, tanto ela foi fodida por picas sujas), li o artigo de Vacquerie sobre *Gabrielle*[8]. Está bom, muito bom, mesmo. Isso muito me surpreendeu, ele a pegou bem pelo seu ponto fraco, fiquei contente.

29 de junho.

Passei parte da noite a ler um romance de Scribe, *La Maîtresse Anonyme*[9]. Possui tudo do seu gênero. Obtém essa obra. A imundícia não vai além, aí não falta nada. Ô público! Público! Há momentos em que, quando sonho, sinto por ele um desses ódios imensos e impotentes, como quando Maria Antonieta viu a invasão das Tulherias. Mas falemos de outra coisa.

A peça a respeito do volume de Musset é boa[10], insolente, despachada, somente um pouco longa, sobretudo (e apenas aí) já no final. Se tu pudesses condensá-la um pouco (coisa fácil para ti), ficaria perfeito. Mas algo belíssimo, meu caro velho, é a peça *A um senhor*; é forte. Não é para dizer-te uma desonestidade, como me disseram a vida toda sobre a minha aparência descobrindo semelhanças com todo mundo, mas é estranho como isso me recordou Alfred. Não achas tu?

Não iremos à Pérsia, está decidido agora. Ali se degola e se mata à toa. *O país está em chamas*, sem metáfora, e depois, cá entre nós, observa o *entre nós*[11], não temos o dinheiro (nem o tempo) suficiente para fazer essa viagem. Iremos então ver a Síria, a Palestina, a Ásia Menor, Chipre, Rodes, Cândia. De Esmirna ganharemos Constantinopla a cavalo pela Tróada. E quando Constantinopla tiver sido vista e revista, se a ameaça ainda persistir (pois podemos dizer como Montaigne: "As viagens não me prejudicam exceto num ponto, a despesa, que é bastante grande, estando habituado etc."[12]), retornaremos passando por toda a Grécia. Eis o itinerário para o momento, mas numa viagem como essa aí é bem difícil fazer uma previsão. Mil circunstâncias exteriores nos fazem desviar do itinerário. — Do lazareto de Beirute, se eu tiver algo para te dizer, te escreverei dentro de alguns dias (?), senão farei isso de Jerusalém. Envia-me, até nova ordem, todas as tuas cartas para Beirute. Eis as férias, tu terás mais tempo. Envia-me umas bem longas.

Alexandria, 5 de julho (de 1850).

Acabou, disse adeus ao Cairo, quero dizer, ao Egito. Pobre Cairo! Como ele estava belo na última vez em que aspirei a noite sob suas árvores. — Alexandria me irrita. Está cheia de europeus, só vemos botas e chapéus, parece-me que estou na porta de Paris, sem Paris. Enfim, daqui a alguns dias a Síria, e lá iremos nos aboletar sobre a sela por muito tempo. Estaremos escanchados em grandes botas e galoparemos com desassombro.

Agradeço-te, meu caro velho, os presentes que me aguardam em Beirute. — A propósito de Lamartine, vi ontem no *Le Constitutionnel* algumas passagens de *Geneviève*. Há no prefácio um exame dos grandes livros que eu te recomendo. É um desatino próximo da idiotismo[13].

O que tu achas da seguinte história que aconteceu no Cairo quando estávamos lá e que eu te garanto que é autêntica? Um mulher jovem e bela (eu a vi), casada com um velho, não podia copular com seu amante a seu bel-prazer. Já se conheciam havia três anos, mas mal tinham podido se beijar três ou quatro vezes, tanto era vigiada a pobre moça. O marido, velho, ciumento, doente, ranzinza, a retinha pelo dinheiro, a provocava de todas as maneiras possíveis e, sob a menor suspeita, a deserdava, depois refazia o testamento, e era sempre assim, acreditava que podia tê-la presa à sua vontade pela esperança da herança. Entretanto, meu canalha adoece: reviravoltas, cuidados devotados da madame, ela é incluída no testamento. Depois, quando tudo termina, quando o doente fica desesperado, quando não pode mais nem mexer-se, nem falar e começa a morrer, mas sempre lúcido, então ela introduz seu amante no quarto e se deixa possuir por ele, intencionalmente, sob os olhos do moribundo. Imagina o quadro. Ela deve ter gozado! Deve ter-se enfurecido, o pobre safado! — Que trepada! Eis uma vingança.

Domingo, 7 de julho de 1850.

Tu já percebeste que eu não estou te escrevendo de enfiada. Este, contudo, é o último parágrafo. Devo aprontar a minha carta já. Fui atrozmente perturbado em toda esta aqui. Teria ainda muitas coisas para dizer-te, mas estou sendo pressionado de todos os lados. Não encontro nada na extremidade da minha pena. É preciso buscar e esperar, merda. Adeus, te abraço,

Velho durão.

(Sexta Carta)

Jerusalém, 20 de agosto de 1850.

Direi como Sassetti: "Vós não acreditareis, senhor, paciência! Mas quando vislumbrei Jerusalém, senti realmente uma estranha comoção!" Detive o cavalo que eu havia lançado na frente dos outros e olhei a cidade santa, assombrado de vê-la. Ela me pareceu muito limpa e as muralhas em bem melhores condições do que eu esperava. Depois, pensei em Cristo, que imaginei subir ao monte das Oliveiras. Ele vestia uma túnica azul e o suor lhe perlava as têmporas. — Pensei também em sua entrada em Jerusalém com grandes gritos, palmas verdes etc., o afresco de Flandrin que vimos juntos em Saint-Germain-de-Prés, na véspera da minha partida. — À minha direita, atrás da cidade santa, ao fundo, as montanhas brancas de Hebrom se recortavam numa transparência vaporosa. O céu estava pálido, com algumas nuvens. Embora fizesse calor, a luz se distribuía de tal maneira que me pareceu como a de um dia de inverno, tanto era crua, branca e dura. Depois Maxime me alcançou com a bagagem. Ele fumava um cigarro. Entramos pela porta de Jafa e jantamos às 6 horas da tarde.

Jerusalém é uma ossuário cercado de muralhas. — Tudo ali apodrece, os cachorros mortos na rua, as religiões nas igrejas: (idéia forte). Há grande quantidade de merda e de ruínas. O judeu polonês com sua touca de pele de raposa insinua-se em silêncio ao longo das paredes deterioradas, à sombra das quais o soldado turco entorpecido enrola nos dedos, sempre fumando, seu terço muçulmano. Os armênios amaldiçoam os gregos, os quais detestam os latinos, que excomungam os coptas. Isso tudo é muito mais triste do que grotesco. Mas pode muito bem ser mais grotesco do que triste. Tudo depende do ponto de vista. Mas não antecipemos os detalhes.

A primeira coisa que nos chamou a atenção nas ruas foi o açougue. No meio das casas existe casualmente uma praça. — Nessa praça, um buraco, e nesse buraco, sangue, tripas, urina, um arsenal de tons quentes para uso dos coloristas. Em volta, um fedor medonho; perto, dois paus cruzados de onde pende um gancho. Eis o lugar onde se matam os animais e onde se corta a carne. O jovem Du Camp agiu como em Montfaucon, achou que ia passar mal. Sim, meu senhor, não existe outro matadouro além desse. — Os jornais locais poderiam muito bem repreender um pouco os nossos edis. — Depois, fomos à casa de Pilatos, convertida em caserna. Isto é, há uma caserna no lugar onde se diz que teria sido a casa de Pilatos. De lá se vê a praça do Templo onde, agora, está a bela mesquita de Omar. Levaremos um desenho para ti. O Santo Sepulcro é a aglomeração de todas as maldições possíveis. Num espaço assim tão pequeno há uma igreja armênia, uma grega, uma latina, uma copta. Todos se insultam, se amaldiçoam do fundo da alma e perturbam o vizinho por causa de castiçais, tapetes e de quadros, que quadros! É o paxá turco que possui as chaves do Santo Sepulcro. Quando se quer visitar o lugar, é preciso ir buscar as chaves na casa dele. Acho isso muito impressionante. Ademais, é por humanidade. Se o Santo Sepulcro tivesse sido entregue aos cristãos, eles ali se massacrariam, infalivelmente. Já houve exemplos disso.

"*Tanta religio*! etc", como diz o gentil Lucrécio.

Como arte, não há nada exceto o extremamente piedoso em todas as igrejas e conventos daqui. Isso rivaliza com a Bretanha[1], exceto algumas douraduras, ovos de avestruz enfiados em terços e castiçais de prata entre os gregos, os quais têm pelo menos a vantagem do luxo. Em Bethlehem, vi um *Massacre dos Inocentes* onde o centurião romano se veste como Poniatowski, com botas russas, calças colantes e um barrete com pluma branca. — A representação dos mártires é capaz de levar a amar os carrascos, se estes não valessem as vítimas. Aliás, se está rodeado de santidade. Estou saciado disso. Os rosários, particularmente, já me saturaram. Compramos vários, 7 ou 8 dezenas. Sem contar, ainda por cima, que tudo isso não é verdadeiro. Tudo isso mente. Após a minha primeira visita ao Santo Sepulcro, voltei para o hotel cansado, aborrecido até a medula. Tomei um São Mateus e li com deslumbramento virginal o "Sermão da Montanha". Isso suavizou a fria amargura que senti inesperadamente lá embaixo. — Fez-se de tudo para tornar os lugares santos ridículos. É putaria dos diabos: a hipocrisia, a cupidez, a falsificação e a impudência, sim, mas santidade, vai-te foder. Eu censuro esses patifes por não ter-me emocionado; e eu não pedia outra coisa, tu me conheces. Tenho, entretanto, uma relíquia, a qual guardarei comigo. Eis a história: era a segunda vez que eu visitava o Santo Sepulcro, entrei no próprio Sepulcro, capelinha bem iluminada por candeeiros e repleta de flores fixadas em vasos de porcelana, desses que decoram a lareira das costureiras. Há tantos candeeiros amontoados que parece o teto de uma loja de lâmpadas. As paredes são de mármore. Diante de vós faz caretas um Cristo talhado em baixo-relevo, em tamanho natural e assustador com suas costelas pintadas de vermelho. — Olhei a pedra santa; o sacerdote abriu um armário, pegou uma rosa, deu-a para mim, verteu sobre as minhas mãos água de flor de laranjeira, depois pegou de novo a rosa, pousou-a sobre a pedra do Sepulcro e se pôs a dizer uma prece para benzê-la Não sei então que amargura terna me veio. Pensei nas almas devotas a quem um presente desses, e em tal lugar, teria deleitado, e no quanto isso era inacessível para mim. Não chorei em cima da minha sequidão, nem lamentei coisa alguma, mas tive esse sentimento estranho que dois homens *como nós dois* têm quando estão completamente sós junto do seu fogo e imaginam, escavando com todas as forças de sua alma esse antigo abismo representado pela palavra *amor*, o que isso seria... se fosse possível. Não, lá eu não fui nem voltairiano, nem mefistofélico, nem sádico. Estava, ao contrário, muito simples. Tinho ido ali de boa fé, e nem a minha imaginação foi tocada. — Vi os capuchinhos tomarem meia taça com os janízaros[2], e os frades da terra santa fazer uma pequena refeição no Jardim das Oliveiras. Distribuíam-se cálices de licor em um cercado ao lado, onde havia dois desses senhores com três senhoritas, das quais (entre parênteses) se viam os peitos. —

Em Bethlehem, a gruta da Natividade tem mais valor, os candeeiros fazem um belo efeito. Isso leva a pensar nos Reis Magos.

Mas, em compensação, é uma região altiva, um lugar rude e grandioso que está à altura da *Bíblia*. Montanhas, céu, costumes, tudo me parece grandioso. Retornamos ontem da Jordânia e do Mar Morto. — Para dar-te uma idéia, seria preciso adotar um estilo muito pomposo, o que já de início me entediaria, e a ti também, sem dúvida. Na margem do Mar Morto havia uma ilhazinha de pedras amontoadas, dali peguei, todo tostado pelo sol, um grande seixo negro para ti, pobre velho, e da água azul e tépida retirei outros três ou quatro menores.

Agora estamos quase sempre com o traseiro nas sela, de botas , esporas, armados até os dentes. Vamos a passo, depois instigamos repentinamente os nossos camelos, que correm a toda brida. Esses animais têm patas maravilhosas. Quando se deparam com uma descida íngreme, antes de colocar o seu casco em alguma parte do chão, eles tateiam lentamente em volta com esse movimento suave e inteligente de uma mão de cego que vai agarrar um objeto. Depois eles pousam os cascos sem hesitação e partimos. Paramos nas fontes, deitamo-nos sob as árvores. Não posso dormir, tantas são as minhas pulgas. Temos quatro mulos com cabrestos, guizos, ficam assim o tempo todo, e de noite, à nossa volta, estão lá mascando a sua palha.

Partiremos dentro de poucos dias para Damasco, por Nazaré e Tiberíades. Provavelmente a tua carta, que me anunciaste na última de minha mãe, me espera em Damasco com uma das delas. — *Aguardo- a* com impaciência. Se tu me responderes imediatamente, manda a tua carta ainda para Beirute; senão, Esmirna. Escrever-te-ei, senão de Damasco, pelo menos de Beirute, ao retornar a essa cidade, em um mês, seis semanas. — Não sabemos se iremos a Chipre, mas com certeza a Rodes.

Em Beirute, conhecemos um honesto rapaz, Camille Rogier, diretor do correio local. É um pintor de Paris, da corja do Gautier, que vive ali, orientalizado. Esse encontro inteligente nos deu prazer. Ele possui uma bela casa, um bom cozinheiro, uma vara enorme, ao lado da qual a tua é um ponto. Quando ele estava em Constantinopla, essa reputação se propalou e os turcos vinham pela manhã especialmente para vê-lo (*textual*). Ele nos ofereceu uma manhã regada a *jovenzinhas*. Peguei três mulheres e fodi rápido quatro vezes — três antes do café da manhã, a última após a sobremesa. Cheguei até a fazer uma proposta à madame delas, no final. Mas como eu a recusara no início, a proxeneta não quis. E só faltava *essa extravagância* para coroar a obra e fazer boa impressão. O jovem Du Camp só comeu uma vez. Seu pau sofria de um resto de úlcera, adquirida em Alexandria sobre uma valáquia. Revoltei, porém, as mulheres turcas com o meu cinismo ao lavar o cacete diante da sociedade. — O que não impede, entretanto, que elas acolham muito bem o postilhão (numa região em que só se viaja a cavalo não há nada de surpreendente nisso). O que demonstra, meu caro senhor, que em todos os lugares as mulheres são mulheres; poderíamos concluir, então, que nem a educação nem a religião as emendam. Isso cobre um pouquinho, isso disfarça, isso oculta, eis tudo. As folgazãs bebiam álcool com vivacidade. — Recordo-me de uma, cabelos negros crespos com um ramo de jasmim, que me pareceu cheirar bem (desses odores que tocam o coração) no momento em que ejaculei nela. Tinha o nariz um tanto arrebitado e remela na extremidade da pálpebra interior do olho direito. Era de manhã, ela não teve tempo de lavar-se, sem dúvida. Essas senhoras eram mulheres da Sociedade, como se diria entre nós, e que, por intermediação de uma boa proxeneta, faziam sexo por prazer e também por um pouco de dinheiro.

A propósito de galhardia, parece, meu jovem amigo, que tu não te poupas, que tu fazes das tuas. O tio Parain me falou das duas moças que viu na tua sobreloja. Elas causaram muito boa impressão. Já faz bastante tempo que não leio a tua boa palavra. Eis as férias, tu terás decerto um pouco mais de tempo. Envia-me volumes.

Note bene sob o mais grande segredo. Maxime quis sodomizar um bardaxa na gruta de Jeremias[3]. —É mentira![4]. P.S.: Não! Não! É verdade. *Quid dicis* do *young*? Adeus, eu te abraço. Teu.

Reabro a minha carta para perguntar quem possui mais chance de vencer, Pigny ou Defodon[5]? O prêmio de oratória em francês já deve ter decidido a questão, definitivamente. Não há por que insistir nisso. É um fato que se deve aceitar como a república. Mas vês o meu aborrecimento se um dos dois tivesse morrido antes da prova. A questão então *nunca* seria resolvida. Apenas voltaria: "quem é que teria tido mais chance", etc.

(Sétima Carta)

Damasco, 2 de setembro de 1850.

O conde e a condessa de Lussay[1], recém-casados, acabam de trepar; após a trepada, conversam sobre a alma; o diabo chega e se encarrega de mostrar amigavelmente ao casal como tudo se transforma e se eleva. Assim, mostra primeiro duas moças da Ópera com os mosqueteiros; num outro quadro, vê-se de novo essas duas moças, religiosas. O *amor* as dignificou. Num baile o diabo mostra, sempre com o auxílio do mesmo talismã (um espelho mágico que revela o passado) uma cantora perfeita que todos aplaudem. Ela foi primeiro cantora de rua etc., ela passou por estágios intermediários a fim de chegar lá. No mesmo baile, várias figuras secundárias, um sábio provinciano (Richard, Chéruel?) que terá de subir vários degraus para vir a ser um verdadeiro sábio, um daqueles de Paris, um membro do Instituto.

Mas nem sempre há progresso. Assim, vê-se um garotinho aprender o grego na gramática que ele próprio elaborou, numa vida precedente.

A idéia geral é o torvelinho, a espiral infinita. Tudo o que nos sucede pode ser explicado. — As almas são como os astros, elas mudam de lugar segundo a mesma ordem.

Estou tão apressado, meu pobre velho, que concluo rápido, e mal, tudo isso. É necessário que esta carta vá imediatamente. Todavia, diz à minha mãe para pedir à Sra. Le Poittevin[2] um exemplar de *Bélial*, como se ela o quisesse ler. Ela o passará a ti, isso será mais simples. A morte da Sra. Maupassant facilitará, creio eu, o retorno desses papéis que interessa não perder, a jovem[3] não os quererá. Eu os terei, acho, e depois veremos o que fazer com eles.

Em suma, a Sra. Le Poittevin não recusará, acredito, esse empréstimo à minha mãe. Na minha próxima carta, tratarei de enviar-te uma análise mais detalhada disso tudo. Mas o que isso importa, afinal de contas!; tu sempre receias os plágios ridículos[4]. O que é que não se assemelha e o que é que se assemelha? Não se concebe nunca o mesmo tema da mesma maneira. Prossegue, pois, e não te inquietes com nada.

Adeus, pobre velho, tu tens o ar de te aborrecer muito. Além do que a tua falação sobre a merda é sublime. Tua carta me dá frio, é tão triste e amarga. Falarei sobre isso na primeira oportunidade.

Te abraço.

Teu...

(Oitava Carta)

Damasco, 4 de setembro de 1850.

"Até tu, meu filho Brutus!", o que não significa que eu seja César! Até tu, meu pobre velho, a quem eu admirava tanto por causa da fé inabalável! Tu tens motivo para dizer o que dizes, concordo, tu foste brilhante durante dois anos, e no dia em que recebeste aquele famoso prêmio[1] que decora a lareira materna, tua mãe ficou, com razão, orgulhosa de ti. Mas ela não ficou tanto quanto eu, disso podes estar certo. No meio dos meus desgostos, dos meus desânimos e de todos os amargores que me subiam aos lábios, tu eras a água de Seltz que me fazia digerir a vida. — Em ti eu me revigorava como num banho tonificante. Quando me lastimava só comigo mesmo, dizia-me: "Olha para ele", e mais vigorosamente me entregava ao trabalho. Tu eras meu modelo moral mais elevado e minha edificação permanente. O santo vai agora cair do nicho? Não te movas do teu pedestal! Seríamos nós dois uns cretinos, por acaso? Pode ser. Mas não cabe a nós afirmá-lo, ainda menos crer nisso. Contudo, o tempo das enxaquecas e das fraquezas nervosas já deveria ter passado. — Existe uma coisa que nos arruína, vê, uma coisa estúpida que nos entrava, é *o gosto*, o bom gosto. Temos muito disso, quero dizer que nós nos inquietamos mais do que é necessário. O terror do ruim nos invade como um nevoeiro (um sujo nevoeiro de dezembro, que chega repentinamente, que gela nossas entranhas, que cheira mau e nos irrita os olhos), de sorte que, não ousando avançar, ficamos imóveis. Não percebes o quanto nos tornamos *críticos*? Temos poéticas próprias, princípios, idéias prontas, regras, enfim, tal como Delille e Marmontel! Elas são outras, mas o que isso importa! O que nos falta *é audácia*. Que voltem, portanto, os belos tempos da minha adolescência, quando eu ejaculava em três dias um drama em cinco atos. De tanto escrúpulo, já estamos parecidos com essas pobres beatas que não vivem de tanto temer o inferno, e que despertam seu confessor bem cedo para acusarem-se de ter abortado à noite em sonhos. Deixemos de nos inquietar tanto com o resultado. Fodamos, fodamos.

Que importa a criança que a Musa dará à luz! O mais puro prazer não consiste nas trepadas?

Fazer a coisa mal, fazer a coisa bem, o que isso importa? Quanto a mim, deixei de me ocupar com a posteridade. É prudente. Meu partido está tomado. A menos que o vento muitíssimo literário sopre inesperadamente daqui a alguns anos, decidi não *fazer a prensa gemer* com alguma elucubração do meu cérebro. Tu e minha mãe, e os outros (é uma coisa magnífica como não querem deixar que as pessoas vivam à sua maneira) reprovam em demasia a minha maneira de viver. Espera um pouco até que eu tenha regressado, e tu verás se eu mudei ou não. Enterro-me no meu buraco e não me mexerei do lugar, mesmo que o mundo se aniquile. A ação (quando não é arrebatada) se torna para mim cada vez mais antipática. Acabo de devolver, sem examiná-las, várias echarpes de seda que me trouxeram para escolher. — Bastava, não é, erguer os olhos e decidir. Esse trabalho de tal modo me esgotou de antemão que despedi os mercadores sem ficar com coisa alguma. Fosse eu o sultão, os atiraria pela janela. Estava cheio de má vontade para com as pessoas que me forçavam a uma atividade qualquer. — Voltemos à nossa garrafa, como diz o velho Michel[2].

Se tu achas que o teu aborrecimento me comoverá por muito tempo, estás muito enganado. Senti tédios bem consideráveis. — Nada disso pode agora me impressionar. Se o quarto do Hospital de Rouen que, hoje, abriga a jovem Juliette Flaubert pudesse dizer todo o tédio que sentiram ali dois rapazes, durante 12 anos, creio que o estabelecimento se desmoronaria sobre os burgueses que o enchem. Esse pobre malandro do Alfred[3]! É surpreendente como penso nele e quantas lágrimas não choradas ainda permanecem no meu coração. Como conversamos! Olhávamo-nos nos olhos, voávamos alto...

Toma cuidado, é que acabamos nos divertindo com o nosso tédio, é um pendor. O que tu tens? Como queria estar aí, para te beijar a fronte e te dar uns chutes na bunda! O que tu sentes agora é a conseqüência do longo esforço que despendeste em *Melaenis*. Acreditas que a cabeça de um poeta é como o aparelho de fiar algodão, de onde algo sempre sai sem fadiga nem interrupção? Pensa nisso, então, pequenino! Protesta sozinho no teu quarto. Mira-te no espelho e ergue a cabeleira. É o estado social do momento que te deixa indisposto? Isso basta para os burgueses, a quem a coisa intimida; também sinto às vezes angústias de adolescente. *Novembro* me volta à cabeça. Será que atinjo uma Renascença ou será que é a decrepitude que se assemelha à floração? No entanto, ainda estou me refazendo (não sem dor) do golpe terrível que me trouxe *Santo Antônio*. Não negarei que ainda estou um pouco perturbado com o que aconteceu, mas não me sinto mais doente como estava durante os quatro primeiros meses da minha viagem. — Percebia tudo através do véu do aborrecimento com o qual me cobrira essa decepção, e me repetia a inepta palavra que me envias: "Por quê?"

Contudo, ocorre em mim um avanço (?). (Tu queres decerto que eu fale da viagem, do ambiente, horizontes, céu azul.) Torno-me a cada dia que passa mais sensível e mais emotivo. Qualquer coisa me leva lágrimas aos olhos. Meu coração se torna sentimental, ele *se derrete* por nada. Coisas insignificantes me comovem até os ossos. Entrego-me a devaneios e distrações sem fim. — Sinto-me geralmente como se tivesse bebido demais; e, com isso, cada vez mais inepto para compreender o que me explicam. A memória me engana cada vez mais. Depois, grandes arrebatamentos literários. Tomei a resolução de trabalhar na minha volta. É isso.

Que bom que pensaste no *Dictionnaire des Idées Reçues*[4]. Esse livro, *completamente* concluído e precedido de uma boa apresentação onde se explicará que o objetivo da obra é reatar o público com a tradição, a ordem, a convenção geral, e o material organizado de tal maneira que o leitor não consiga decidir se se zomba dele ou não, será talvez uma obra estranha, e talvez bem-sucedida, pois muito atual.

Se em 1852 não houver uma debacle imensa por ocasião da eleição presidencial, se os burgueses triunfarem, enfim, é possível que sejamos ainda oprimidos por um século; então, cansado de política, o público desejará talvez distrações literárias. A ação reagirá ao sonho, será esse o nosso dia?? — Se, ao contrário, formos precipitados no futuro, quem sabe a Poesia que deverá então surgir? Haverá uma, sim, não choremos mais, não amaldiçoemos mais, aceitemos tudo, sejamos liberais. — Acabam de me contar um fato que me espanta: "Os ingleses estão ocupados em planejar uma estrada de ferro que deverá ir de Calais a Calcutá." A estrada atravessará os Balcãs, o Tauro, a

Pérsia, o Himalaia. Ai de mim! Seríamos muito velhos para não lamentar eternamente o ruído das rodas do carro de Heitor?

Li em Jerusalém um livro socialista (*Ensaio de Filosofia Positiva*, de Auguste Comte)[5]. Foi-me emprestado por um católico enraivecido, que queria que eu o lesse a todo custo para que visse quanto... etc. Folheei algumas páginas: é um monte fastidioso de tolices. Não esperava, aliás, outra coisa. — Há ali dentro muitas passagens incrivelmente cômicas, Califórnias cheias de grotesco. Há talvez outra coisa também. Pode ser. Um dos primeiros estudos que farei, no meu retorno, será certamente sobre todas "essas utopias que agitam nossa sociedade e ameaçam cobri-la de ruínas". Por que não se satisfazer com o objetivo que nos é submisso? Ele vale por outro. Considerando as coisas imparcialmente, houve poucas mais férteis. *A inépcia consiste em querer concluir.* Dizemo-nos a nós mesmos: "Mas a nossa balança não é precisa; dos dois, quem terá razão?" Vejo um passado em ruínas e um futuro em germe, um é muito velho, o outro muito jovem, tudo está embaralhado. Mas agir assim equivale a não querer compreender o crepúsculo, é desejar só o meio-dia ou a meia-noite. Que nos importa a aparência que terá o amanhã? Nós vemos o que é o Hoje. Ele faz muitas caretas e, dessa maneira, se insere melhor no Romantismo.

Quando o burguês foi mais gigantesco do que agora? O que é o de Molière perto deste? O Sr. Jourdain[6] não chega aos calcanhares do primeiro *negociante* que tu encontras na rua. E o jeito invejoso do proletário? E o jovem que progride? E o magistrado! E tudo o que fermenta no cérebro dos tolos, e tudo o que ferve no coração dos velhacos?

Sim, a asneira consiste em querer concluir. Somos uma linha e queremos saber a trama. Isso redunda nessas eternas discussões sobre a decadência da arte. Agora, passa-se o tempo a dizer: "Estamos completamente liquidados, chegamos ao último termo etc. etc." Qual foi o espírito algo robusto que concluiu, a começar por Homero? Contentemo-nos com o quadro, é assim, está bom.

Aliás, ô meu pobre velho, por acaso não há o sol (mesmo o sol de Rouen), o odor do feno cortado, os ombros das mulheres de 30 anos[7], velhos livros no canto do fogo e as porcelanas da China? Quando tudo estiver extinto, com os fiapos da medula do sabugueiro e os fragmentos de urinol, a imaginação reconstituirá mundos.

Estou muito curioso para ver esse bom conto chinês. — Esta viagem me consolará das tristezas do retorno. Posso te dizer uma coisa fortificante e que possui o mérito de ser sincera, é que, como Natureza, tu podes caminhar audaciosamente. Tudo o que eu vejo aqui é como um reencontro. (Só das cidades, homens, hábitos, costumes, utensílios, coisas da humanidade, enfim, eu não tinha o detalhe exato.) Não me enganei. Infelizes os que têm desilusões. — Há paisagens onde eu já passei, isso é indubitável. Retém, portanto, isto para o teu governo, é o resultado de uma experiência escrupulosa feita há dez meses e nunca desmentida: é que nós estamos muito avançados em matéria de arte para nos enganarmos sobre a Natureza. Assim, avança.

Tu me perguntas por que tu és fiel à tua Dulcinéia. A explicação é simples: porque tu não és fiel às outras. Mas por que essa fulana em vez das outras? É que essa apareceu na época em que tu devias ser-lhe fiel. O amor é como uma vontade de mijar. Quer a gente o verta num vaso de ouro ou num urinol de argila, é necessário que isso jorre. O acaso apenas nos fornece os recipientes. Ah, torno-me um porcalhão. Depois de Jerusalém, acalmo-me um pouco, contudo. Louvado seja Deus! Que belas mulheres havia em Nazaré! Folgazonas na fonte com seus vasos na cabeça. Nos vestidos apertados nas ancas por cintas, os movimentos dos seus traseiros são bíblicos. Andam magnificamente, o vento levanta a parte inferior da roupa colorida, com grandes listras. A cabeça está rodeada de um círculo de piastras de ouro ou de prata. É tudo perfil, e isso passa perto de você como sombras.

Ao meio dia, à hora mais quente, quando a luz cai perpendicularmente e somos levados em silêncio pelos nossos magros e sólidos cavalos, quando os mulos fatigados estendem ao vento suas gengivas esbranquiçadas pela sede, é então que vemos os lagartos saírem do tronco oco das oliveiras e, sobre as sebes vivas de nopais, levantando as patas, percebemos adiantar-se o camaleão prudente, que mexe seus olhos redondos.

De *Bélial*[8] só me recordo o que te enviei na minha última cartinha. Envia-me logo a tua *idéia*. Darei minha opinião. Tentei (inutilmente) vasculhar a memória, não encontro nada para te enviar na forma de uma análise completa. Tenho medo que tu fiques indignado comigo por causa disso, mas não é minha culpa. E se ainda me ocorrer algo antes de fechar esta carta, vou incluí-lo aqui. Mas, no momento, sinto necessidade de ir para a cama. São 11 da noite, ouço o jacto d'água que cai na fonte do pátio (isso me recorda o barulho da fonte em Marselha, no Hotel Richelieu, quando eu comia essa senhora Foucaud, *nascida* De Langlade[9]). Foi há dez anos, como é antigo! Quantas botas usei depois! — Ah, se elas pudessem dizer, as botas, todos os passos que fizeram, e recordar a ti , somente a ti que as calçou, por que razão foram gastos os saltos e a sola se adelgaçou.

Aprovo como tu a idéia de desinfetar a merda (teu texto sobre isso é brilhante, isso peida e isso detona muito, é convincente, amplo, belo, possui movimentos que se reproduziram no meu ventre). Mas tu pensaste na extinção dos vasos do colégio? Vermelho, acocorado em equilíbrio sobre os calcanhares, entre vírgulas amarelas que mosqueiam a parede de gesso e as poças de urina que o separam da porta, o colegial leva e traz em silêncio a sua vara amorosa, mas não sentirá mais o nariz irritado por esse odor azedo que se acrescenta ao seu prazer. Este o força a apressar-se, e quase vomitando de nojo, ele ejacula com embriaguez. Neste ponto, fumo o meu cachimbo e me fecho no meu mosquiteiro.

10 de setembro.

Recebi ontem, numa carta de minha mãe, a grande novidade. Fiquei aterrado. Então Pigny foi vencido! Defodon triunfa![10] Hosana! Que jantar deve ter havido na cabana paterna em Croisset! Que sonhos...

Mas, como após a solução de todos os grandes problemas, sinto-me vazio e desocupado. Retifico a melancolia que sentiu Gibbon quando terminou a obra de toda a sua vida. — Estou contente e, contudo, sinto-me triste. Estava cheio de angústia ontem e, agora, etc., que satisfação para a família, para o professor, para o dono do pensionato! Mas, em contrapartida, como o ódio deve devorar o coração de Pigny! Ele medita talvez vinganças.

Defodon me dá a impressão de ser Silas. Retirou-se agora para o campo, onde goza dos primeiros momentos tranqüilos da sua vida. Eh!, quem sabe? A filosofia, domínio do raciocínio e das idéias (não se tratará mais, nesse caso, de vãos jogos do espírito), recolocará talvez tudo em discussão. Deus nos livre disso. O Universo necessita respirar um pouco. Mas Pigny tentará levantar-se outra vez, tentará obter sucessos a seguir, não serão mais esses magníficos triunfos da imaginação, será Roma após a Grécia; adeus Musas! Adeus epítetos do *Gradus* e finais de versos prontos. O desespero irá tomá-lo, ele é capaz de meter-se no comércio. — Isso acabará por encher de orgulho o seu rival, que será sem dúvida a seguir professor do secundário ou procurador judicial, e se dirá dele: "É um homem folgazão, esse aí, um pândego, uma raposa astuta...", ele ganhará consideração, ir-se-á escutá-lo, será um grande senhor.

Há dois ou três dias visitamos o leprosário daqui. Está fora da cidade, perto de um pântano de onde os corvos e os abrutes alçaram vôo à nossa aproximação. Eles estão lá, os pobres miseráveis, homens e mulheres (uma dúzia, talvez), todos juntos. — Aqui não há mais haréns, véus para cobrir o rosto, distinção de sexos. — Eles têm máscaras de crosta purulenta, buracos no lugar do nariz, e eu coloquei o meu lornhão para distinguir, num deles, se eram farrapos esverdeados ou suas mãos que pendiam da extremidade dos braços. Eram suas mãos. (Ô, coloristas, onde estais vós? Que imbecis os pintores!) Ele se havia arrastado para beber junto da fonte. Sua boca, cujos lábios foram arrancados como por uma queimadura, deixava ver o fundo de sua garganta. — Ele estertorava, estendendo para nós os seus farrapos de carne lívida, e ao nosso redor a natureza serena! A água ali corria, as árvores estavam verdes, tudo palpitando de seiva e de juventude (o vento da tarde soprava), a sombra era fresca sob o sol quente, além duas ou três galinhas ciscavam na terra da granja onde eles estão. Os fechos estavam em bom estado, seus alojamentos até muito limpos. Fomos levados lá por um irmão lazarista que tinha a cabeça envolvida num turbante negro muito apertado e que ama falar de pederastia[11].

Mais ou menos no mesmo bairro se encontra o cemitério cristão (na direção da praça onde se diz que São Paulo foi atirado do cavalo pela aparição do anjo). Ali se expande um fedor súbito; exala-se o seu conteúdo. Numa sepultura em ruínas, vimos, ao abaixar-nos pela abertura, vários restos humanos, esqueletos, cabeças, tórax, um morto dessecado e todo rijo sob os pedaços da sua mortalha, uma longa cabeleira loira cujo tom dourado se destacava sobre a poeira cinza e, o que nos pareceu muito gaiato, um grande cachorro branco, o qual sem dúvida tinha vindo ali para se meter num buraco e que, não podendo mais sair, ali havia morrido. Que farsa!

Passeia pelos bazares de Damasco um velhaco todo nu, é um *santon*. Quem quer, pode ver seu penduricalho. Eu mesmo o vi, e as mulheres estéreis o tomam e o beijam ao passar por lá, quando vão fazer suas compras e adquirir umas coisinhas nos fornecedores. — No ano passado, houve um que agia melhor. Eles as cobria *coram populo*, e os turcos devotos circundavam imediatamente o grupo e faziam com suas roupas uma espécie de biombo para esconder aos olhos ímpios a santidade que se cumpria.

Nada é belo como o adolescente de Damasco. Há jovens de 18 a 20 anos que são magníficos. Se eu fosse mulher, faria uma viagem de distração à Síria. — Todavia, vivemos aqui mais castamente do que alhures. Nosso bravo Joseph, muito fogoso no Egito, é aqui muito tonto para todas as coisas. — Ele tem medo de se meter em complicações. Talvez não esteja errado.

Adeus, velho safado. Trata de levantar um pouco teu moral. Daqui partiremos para Baalbek, de lá para Beirute, depois para Rodes e Esmirna. — E de lá para Constantinopla, aonde estimamos chegar pelo fim de outubro — Será lá, de hoje em diante, meu caro senhor, que esperarei as tuas cartas.

Maxime te abraça e eu também, bem antes dele e com mais força. Pobre velho.

Huart tornou-se bacharel? Desfruta do grau? Que sucedeu à figura fétida de Védie? Rouen deve estar vivendo um bom período de reação. O tio Parain baba de fúria, tenho certeza! Ah!, burgueses, aonde vós nos conduzis?

O jovem Du Camp está se tornando (literalmente) *muito* socialista. O futuro da França o inquieta e ele se enfurece na discussão.

(Nona Carta)

Constantinopla, 14 de novembro de 1850.

Se eu fosse capaz de te escrever todas as reflexões que tenho feito sobre a minha viagem, isto é, se tivesse à mão, quando pego da pena, as coisas que me passam pela cabeça e que me fazem dizer a mim mesmo: "Eu lhe escreverei isto", tu terias talvez cartas deveras divertidas. Mas, que merda, isso foge tão logo abro a minha caixa de papelão.

Em primeiro lugar, não te direi nada de Constantinopla, aonde cheguei ontem pela manhã, exceto que me comoveu esta idéia de Fourier: ela será mais tarde a capital da Terra. — É realmente grandiosa como *humanidade*. Esse sentimento de aniquilamento que tu sentiste ao entrar em Paris, é aqui que ele te penetra, acotovelando tantos homens desconhecidos, do persa e do indiano ao americano e ao inglês, tantas individualidades separadas cuja soma formidável humilha a vossa. Aliás, é imensa, sente-se perdido nas ruas, não se vê nem o começo nem o fim. Os cemitérios são labirintos no meio da cidade. Do alto da torre de Galata, podem-se ver todas as casas e todas as mesquitas (ao lado e entre o Bósforo e o Chifre de Ouro repletos de navios), as quais podem ser comparadas também a navios, o que representa uma frota imóvel cujos minaretes seriam os mastros das naves de alto bordo (frase um pouco confusa, admito). Passamos (nada demais) pela rua das casas de prostituição masculina. Vi bardaxas que compravam confeitos, sem dúvida com o dinheiro do seu traseiro, o ânus iria retribuir ao estômago o que este lhe dava habitualmente. Nas salas, ao rés-do-chão, ouvi os sons de um violino rude, dançava-se à moda grega. Esses jovens são geralmente gregos; eles usam cabelos longos.

Teu nome, Loué Bouilhette (pronúncia turca), será escrito amanhã num papel azul em letras douradas. É um presente que se destina a adornar teu quarto. — Isso te recordará, quando o olhares sozinho, que eu me lembrei muito de ti na minha viagem. Saindo dos *malims* (= escribas), onde discutimos o papel, a ornamentação e o preço do mencionado cartaz, fomos dar comida aos pombos da mesquita de Bajazet. Eles vivem no pátio da mesquita, às centenas; é uma obra pia jogar-lhes grãos. Quando nos aproximamos dali, eles descem nas lajes de todos os lados da mesquita, das cornijas, dos telhados, dos capitéis das colunas. O porto também tem seus pássaros habituais. No meio dos navios e dos caiaques, vê-se o cormorão voar ou pousar sobre as vagas. — Sobre os telhados das casas, há ninhos de cegonhas, abandonados no inverno. — Nos cemitérios, as cabras e os asnos pastam bem tranqüilas, e, à noite, as putas turcas dão ali para os soldados. O cemitério oriental é uma das coisas formosas do Oriente. Ele não possui esse caráter profundamente irritante que, na Europa, descubro nesse gênero de estabelecimento. Sem muro algum, sem fossado, sem separação nem recinto fechado qualquer. Isso se acha sem mais nem menos no campo ou na cidade, subitamente e em qualquer lugar, como a morte ela mesma, ao lado da vida e sem merecer maiores atenções. Atravessa-se um cemitério como se atravessa um bazar. Todos os túmulos são iguais. Eles se diferenciam apenas pela antigüidade. À medida que envelhecem, eles chafurdam e desaparecem, como acontece com a lembrança que temos dos mortos (diria Chateaubriand). Os ciprestes plantados nesses lugares são gigantescos. Isso confere ao *panorama* uma claridade verde cheia de tranqüilidade. A propósito de panorama, é em Constantinopla que se pode dizer verdadeiramente: "Um panorama! Ah! Que quadro!" Mas não encontro aqui nada que compararia ao Havre.

Quero que tu saibas, meu caro senhor, que peguei em Beirute (dei-me conta disso em Rodes, pátria do dragão) VII úlceras, as quais terminaram por se reunir em duas, depois em uma. — Fiz com isso, na sela do cavalo, o caminho de Marmorisse a Esmirna. Todas as noites e também pela manhã, eu tratava da minha pica doente. Enfim, ela está curada. Em dois ou três dias a cicatriz estará fechada. Eu me cuido até exageradamente. Suspeito que uma maronita me tenha dedo esse presente, mas talvez tenha sido uma pequena turca. É a turca ou a cristã, qual das duas? Problema? A pensar!!! Eis um dos lados da questão do Oriente de que não suspeita *La Revue des Deux-Mondes*. — Descobrimos esta manhã que o *young* Sassetti tem a doença (desde Esmirna), e ontem à noite Maxime encontrou, embora esteja sem trepar há seis semanas, uma escoriação dupla que me parece um cancro bicéfalo. Se se trata de um, é a terceira varíola que ele apanha desde que estamos viajando. Nada melhor para a saúde do que as viagens.

Como tu estás com a Musa? Esperava encontrar aqui uma carta tua e algum verso nela incluído. Que aconteceu com a China[1]? O que tu lês? O que tu fazes? Como tenho vontade de vê-lo!

Quanto a mim, literariamente falando, não sei onde estou. Sinto-me às vezes destruído (a palavra é fraca); outras vezes, o estilo *límbico* (no estado de limbo e de fluido imponderável) passa e circula em mim com calores sedutores. Depois isso acaba. Medito muito pouco, sonho ocasionalmente. — Meu gênero de observação é sobretudo moral. Não teria jamais suspeitado desse lado da viagem. O lado psicológico, humano, cômico, é aí abundante. Encontramos figuras esplêndidas, existências furta-cores muito cintilantes ao olho, muito variadas com seus farrapos e seus brilhos, ricas de fealdades, rasgões e galões. — E, no fundo, sempre essa velha canalhice imutável e inabalável. É lá a base. Ah!, quanto disso vos passa sob os olhos! De vez em quando, nas cidades, abro um jornal. Parece-me que avançamos com rapidez. Dançamos não sobre o vulcão, mas sobre a tábua de uma latrina que me parece relativamente apodrecida. A sociedade, num futuro próximo, irá afogar-se na merda de 19 séculos e ouviremos a gritaria repentina. A idéia *de estudar a questão* se apodera de mim. Desejaria (perdoa-me a presunção) apertar tudo isso nas minhas mãos como um limão, para acidular o meu copo. No meu retorno sinto vontade de mergulhar nos socialistas e de fazer, na forma teatral, algo de muito brutal, de muito farsesco e imparcial, evidentemente. Tenho a palavra na ponta da língua e a cor na extremidade dos dedos. Muitos temas mais claros como idéia não têm tanta pressa em crescer como esse.

A propósito de temas, tenho três deles que são talvez o mesmo, e isso me chateia sobremaneira: 1° *Uma noite de Dom Juan*, sobre o qual pensei enquanto estava no lazareto de Rodes; 2° a história de *Anubis*, a mulher que quer ser possuída por Deus — é a mais elevada, mas suas dificuldades são atrozes; 3° meu romance flamengo[2] sobre a mocinha que morre virgem e mística entre seu pai e sua mãe, numa cidadezinha da província, no fundo de um jardim à margem de um grande rio como o Eau de Robec., com canteiros de couves e árvores frutíferas podadas. — O que me atormenta, é que as idéias desses três enredos se assemelham. No primeiro, o amor insatisfeito sob duas formas, o amor terrestre e o místico. No segundo, a mesma história, apenas aí se trepa e o amor terrestre é menos elevado porque é mais explícito. No terceiro, eles estão reunidos na mesma pessoa, um leva ao outro; minha heroína simplesmente morre de masturbação religiosa, após haver exercido a masturbação digital. Ai!, parece-me que quando se disseca tão bem as crianças que ainda não nasceram, não se tem muito desejo de concebê-las. Minha clareza metafísica me dá calafrios. Tenho, portanto, de sair disso. Tenho necessidade de descobrir o meu padrão. Quero dispor, para viver tranqüilo, de uma opinião própria, opinião inabalável, a qual me dirigirá no emprego das minhas forças. — Quero conhecer a qualidade do meu terreno e seus limites antes de começar a ará-lo. Sinto, em relação ao meu estado literário interior, o que todo mundo, na nossa época, sente um pouco em relação à vida social: *sinto a necessidade de me estabelecer*.

Em Esmirna, durante um tempo chuvoso que nos impedia de sair, peguei no gabinete de leitura o *Arthur*, de Eugène Suë. Há ali coisas que provocam o vômito, isso não tem nome.— É preciso ler o troço para compadecer-se do dinheiro, do sucesso e do público. — A literatura está doente do peito. Ela escarra, baba, cobre seus abcessos com ungüentos e emplastros, ela escovou tanto a cabeça que perdeu os cabelos. Cristos da Arte seriam necessários para curar esse leproso. Voltar à Antigüidade, já foi feito. À Idade Média, já foi feito. — Resta o Presente. Mas a base treme; onde então apoiar os fundamentos? Porém, a vitalidade e, portanto, a perenidade, custam esse preço. Tudo isso me inquieta tanto que cheguei ao ponto de não querer mais ouvir falar disso: fico às vezes irritado com o assunto como um forçado liberto quando ouve falar do sistema penitenciário; sobretudo com Maxime, que ataca rudemente e não é de dar coragem; e eu tenho necessidade de ser encorajado. Em compensação, a minha vaidade ainda não se resignou a ter somente prêmios de encorajamento.

Irei reler toda a *Ilíada*. Dentro de quinze dias, faremos uma pequena viagem à Tróada. No mês de janeiro estaremos na Grécia. Irrita-me ser tão ignorante. Ah!, se eu soubesse grego pelo menos! E nisso eu perdi tanto tempo!

Aquele que, ao viajar, conserva a opinião que tinha de si mesmo no seu escritório ao olhar-se todos os dias no espelho, é um grandíssimo homem ou um grande, um inabalável imbecil. Não sei por quê, mas me torno muito humilde.

Passando diante de Abydos, pensei muito em Byron[3]. É lá o seu Oriente, o Oriente turco, o Oriente do sabre recurvado, das roupas albanesas e da janela gradeada dando para as ondas azuis. Amo mais o Oriente calcinado do beduíno e do deserto, as profundidades vermelhas da África, o crocodilo, o camelo, a girafa.

Lamento não ter ido à Pérsia (o dinheiro!, o dinheiro!). Sonho com viagens pela Ásia, com uma viagem à China por terra, com os obstáculos, as Índias ou a Califórnia, que me excita sempre por seu elemento humano. Outras vezes, penso com tanta ternura no meu escritório de Croisset, nos nossos domingos, que quase me ponho a chorar. Ah! Como sentirei falta da minha viagem e como a relembrarei, e como me repetirei o eterno monólogo: "Imbecil, tu não a desfrutaste o bastante."

Será preciso retomar o meu Agénor[4]. É decididamente muito bom. Outro dia, andando a cavalo, recitei em voz alta para mim mesmo alguns versos e ri às gargalhadas. Será um bom passatempo para me desenfadar de rever a pátria.

Penso também no *Dicionário*[5]. A medicina poderá fornecer bons artigos, a história natural também, etc. Eis aqui algo de zoologia que eu acho forte: *LANGOUSTE*. O que é a *langouste*? — A *langouste* é a fêmea do *homard*[6].

Por que a morte de Balzac[7] *me afetou vivamente*? Quando morre um homem que admiramos, ficamos sempre tristes. — Esperávamos conhecê-lo um dia e ganhar a sua estima. Sim, era um homem robusto que havia corajosamente compreendido o seu tempo. — Ele, que tão bem havia estudado as mulheres, morreu depois de se casar e quando a sociedade que conhecia iniciou seu fim. Com Louis-Philippe foi-se (14) alguma coisa que não retornará. Precisamos agora dar outros passos. —

Por que me vem um desejo melancólico de retornar ao Egito e de subir o Nilo, e de rever Kuchuk-Hanem?... Não importa; passei lá uma noitada como se passa pouco na vida. Além do que, gozei muito. Senti pena de ti!! Pobre velho!

Que me diz do nosso *drogman* Haphary que, numa viagem à Pérsia, engravidou uma mulher? O filho nasceu e foi batizado com o nome de Napoleão!

Parece-me que não te conto nada de muito interessante. Vou deitar-me e amanhã te falarei um pouco da minha viagem. Isso será mais divertido para ti do que o meu eterno *eu*, do qual já estou muito cansado.

Boa noite, velho, vou fazer as minhas fricções.

15, pela manhã.

Vimos ontem os dervixes que rodopiam, é altivo. É inebriante. Porém, tudo o que eu havia visto no Egito me havia preparado para essas gentilezas. Pouco a pouco toda a sociedade partiu. Havia do meu lado um caixeiro-viajante que tomou os tamborins por queijos da Holanda.

Em Muglah, perto do golfo de Cós, Maxime foi masturbado por uma criança (garotinha) que ignorava quase o que era aquilo. Era uma garotinha de cerca de 12 ou 13 anos. Ele gozou com as mãos da criança pousadas no pau dele.

O correio me pressiona. Adeus, meu pobre e caro velho, responde-me *imediatamente* enviando a carta para Constantinopla, depois para Atenas.

Abraço-te.

Teu velho.

(Décima Carta)

Atenas, no Lazareto do Pireu[1],
19 de dezembro de 1850. Quinta-feira.

Estou aqui desde ontem. Ei-nos aquartelados no lazareto até domingo... Li Heródoto e Thirlwall. A chuva cai abundantemente, mas, pelo menos, faz mais calor do que em Constantinopla, onde, nesses últimos dias, a neve cobria as casas. Ontem, fiquei muito alegre vendo a Acrópole, cuja brancura brilhava ao sol sob um céu carregado de nuvens. — Passamos diante de Colona, tivemos Egina à esquerda, Salamis adiante. Maxime, sofrendo de mal do mar, estertorava na sua cabine. O tempo estava feio. Em pé na proa com o lornhão sobre o nariz e tendo ao meu lado a gaiola dos frangos, eu olhava para a frente e me abandonava *a grandes pensamentos*. — Sem patranha nenhuma, fiquei comovido, mais do que em Jerusalém, não temo dizê-lo. — Ou, pelo menos, de uma maneira mais autêntica, onde a deliberação tivera uma parte menor. Isso estava mais perto de mim, era mais minha família. Aconteceu, talvez, que eu esperava menos disso. Eis o eterno monólogo estupefato e admirativo que eu me dizia, apreciando esse pequeno pedaço de terra, no meio das altas montanhas que o dominam: "Seja como for, saíram de lá tipos altivos e coisas ousadas."

Na próxima semana, iremos visitar Termópilas, Esparta, Argos, Micenas, Corinto etc. Será apenas uma *viagem de turista* (oh!!!): não temos tempo e dinheiro. — Foi necessário, pelo mesmo motivo, deixar de lado a Tróada. Constantinopla nos devorou. Eu desejava muito ver também a Tessália. Mas é preciso deixar Golconda; terminou, -nou, -nou, terminou. Eu estava triste de morrer quando disse adeus a Constantinopla. Mais uma porta fechada atrás de mim, mais uma garrafa sorvida. Há seis semanas sinto um desejo feroz de viajar, justamente porque a minha viagem acabou. Desespero-me de haver deixado escapar a Pérsia. Não pensemos mais nisso. *O homem nunca está satisfeito com nada*: máxima que, por não ser nova, não é mais consoladora.

Como um homem sensato como tu pôde se equivocar, a esse propósito, sobre a minha viagem à Itália[2]? Não percebes que, uma vez que eu tenha regressado, não sairei mais? E que daqui a...?, a temporada das minhas peregrinações estará encerrada? Quando e *com que*, animal, irei alguma vez à Itália, se eu não for este ano? Minha viagem ao Oriente (isso, entre nós) corroeu duramente o meu magro capital. O sol o fez emagrecer. Acreditas por acaso que eu também não sinto a fedentina de uma viagem executada sem preparativos e que durará talvez seis meses no máximo? Não importa, retirarei disso tudo o que eu puder, ainda que, seguindo a minha propensão, eu desejasse ficar na Itália o tempo suficiente para ali trabalhar e sorver gota a gota o que engolirei a grandes goles. É o que sinto também na Grécia; vem-me um sentimento de pesar quando penso que aqui permanecerei algumas semanas e não alguns meses. — Esperamos, apesar dos teus presságios, que a viagem à Itália não me incite ao himeneu. Tu vês a família onde está se criando, numa tépida atmosfera, a jovem pessoa que deverá ser a minha esposa? Sra. Flaubert! É isso possível? Não, eu não sou crápula o bastante.

Acabou, pois, o Oriente. Adeus, mesquitas; adeus, mulheres veladas; adeus, bons turcos nos cafés, fumando os seus chibuques e ao mesmo tempo limpando as unhas dos pés com os dedos das mãos! Quando voltarei a ver as negras acompanhando sua senhora ao banho? Num grande lenço colorido elas levam a roupa branca para trocar. — Elas caminham mexendo suas grossas ancas e arrastam sobre as pedras do calçamento suas babuchas amarelas, que batem sob a sola a cada movimento do pé. Quando reverei a palmeira? Quando montarei de novo num dromedário?...

Ô Plumet filho! Que inventou a desinfecção da merda, dá-me um ácido qualquer para desentupir a alma humana.

Passamos cinco semanas em Constantinopla, seria preciso passar seis meses. — Apesar do mau tempo, passeamos bastante nos bazares, nas ruas, de caiaque, a cavalo. Vimos o sultão. Estivemos no bordel e também no teatro, onde se representava um balé: *O Triunfo do Amor*. Um deus Pan ali dançava um passo pitoresco, metido em calções de veludo com suspensórios, e as dançarinas executavam, nas barbas dos armênios, gregos e turcos, um cancã dos mais frenéticos. — O público tomava a coisa a sério e pasmava, todo contente.

Saímos um dia desses a cavalo e demos a volta às muralhas de Constantinopla. Os três contornos ainda são visíveis. Os muros estão cobertos de hera. Atrás, agita-se a cidade turca, com suas casas de madeira negra e suas roupas coloridas. Do lado de fora, não há nada exceto um imenso cemitério repleto de estelas funerárias e de ciprestes. O vento soprava nas árvores, fazia frio. Seguindo sempre o contorno, chegamos à praia (de Mármara). Nesse lugar, há açougues. As entranhas dos animais espalhavam-se abundantemente pelo chão. Cães amarelos perambulavam por todos os lados; aves de rapina, com grandes gritos, volteavam no céu sobre as vagas que quebravam nos muros e ricocheteavam com grande estrondo. O vento levava no ar o rabo e a crina dos nossos cavalos. Voltamos através dos túmulos, galopando e saltando sobre eles, indo a passo quando estavam mais juntos, trotando agilmente sobre o gramado quando este aparecia entre os túmulos e as árvores.

Outro dia — era domingo —, saí sozinho a pé e me enfiei no bairro grego (São Dimitre), sem direção, pois me perdi. Nos cafés, homens acocorados em volta de *mangals* (fogareiros), fumando seus cachimbos. Numa rua, onde uma espécie de torrente corria sobre o barro, uma negra acocorada pedia esmola em turco. Algumas mulheres voltavam das vésperas. — Crianças brincavam sobre as portas. — Nas janelas, duas ou três caras de gregos que me olhavam com curiosidade. Achei-me no campo sobre uma colina, tendo Constantinopla a meus pés, a qual se exibia com prodigiosa amplidão. Não sabia mais onde estava. Havia do meu lado um quartel, mais longe uma porção de pequenas colunas erguidas no campo. Antigamente, era lá que os sultões vinham exercitar-se no arco. Cada vez que eles atingiam o alvo, construía-se uma coluna. Depois avancei mais ou menos na direção do mar, e me vi diante do arsenal. Muitos marinheiros de todas as nacionalidades, ruas tortuosas e escuras, cheirando a alcatrão e a puta, e eu voltei para o meu quarto, cansado, atordoado.

Há oito dias, no meu aniversário, fiz quinze léguas a cavalo na Ásia, numa velocidade infernal e sobre a neve[3]. Fui à colônia polonesa. Pobres diabos! Correndo sobre essas solidões brancas onde via apenas os traços de lebres e de chacais, eu pensava nas viagens à Ásia, no Tibete, na Tartária, na muralha da China, nos grandes caravançarás de madeira[4], onde o comerciante de peles chega à noite, ao crepúsculo verdejante, com seus camelos felpudos cujos pêlos estão rijos de geada. — A neve ensurdecia o ruído dos passos dos nossos cavalos. Nos pântanos, seus cascos partiam o gelo. Quando os deixávamos tomar fôlego, eles mordiscavam com as pontas dos dentes as árvores raquíticas que apareciam na neve. Pastores búlgaros cobertos de pele de carneiro nos recolocaram na nossa estrada, ou melhor, na nossa rota, pois íamos sobre um caminho que não percebíamos. Na porta da fazenda, havia um grande cabrito montês suspenso, cuja garganta cortada estava negra. Voltamos à noite a Escutari. — Meu companheiro, com um grande chicote de posta, batia nos cães das aldeias por onde passávamos. Toda a matilha vagabunda uivava assustadoramente. Nossos cavalos continuaram sua corrida insana. — O mar estava agitado para atravessar o Bósforo, e se não nos afogamos no caiaque foi porque Deus não o quis. Todavia, foi uma boa aventura, como se desfruta pouco na vida, mesmo numa viagem. Jamais esquecerei essas velhas montanhas de Bitínia, todas brancas, e da luz que as clareia, tão fria e tão imóvel que parecia artificial; nem todas aquelas aldeias que se seguiam umas às outras, tornadas barulhentas de repente pelos nossos quatro cavalos passando a toda velocidade, tocando as pedras do calçamento como um relâmpago. Depois, no lugar das pedras do calçamento, sentíamos de novo a terra sob os nossos pés. Nas sinuosidades do caminho, o conde Kosielski (meu companheiro), conduzindo o seu animal como um lanceiro e deitando-se inteiramente no seu pescoço, metia-se entre os cães e lhes dava de cima grandes chicotadas; depois, fazendo uma volta, continuava seu caminho, sem deter-se.

Vi as mesquitas, o serralho, Santa Sofia. No serralho, um anão, o anão do sultão, jogava com os eunucos brancos ao lado da sala do trono; o anão, vestido de um modo opulento, à européia, polainas, paletó, relógio de algibeira, era horrendo. Quatro eunucos, os negros, os únicos que vi até o presente momento, não me causaram nenhuma impressão. Mas os brancos! Não esperava por aquilo. Eles parecem velhas senhoras más. Isso te irrita os nervos e te atormenta o espírito. Sente-se tomado de curiosidade devoradora, ao mesmo tempo que um sentimento burguês te faz odiá-los. Há alguma coisa neles de tão antinatural, plasticamente falando, que tua virilidade fica chocada com aquilo. Explica-me isso. Não importa, esse produto é um dos mais estranhos que saíram da mão humana. — O que não teria eu dado no Oriente para ser amigo de um eunuco! Mas são inacessíveis. — A propósito do anão, caro senhor, não é preciso dizer que ele me trouxe à memória o gentil Caracoïdès[4].

Fomos vergonhosamente roubados em 300 piastras (75 francos) para ver os bardaxas dançarem. — Num desagradável quarto de cabaré, três ou quatro criancinhas de 12 a 16 anos se torciam em volta de uma rabeca e de um bandolim. Roupas ineptas, pouca verve, ausência total de arte, lembrança apagada das danças do Egito. Ô Hassan el Bilbéis, onde estás tu? Quanto à pederastia, esqueçe. Esses senhores têm amantes exclusivos, não sei bem. São reservados para os paxás. Enfim, foi impossível tentar algo com um deles. O que não lamento de forma alguma, pois sua dança me aborreceu profundamente. Era preciso, como sucede com tantas coisas deste mundo, se contentar de chegar ao umbral.

Nesse mesmo bairro de Galata entramos um dia num sujo prostíbulo para foder as negras. Elas eram tão horríveis que o ânimo me faltou para isso. Eu já estava indo embora dali quando a dona do lugar fez sinal ao meu *drogman* e fui conduzido a um quarto separado, muito limpo. Havia lá, escondida atrás das cortinas e deitada no leito, uma mocinha de 16 a 18 anos, clara, morena, corpete de seda apertado nas ancas, extremidades finas, figura suave e amuada. Era a própria filha da madame, reservada especialmente para as grandes ocasiões. Ela fazia manha, tinha sido forçada a ficar comigo. E quando estávamos deitados juntos e o meu pau já enfiado na sua vagina, depois que a minha mão havia percorrido lentamente duas belas colunas de alabastro cobertas de cetim, eu a ouvi pedir-me, em italiano, para examinar o meu instrumento, a fim verificar se eu não estaria doente. Ora, como ainda tenho na base da glande uma enduração e receava que ela o percebesse, afetei contrariedade e saltei da cama vociferando que ela me insultava, que aqueles eram procedimentos para deixar um homem de bem revoltado, e saí, no fundo muito aborrecido de não ter concluído uma bela trepada e muito humilhado de me sentir dono de uma pica não apresentável.

Num outro bordel, fodemos gregas e armênias razoáveis. — A

casa era mantida por uma antiga amante do nosso *drogman*. Lá estávamos à vontade. Nas paredes havia gravuras sentimentais e cenas da vida de Heloísa e Abelardo com o texto explicativo em francês e em espanhol. — Ô Oriente, onde estás tu? — Não estará em breve exceto no sol. Em Constantinopla, a maior parte dos homens veste-se à moda européia, ali se encena a ópera, há gabinetes de leitura, modistas etc! Daqui a cem anos, o harém, invadido gradualmente por mulheres liberais, aniquilar-se-á por si só, sob o folhetim e a comédia musical. Em breve, o véu, já cada vez mais delgado, abandonará o rosto das mulheres, e o muçulmanismo com ele desaparecerá inteiramente. Em Meca, o número de peregrinos diminui dia a dia. Os ulemás[5] se embebedam como suíços. Fala-se de Voltaire! Tudo se abala aqui, como entre nós. Quem viver se divertirá!

A lei sobre a correspondência de particulares por *via elétrica* me surpreendeu estranhamente[6]. É, para mim, o sinal mais claro de uma debacle imitante. Enfim, por causa *do progresso*, como se diz, todo governo se tornará impossível. É muito grotesco, sinceramente, ver a lei se torturar como pode e destruir os rins de fadiga para tentar reter o imenso Novo que transborda por toda parte. Aproxima-se o tempo em que as nacionalidades desaparecerão. A *pátria* será então algo tão arqueológico como a *tribo*. O casamento também me parece vigorosamente atacado por todas as leis que são feitas para coibir o adultério. Foi reduzido à proporção de um delito.

Não sonhas muitas vezes com os balões[7]? O homem do futuro terá talvez alegrias imensas. Ele viajará pelas estrelas com pílulas de ar no bolso. Nascemos, sim, muito cedo e muito tarde. Iremos fazer aquilo que há de mais difícil e de menos glorioso: a transição.

Para estabelecer alguma coisa durável, é preciso uma base fixa. O futuro nos atormenta e o passado nos contém. Eis por que o presente nos escapa.

Ri como um louco do *estrume considerado como adubo*. A figura de C-a-u-dron, que revi ali, me dá prazer[8]. As estrofes que mais aprecio são estas:

Caudron suivant les doctrines
De son illustre seigneur

e sobretudo esta, que exala lentidão burguesa:

Après six mois de ménage
Lise élargit ses jupons.

Quanto aos versos sobre "Un bracelet", não gosto do cavalgamento[9]:

La femme d'un agent
De change

Agent de change é uma locução, e, aliás, existe ali, parece-me, um excesso de intenção de fazer efeito; isso me parece muito espanhol e extravagante.

Segunda observação: eu reprovo "folle ivresse" e "contrebandier farouche".

O que me agrada mais, é a segunda quadra e este verso:

Donne ton poignet mince, o ma jeune maîtresse,

que é esbelto, vigoroso e bem arqueado. — Mas a idéia final tem o relevo adequado? Não seria necessário impressionar mais forte no último verso?

Envia-me versos, escreve-me longas cartas, meu velho companheiro, fala-me da musa primeiro, depois de ti, e finalmente do teu pau. Não estou de modo algum a par dos teus amores. Estarias com o *coração ocupado*? Conta-me, pois, isso tudo. Escreve-me tudo isso. Para Nápoles, onde estarei por volta do início de fevereiro.

Esse pobre e infeliz Bellangé! Do que morreu o jovem? Assisti, graças à tua pluma, ô grande homem, ao jantar de Defodon, que deve ter sido belo. Meu sonho é assistir, no ano que vem, à distribuição dos prêmios e ver o triunfo definitivo do teu aluno[10]. Acreditas que, depois de tantas baixezas, poderei ser admitido no santuário e pôr-lhe eu mesmo a coroa?

Que prazer será rever a tua incomparável figura, ô pobre velho! Como retomaremos com satisfação os nossos bons domingos! Mas o que farei, uma vez de volta? Nada sei sobre isso, nenhuma certeza a esse respeito. Pensei tanto no futuro que nem me ocupo mais dele. É muito fatigante e bastante vão. Já podes ver com que voz formidável vociferarei *Melaenis* de cabo a rabo! Estarei vermelho no final. Creio não haver perdido nada dessa bela voz que me caracteriza. Em troca, perdi muitos fios de cabelo. A viagem me denegriu a aparência. Não me torno belo, muito pelo contrário. O rapaz se vai. — Não queria envelhecer mais.

Acabo de cagar. As latrinas do lazareto são assustadoramente sujas. — Os cocôs duros e as evacuações salpicam o soalho amarelado onde se esparramam, aqui e ali, poças de urina. É clássico, e como as latrinas devem ser na cidade de Minerva.

O que me dizes de Don Dick d'Arah? Huart? Mulot? etc. Pensar que eu reverei todos esses canalhas outra vez! Agora me pareço com o tio Chateaubriand, que chorava em todos os enterros. Por qualquer coisinha mergulho em devaneios infindáveis. Vou indo de sonho em sonho, como uma erva seca num rio, descendo a corrente de onda em onda.

Não, não zombes de mim por desejar ver a Itália. Que os burgueses se divirtam com isso também, melhor para eles. Existe lá velhos pedaços de parede, ao longo dos quais quero caminhar. Tenho necessidade de ver Capri e de olhar a cor da água do Tibre.

Fala-me da China longamente[11]. Estou muito curioso para ver a criança. Fecharemos as cortinas, acenderemos um grande fogo e, sozinhos, as luzes reluzindo e os versos soando, fumaremos o nosso narguilé e o hipogrifo interior nos permitirá viajar sobre as suas asas.

Adeus, querido e bom velho, eu te abraço. Na próxima primavera, tu me verás com as rosas e as cristas-de-galo. Desfrutaremos outra vez os nossos raios de luar.

Teu.

Maxime te envia as efemérides do nosso ano passado[12]. É provável que tu não compreendas nisso grande coisa. — Há ali com o que ocupar teu espírito.

A descrição dos uivadores, no volume de Maxime, é exata[13]. Mas ele não elogiou o bastante os rodopiadores. Era mais difícil, nada é de uma sedução mais mística.

(Décima Primeira Carta)

Patras, 10 de fevereiro de 1851.

Obrigado, meu velho durão, pelas duas peças gregas. Já fazia bastante tempo que eu não recebia alguma coisa tão altiva de vossa senhoria. — Aquela à Vésper[1] nos entusiasmou com todos os tipos de *th*. Eu a considero irrepreensível, exceto talvez "pâtre nocturne". O corte do verso:

Toi, tu souris d'espoir derière les coteaux,
Vesper

é muito feliz. A segunda estrofe, sobretudo:

les hôtes écailleux de la mer taciturne

é muito bonita. Muito bom, jovem, muito bom.

O idílio também é bom, ainda que de qualidade (como natureza essencial) inferior. Aprecio estes versos:

L'atelier des sculpteurs est plein de cette histoire
Sa gorge humide encor de l'écume des eaux
Phébé qui hait l'hymen et qu'on croit vierge encore
Ses pieds nus en silence effleuraient la bruyère (muito bonito)

Le jeune Endymion qu'a surpris le sommeil

me parece de fato profundamente grego. Quanto à expressão:

Latmus!... tes noirs sommets, etc.,

não sei o que pensar dela. Mas considero a expressão "belle de pudeur" ruim, e em

Jupiter près d'Europe a mugi son amour

a busca de efeito é muito intencional, talvez; em todo caso, isso sem dúvida causa impressão à primeira leitura. — O final da peça, excelente. Em resumo, eis duas boas merdas, a primeira sobretudo. Tua peça a Vésper é talvez uma das coisas mais profundamente poéticas que tu já fizeste. É a poesia tal como eu a aprecio, tranqüila e brutal como a natureza (Maxime brada a propósito desta peça: "Oh!, eu queria passá-la na bunda"), sem uma só idéia forte e onde cada verso nos abre horizontes que são capazes de fazer sonhar um dia inteiro, como:

Les grands boeufs sont couchés sur les larges pelouses.

Sim, velho, não sei exprimir toda a minha satisfação.

No lugar da falação que tu me enviaste a propósito das esplêndidas vinhetas das tuas páginas, eu teria preferido muito mais que tu tivesse falado de ti mesmo. Que aconteceu contigo? Que fazes? Materialmente, compreende-se. *Quid de venere?* Há muito que tu não me narras *tuas loucuras de moço*. Quanto a mim, minhas terríveis úlceras enfim se fecharam. A enduração, embora ainda teimosa, parece querer desaparecer. Mas algo que desaparece também, e ainda mais rápido, são os meus cabelos. Tu me verás com um solidéu. Terei a calvície do burocrata, a do notário fatigado, tudo o que há de mais imbecil em matéria de senilidade precoce. Isso me deixa triste (*sic*). Maxime caçoa de mim. Ele pode ter razão. É um sentimento feminino, indigno de um homem e de um republicano, eu o sei; mas percebo aí o primeiro sintoma de uma decadência que me humilha e que me afeta muito. Engordei, tenho uma pança e começo a ficar repugnante. Farei parte da classe daqueles com quem a puta fica agastada de ter que foder. — Talvez logo comece a chorar a minha juventude e, como a avó de Béranger, o tempo perdido. Onde estás tu, cabeleira abundante dos meus 18 anos, que caías sobre os meus ombros com tantas esperanças e orgulho?

Sim, envelheci; sinto que não posso mais fazer nada de bom. Tenho medo de tudo que diga respeito ao estilo. O que irei escrever no meu retorno? Eis o que eu me pergunto sem cessar. Pensei muito na minha *Nuit de Don Juan*, andando a cavalo, nestes dias. Mas isso me parece bem comum e muito batido, é reincidir na eterna história da religiosa. Para sustentar um assunto seria preciso um estilo desmesuradamente forte, sem uma linha débil. Acrescenta a tudo isso que chove, que estamos numa suja bodega onde deveremos ficar por vários dias aguardando o barco a vapor, que minha viagem acabou e que isso me entristece. — Queria retornar ao Egito, não paro de pensar nas Índias, — que tolo imbecil é o homem, e eu em particular!

Mesmo depois de haver visto o Oriente, a Grécia é bela. Gozei profundamente no Pártenon. Está à altura do gótico, poder-se-ia afirmar, e considero sobretudo que é mais difícil de compreender.

Tivemos em geral mau tempo, de Atenas até aqui. Os rios permitiram vau; a água chegava muitas vezes nos nossos traseiros e os cavalos nadavam debaixo de nós. Dormíamos à noite em estrebarias, em volta de um fogo de ramos úmidos, misturados aos cavalos e aos homens. — De dia, só encontramos rebanhos de carneiros e cabras, e os pastores que os guardavam, tendo à mão grandes bastões encurvados como os báculos dos bispos. Os cães de focinho negro se lançavam sobre nós, latindo, e vinham morder os nossos cavalos no jarrete, depois de algum tempo eles se foram embora. A Grécia é mais selvagem do que o deserto; a miséria, a imundícia e o abandono a recobrem inteira.

Passei três vezes por Elêusis. À beira do golfo de Corinto, pensei com melancolia nas criaturas antigas que banhavam nessas ondas azuis seus corpos e suas cabeleiras. O porto de Falero possui a forma de um circo. É exatamente lá que chegavam as galeras com a proa carregada de coisas maravilhosas, vasos e cortesãs. A natureza tudo havia dado àquelas pessoas, língua, paisagem, anatomias e sóis, e até a forma das montanhas, que parecem esculpidas e possuem umas linhas arquitetônicas como em nenhuma outra parte.

Vi a caverna de Trofônio, onde desceu esse bom Apolônio de Tiana, que cantei outrora[2].

Haver escolhido Delfos para ali colocar a Pítia foi um ato de gênio. É uma paisagem de terrores religiosos, vale estreito entre duas montanhas quase a pique, o fundo cheio de oliveiras negras, as montanhas vermelhas e verdes, o todo guarnecido de precipícios, com o mar ao fundo e um horizonte de montanhas cobertas de neve.

Perdemo-nos nas neves do Citeron e quase tivemos de pernoitar ali.

Contemplando o Parnaso, pensamos na exasperação que a sua visão teria inspirado a um poeta romântico de 1832, e que vociferação ele lhe teria lançado.

A estrada de Mégara a Corinto é incomparável. O caminho, talhado diretamente na montanha, é apenas o suficiente largo para que o vosso cavalo ali se mantenha: a pique sobre o mar, ele serpenteia, sobe, desce, eleva-se e se torce nos flancos da rocha coberta de pinheiros e de lentiscos. Debaixo chegam aos vossos narizes o odor do mar, ele está sob vós e embala suas algas, sussurrando apenas. Na superfície, aqui e ali, grandes placas lívidas como pedaços compridos de mármore verde. E atrás do golfo, afastam-se ao infinito, com mil recortes delgados, montanhas oblongas de conformação preguiçosa. Passando diante das rochas onde se sentava Cercion, bandido morto por Teseu, me recordei do verso do suave Racine:

Reste impur des brigants dont j'ai purgé la terre[3].

Era forte e corajosa a antigüidade, a vida dessas pessoas! Fez-se dela, apesar de tudo, algo de frio e intoleravelmente nu! Mas basta ver no Pártenon os restos disso que se chama o tipo do belo. Se jamais houve no mundo algo de mais vivo e de mais *natural*, que eu seja enforcado! Nas placas de Fídias, as veias dos cavalos estão indicadas até o casco e são salientes como cabos. Quanto aos ornatos estranhos, pinturas, colares de metal, pedras preciosas etc., havia prodigalidade. Isso podia ser simples, mas, em todo o caso, era suntuoso.

O Pártenon é cor de tijolo. Em certos lugares, tons de betume e quase de tinta. O sol cai sobre ele quase incessantemente, qualquer tempo que faça. Seu brilho é estonteante. Sobre a cornija desmantelada vêm pousar pássaros, falcões, corvos. O vento sopra entre as colunas, as cabras pascem a grama entre os pedaços quebrados de mármore branco que rolam sob seu pé. Aqui e ali, nas covas, pilhas de ossadas humanas, restos da guerra. Pequenas ruínas turcas na grande ruína grega, e depois, ao longe e sempre, o mar!

Entre os pedaços de escultura que se encontra na Acrópole, admirei sobretudo um pequeno baixo-relevo representando uma mulher que amarra seu calçado e um pedaço de torso. Restou pouco mais que dois seios, do começo do pescoço até acima do umbigo. Um dos seios está velado, o outro descoberto. Que tetas! Deus meu! Que mama! Ela tem o formato redondo da maçã, é cheia, abundante, destacada da outra e pesada na sua mão. Contém maternidades fecundas e doçuras de amor arrebatadoras. A chuva e o sol tornaram amarelo-louro esse mármore branco. É um tom fulvo que o faz assemelhar-se quase à carne. É tão tranqüilo e tão nobre. Dir-se-ia que ele vai inchar e que os pulmões que estão por trás se encherão de ar e respirarão. Com que elegância traja sua roupagem fina de pregas cerradas! Era de se atirar em cima chorando, era de se prostrar diante dele, de joelhos, cruzando as mãos! Senti ali a beleza da expressão *stupet aeris*[4]. Um pouco mais, eu teria orado.

É que existe, senhor, tantos tipos diferentes de tetas. Há a teta maçã, a teta pera, — a teta lúbrica, a teta pudica, que sei eu mais? Há aquela criada para os condutores de diligências, o gordo e franco seio redondo que se retira de dentro da blusa de tricô cinza, onde ele fica bem aquecido, saudável e firme. Há o seio bulevar, fatigado, flácido e morno, balançando no espartilho, o seio que se manifesta à luz de velas, que aparece no meio do cetim negro, daqueles onde se esfrega o pau e que desaparece logo. Há os dois terços de peito que se vê, à luz dos lustres, na borda dos camarotes do teatro, seios brancos e cujo arco parece desmesurado como o desejo que eles vos despertam. Eles cheiram bem, esses aí; eles aquecem a bochecha e fazem bater o coração. Sobre o esplendor de sua pele brilha o orgulho, eles são ricos e parecem vos dizer com desdém: "Bate uma punheta, pobrezinho, bate uma, bate." Há ainda a teta pontuda, orgíaca, canalha, igual a essas cabaças onde o jardineiro guarda sementes, fina na base, alongada, grossa na extremidade. É a da mulher que dá de quatro, toda nua diante de um velho espelho giratório, revestido de acaju. Há o seio seco da negra, que pende como um saco. É seco como o deserto e vazio como ele. Há o seio da jovenzinha que chega do interior, nem maçã nem pera, mas gracioso, apropriado, feito para inspirar os desejos e como um seio deve ser. Há também o seio da senhora, considerado somente como *parte sensível*, esse recebe cotoveladas nos tumultos e pancadas de barrotes no meio, no burburinho das ruas. Ele contribui apenas como adorno da pessoa, e serve para distinguir o sexo.

Há o bom seio da ama de leite, onde chafurdam as mãozinhas do bebê que se espreme ali para o sugar mais comodamente. — Nele se cruzam veias azuis. É respeitado nas famílias.

Há, finalmente, o seio abóbora, o seio formidável e canalha, que dá vontade de cagar em cima. É esse que deseja o homem, quando diz à dona do bordel: "Dá-me uma que tenha tetas grandes." É esse seio que agrada a um porcalhão como eu, e ouso dizer, como nós.

E, para cada um desses tipos diferentes, há, já prontos: tecidos, ornamentos e frases. As peliças de arminho realçam a brancura do peito das mulheres do norte. A camurça foi inventada para as peles transparentes, assim como as rendas palpitantes o foram para os seios agitados. Branca como a cal, o tecido de linho da Holanda cobre com suas pregas o coração honesto das flamengas, donas de casa de olhos azuis que trazem na fronte placas de prata e que seguem, em barcos lentos, com seus maridos para a China. Lá, para as mulheres amarelas, o bicho da seda, ao sol, arrasta-se sobre as amoreiras. Sem o *spencer* de veludo negro, o que seria da tocadora de violão das ruas? Cada coração tem sua senha e seu berloque; a cruz de ouro na fita negra é para a aldeã, o colar de diamantes para a duquesa, o colar de piastras sonoras para as mulheres do Nilo.

E nós os cobiçamos de cem maneiras, os beijamos de mil modos, damos-lhes todos os nomes.

Sobre o seio da sua mãe, o meninote de pintinho pontudo experimenta ereções precoces. Pela porta entreaberta ele viu a empregada doméstica trocar de camisa. Logo, voltando do colégio de tardinha, ele passará por ruas obscenas, a fim de espreitar os grandes seios que sobressaem no vestido de seda. Aos vinte anos, ele desejará a espádua gorda da vagabunda enfiada num corpete bem apertado que extravasa seu conteúdo arredondado. Escapulindo da residência burguesa, o vendedor de vinhos corre ao inferninho e, arrotando cidra, passa as patas grossas no colo da mulher da vida. — Com sua boca desdentada, o velho babando mordisca entre as gengivas cortantes o morango rosado do seio da garotinha — e, sem ereção, ejacula bem rápido nas calças.

E, segundo as circunstâncias, o lugar e a sociedade, diz-se com intonações, gestos e *olhos* diversos: "Oh!, deixa-me ver, tá? Eu te peço, deixa eu tocar aí só um pouquinho, diz que deixa. Oh, mostra-me teu peito! Mostra-me teu peito!!!" Ao que se responde: "Abaixa as patas, deixa-me, some", ou, "Isso te agrada? — beija-os, esfrega-te em cima."

Em Atenas, fizemos uma visita a Canaris[5]. É um homenzinho gordo e atarracado, o nariz torto, com raros cabelos brancos, sem crânio. Eu lhe prometi enviar as peças de Hugo que lhe concerniam. Ele não o conhecia nem de nome!

Reli Ésquilo. Volto à minha primeira impressão; o que mais aprecio é *Agamêmnon*.

Que me diz disto: os bandidos gregos têm um dia de pândega com a gendarmaria. Eles se apoderam do oficial e de três gendarmes, os enrabam até dizer chega e os devolvem em seguida, sem lhes haver feito outra coisa. Que ironia da ordem!

No que diz respeito às recordações, nós trazemos dois pedaços de mármore da Acrópole de Atenas e do templo de Apolo *Epikourios*[6]. — Comprei, numa aldeia, sobre as bordas do Alfeiós, um lenço bordado de uma camponesa.

O Eurotas é ornado de loureiros-rosa e de choupos. A paisagem de Esparta é única e requer quatro páginas de descrição; isso fica para mais tarde. — A Élida é coberta de carvalhos. Nós a atravessamos para chegar aqui, na nossa última jornada, fazendo em linha reta sobre o mapa 22 léguas (15 horas a trote).

Nossa figura está devastada, queimada e esfarrapada, o que é deveras elegante. — De chocolate que eu era na Síria, agora passei a cor de tijolo. Tenho as sobrancelhas quase ruças como um velho marinheiro. Não me excito, ao me apreciar.

Adeus, meu velho. Maxime e eu te abraçamos com quatro braços.

Preciso continuar com o Agénor[7], por Deus, isso está me atormentando. Devemos fazer disso uma obra única. Penso muito no *Dictionnaire des idées reçues*, sobretudo no prefácio.

(Décima Segunda Carta)

Roma, 9 de abril de 1851.

Escrevi para ti de Patras uma carta longuíssima em que comentava as tuas duas peças, "Vesper" e "Corydon". O poema a Vésper é soberbo e irrepreensível do início ao fim. Quanto a "Corydon", notei apenas dois ou três detalhes fracos. Mas o "Vesper" é uma das coisas mais profundas e fortes que tu fizeste. Então fiquei bastante surpreso de verificar que, na pequena carta que Maxime recebeu de ti em Nápoles, tu pedias a minha opinião a respeito. Tu devias já ter recebido essa carta mais ou menos lá pelo dia 20, 25 de fevereiro. Se ainda não a recebeste, faz-me o favor de dizê-lo *imediatamente*. Saberei fazer com que ela chegue a ti. Ficarei irritado se ela se perder, era bastante longa. — Todos os dias, em Nápoles e Roma, depois que aqui cheguei, eu esperava e espero uma carta com tua assinatura. Não recebi nada desde Atenas, isto é, desde janeiro último. É muito tempo, caro senhor. O que sucede contigo? Eis o verão, pobre velho. No próximo mês de julho, dentro de dois meses e meio, retomaremos os nossos domingos, as nossas tagarelices, as nossas estimadas e comuns inquietações. Tu te deitarás sobre o meu tapete de viagem, cheio ainda de areia e pulgas. Tu fumarás os meus longos cachimbos e aspirará, se quiseres, o couro da minha sela.

Enlouqueço de desejos *desenfreados*, escrevi a palavra e a sublinho. Um livro que li em Nápoles sobre o Saara me deu vontade de ir ao Sudão com os tuaregues que têm o rosto sempre coberto como as mulheres, para ver a caça aos negros e aos elefantes. Sonho com as dançarinas sagradas da Índia, danças *frenéticas*, e todos os matizes da cor. De volta a Croisset, é provável que eu vá me meter na Índia e em grandes viagens pela Ásia. — Fecharei as minhas janelas e viverei ao sol[1]. Tenho necessidade de orgias poéticas. O que eu vi me tornou exigente. Vamos..., vamos etc., movimento.

O *Don Juan* avança *piano*; de quando em quando, eu *dou à luz por escrito* alguns movimentos.

Mas falemos de Roma. Tu esperas por isso, é claro. Então, velho, fico irritado de o declarar: minha impressão foi desfavorável. Tive, como um burguês, uma desilusão. Eu buscava a Roma de Nero e só encontrei aquela de Sisto V[2]. O ar-sacerdote enche com o miasma do tédio a cidade dos Césares. A saia do jesuíta tudo recobriu de uma tintura baça e seminarista. Em vão me agitei e busquei: eram sempre igrejas, igrejas e conventos, longas ruas nem muito povoadas nem muito vazias, com grandes paredes unidas que as costeiam, e o cristianismo tão numeroso e invasor que o antigo que subsiste no meio está aniquilado, submerso.

O antigo sobrevive no campo, inculto, vazio, maldito como o deserto, com seus grandes pedaços de aqueduco e suas manadas de bois. Isso é realmente belo, e daquele belo antigo tão desejado. Quanto a Roma em si, com respeito a isso, ainda não tive retorno. Espero, para a recuperar pelo belo antigo, que essa primeira impressão tenha desaparecido um pouco. O que eles fizeram ao Coliseu, os infelizes! Eles colocaram uma cruz no meio do circo e, em toda a volta da arena, doze capelas! Mas por seus quadros, por suas estátuas, como século XVI Roma é o mais esplêndido museu do mundo. A quantidade de obras-primas que há nessa cidade é surpreendente. — É mesmo a cidade dos artistas. Poder-se-ia viver aqui numa atmosfera completamente ideal, fora do mundo, elevada. — Estou assombrado com o *Juízo Final* de Michelângelo. É Goethe, Dante e Shakeaspere combinados numa arte sem igual. Isso não tem nome. E até a palavra sublime me soa mesquinha, porque ela, a pintura, me parece conter em si algo de vivo e muito simples.

Vi uma *Virgem* de Murillo que me persegue como uma alucinação perpétua, um *Rapto de Europa* de Veronese que me excita muito, e ainda duas ou outras coisas capazes de provocar muita discussão. Estou em Roma há 15 dias. Eu te falarei dela longamente mais tarde. Mas a Grécia me tornou exigente com a arte antiga. O Pártenon deslustrou a arte romana, que me parece ao lado dele pesada e trivial. Sim, como é bela a Grécia!

Ah!, pobre velho, como senti tua falta em Pompéia! Eu te envio as flores que ali recolhi num lupanar que tinha um falo ereto sobre a porta. Havia, nessa casa, mais flores do que em qualquer outra. O esperma das picas antigas, caindo no chão, talvez tenha fecundado o solo... O sol brilhava com intensidade sobre as paredes cinzas.

Vi Pozzuoli, o lago Lucrin, Baías. São paraísos terrestres. Os imperadores possuíam bom gosto. Senti-me melancólico ali.

Como um turista, subi ao topo do Vesúvio, o que me esfalfou de fato. A cratera é curiosa. O enxofre expande-se nas bordas em formidáveis vegetações de cor amarela e de um vermelho violáceo. Fui a Pesto. Quis ir a Capri e, por pouco, não fiquei ali... nas ondas. Apesar de minha qualidade de canoeiro, cheguei a acreditar que aquele seria o meu último momento, e confesso ter ficado perturbado, e mesmo ter sentido *paura*, grande *paura*... Estive a *dois dedos* da minha perdição, como Roma nos piores momentos das guerras púnicas.

Nápoles é um lugar encantador pela quantidade de cafetinas e putas que existe ali. Há um bairro repleto de mulheres da vida que ficam cada uma na sua porta; é antigo, verdadeira Subura[3]. Quando se passa pela rua, elas erguem seu vestido até as axilas e te mostram a bunda para receber dois ou três tostões. Elas te perseguem nessa postura. Nós estávamos de carro, e o nosso cocheiro, sempre tomando as rédeas e indo a trote, tratava de enfiar a extremidade do seu chicote na xoxota de uma delas. É decerto o que vi de mais surpreendente como prostituição e cinismo. Nós dois, isto é, Maxime e eu, no final da rua, deixamos pender a cabeça sobre o nosso peito e suspiramos: "Esse pobre Bezet"[4].

Fodi razoavelmente em Nápoles, e eram moças bem bonitas. Maxime apanhou "um resfriado de calça".

É a Nápoles que é necessário vir para revigorar-se e voltar a amar a vida. O próprio sol ali é amoroso. Tudo é alegre e doce. Os cavalos usam penachos de plumas de pavão nas orelhas.

A Chiaia é um grande passeio de carvalhos verdes na beira do mar, árvores formando abóbadas, — e o murmúrio das ondas atrás. Os recém-casados que se sentam lá debaixo, ao luar, devem aquecer o traseiro em bancos de lava. O antigo fervor dos vulcões lhes sobe ao coração, pelas nádegas, serram-se as mãos e sufoca-se. Invejei essas emoções.

Durante quase uma semana senti o desejo de possuir uma atriz (uma francesa!, e ainda por cima de *vaudeville*!), mas como eu não tinha o dinheiro para pagá-la nem tanta altivez para apresentar-me na sua casa de bolsos vazios, nem muita paciência para fazer-lhe a corte, eu desisti disso. Mas foi penoso. De tanto vê-la no teatro eu consumi a minha tentação, e não penso mais nisso. Eis as paixões.

Quanto ao meu moral, ele é singular: *sinto necessidade de ter algum sucesso.*

Isso me tranqüilizaria, me revigoraria, me purgaria um pouco.

Tu verás Maxime dentro de um mês. Invejo o bom abraço que ele te dará e essa flor do retorno que meu egoísmo gostaria de te oferecer. "Flor do retorno" é o próprio Sainte-Beuve.

Responde-me sem demora para Roma. Partirei por volta de 10 de maio. Depois disso, Florença.

Conto estar em Veneza por volta do começo de junho e será uma festa. Vou me saciar de pintura veneziana, pela qual sou apaixonado. Ela é, definitivamente, a pintura pela qual tenho mais simpatia. Diz-se que são materialistas. Seja. Em todo o caso, são coloristas e altivos poetas.

Adeus, caro velho do meu coração, eu te abraço.

Teu...

(Décima Terceira Carta)

Roma, 4 de maio de 1851.

Falemos primeiro do mais sério.

A peça "Kuchuk-Hanem"[1] me emocionou por causa do tema e porque a última estrofe *lisonjeia a minha vaidade*. Mas ela não está mais em Isna, a minha pobre Kuchuk, ela voltou para o Cairo! Não importa, para mim ela ficará sempre em Isna, como eu ali a vi e como tua peça o diz. O defeito principal dessa peça é ser talvez um pouco irregular. De resto, durma em paz, eu me encarrego, após um dia de conversa, e com dois ou três pequenas mudanças, de fazer disso algo de resistente.

Étale en parasol ses feuilees immobiles

é deplorável que "en éventail" haja um hiato, pois ela seria a palavra justa[2]. "Parasol", em todo caso, não é a palavra certa e tem a pretensão de o ser. Não sei se:

Les aigles enivrés chancellent par les airs

não é muito feroz. Quando é para ser exato sejamos exatos. A violência da cor somente se obtém pela exatidão da própria cor, comovida pelo nosso sentimento subjetivo. Esse dito acima, por exemplo, me fará sempre sorrir um pouco, não por causa da imagem (riu-se dos ursos bêbados de uva de *Atala*[3], o que dava prova da ignorância das críticas), mas é que, ao contrário, no céu azul cru, a águia vai majestosamente e como no seu verdadeiro meio... O quadro onde tu a colocaste não tem para ela nada de excêntrico. Ela aí se compraz. Os três versos que se seguem, muito bons.

C'est l'heure du soleil et du calme étouffant.

Hum!hum! Aprecio a apóstrofe imprevista: "Dans ta maison d'Esneh".

"Brune etc.", verso muito bom, e o primeiro da estrofe seguinte soa bem.

Será preciso encontrar outra coisa para pôr no lugar do leito de bambu, que não é nem exato nem claro. Mas eu te beijarei, velho canalha, pelos dois últimos versos da estrofe.

Não vejo nada fora do lugar nos dois últimos.

Ont une odeur de sucre et de térébenthine

é exato (e tomado das notas que escrevi pela manhã mesmo), ainda que Du Camp não seja da mesma opinião. Mas tenho um nariz que não me engana.

Quando eu estava com Kuchuk, tive, por um instante, a idéia de te comprar uma grande manta terminada em borlas douradas, na qual ela rodeava o decote ao dançar. Não o fiz por uma dessas *inércias* que são um mistério assustador do homem. Maxime me disse: "Bah! Para que isso te servirá? Isso não tem nada de especial", o que era exato. Sinto *remorsos*, me vem um desgosto mal-humorado de não tê-la agora. Tu a cortarias e pegarias a metade.

Gosto da tua peça "Marchand de mouron". É ágil e original, melhor impossível. "Cueillir le doux butin" não é talvez suficientemente rijo. Por exemplo: "Je suis le père des oiseaux", parece-me excelente. — Excelentíssimo. Todo o resto caminha bem. Os versos caem facilmente uns sobre os outros e há idéias muito boas e engenhosas. — O que há de mais fraco é a última estrofe.

Quanto à peça "Père éternel", não sei o que pensar dela. Há um verso muito bom

Quand le vieux Maître au coin d'un bois s'endort.

A esta hora tu deves já ter visto Maxime. No fim do próximo mês será a minha vez. Minha mãe tem pressa em voltar. — Maxime deve ter contado a Achilles sobre minha doença[4]. Minha mãe lhe escreveu a esse respeito. Assim, não te inquietes.

Depois de amanhã partirei de Roma. — E de mais uma!

Começava a viver bem aqui. Pode-se fazer em Roma um ambiente todo ideal e viver separado, com quadros e mármores. Destes consumi o mais que pude. Quanto ao antigo, fica-se primeiro chocado de não o encontrar, pois ele está indubitavelmente sufocado. — Como eles estragaram Roma! Compreendo bem o ódio que Gibbon sentiu pelo cristianismo ao ver no Coliseu uma procissão de monges[5]. Seria preciso tempo para se reconstruir direito na cabeça a Roma antiga, suja do incenso de todas as igrejas. Há bairros contudo, nas margens do Tibre, velhos cantos plenos de imundícia, onde a gente respira um pouco. Mas as belas ruas! Mas os estrangeiros! Mas a Semana Santa! E a via Condotti com todos os seus terços, todos os seus falsos camafeus, todas as suas santas pedras em mosaico! Há para os turistas lojas cheias de pedras do Fórum, transformadas em peso, desses que se colocam sobre as escrivaninhas. Fizeram-se porta-penas com os mármores dos templos... Tudo isso irrita muito os nervos. Tal é a primeira impressão que Roma me causou.

Quanto a Roma do século XVI, ela é flamejante. A quantidade de obras-primas é uma coisa tão surpreendente como sua qualidade! Que quadros! Que quadros! Escrevi comentários a respeito de alguns. Sim, poder-se-ia viver bem aqui, em Roma, mas em alguma rua do povo. De tanta solidão e contemplação, ir-se-ia longe em melancolia histórica.

Estive ontem em Tíbur. Passei diante da vila de Horácio (?). Havia 14 senhores e damas montados em asnos.

O campo é magnífico, deserto e desolado, com grandes aqueducos. Lá se está bem.

Sinto-me irritado com isso, mas São Pedro me aborrece. Parece-me uma arte destituída de objetivo. É de um tédio e de uma pompa glaciais. Por mais gigantesco que seja esse monumento, ele parece pequeno. — O antigo verdadeiro que eu vi faz agora dano ao falso. Isso foi construído para o catolicismo quando ele começava a morrer, e nada é menos divertido do que um túmulo novo. Aprecio mais o grego, gosto mais do gótico, gosto cada vez mais da mesquita pequena, com seu minarete dardejando no ar como um longo grito.

Quando se passeia pelo Vaticano, sente-se em compensação muito respeito pelos papas. Que senhores! Como arrumaram a casa deles! Alguns desses folgazões tinham muito bom gosto.

Se me perguntares o que eu vi de mais belo em Roma, primeiro a Capela Sistina de Miguelângelo. É uma arte imensa à maneira de

Goethe, com mais paixão. — Parece-me que Michelângelo é algo de inaudito, como seria um Homero shakesperiano, uma mistura do antigo e da idade média, algo indefinido. — Há, ainda, o *torso* do Vaticano, um torso de homem inclinado para a frente, somente um dorso com todos os seus músculos! Doze *boas* telas em diferentes galerias. E todo o resto.

Estou apaixonado pela *Virgem* de Murillo da Galeria Corsini. Sua cabeça me persegue e seus olhos vão e voltam diante de mim como duas lanternas dançantes.

Em Veneza, espero me fartar de venezianos. Estou muito exaltado com a arte veneziana. — Estarei em Florença no dia 15 deste mês e, em Veneza, por volta do dia 30. — Respondendo-me logo, tu podes escrever-me ainda para Florença. Se não, para Veneza.

Amanhã, irei fazer no teu lugar um passeio à Subura[6]. Mas é em Pompéia que eu senti sua falta, e em Baías![7]

Bela expressão: *stupet aeris*.

Estou muito casto.

Adeus, velho. Se puderes, envia-me o maior número possível de papéis escritos. Sobretudo agora que estou só, isso me fará bem. Tuas cartas, quando viajo, fazem parte da minha higiene.

Teu,

NOTAS ÀS CARTAS

Primeira Carta

1) *Dragoman*: dragomano ou drogomano, intérprete ou guia de turistas no Oriente.
2) Bardaxa (do árabe "bardah"): sodomita.
3) *Melaenis*: "conto romano" de Louis Bouilhet, escrito em versos e publicado em 1851. Flaubert o discutirá nas suas cartas. A história se passa na época do Imperador Lúcio Aurélio Cômodo (177-192 a.C.). Os personagens principais são (manteremos a grafia usada por Flaubert, nesta tradução das cartas): Paulus, Melaenis, Marcia, Marcius.
4) Chibuque: chacimbo turco.
5) Huart: um colega de Bouilhet.
6) Essa viagem não foi realizada.
7) Alusão à descrição do mar em *Phèdre*, de Racine: "Cependant, sur le dos de la plaine liquide, / S'élève à gros bouillons une montagne humide..."
8) Calessina: um tipo de carroça usada na Espanha.
9) *Cawas*: no tempo de Flaubert, significava a guarda a serviço dos cônsules europeus.
10) Para: quarta parte de uma piastra, moeda de prata usada em vários países.
11) Marabuto: asceta religioso ou guia espiritual muçulmano.

Segunda Carta

1) Flaubert está parafraseando uma máxima do tratado *L'Art Poétique*, de Nicolas Boileau: "Qui ne sait se borner, ne sut jamais écrire".
2) "Quem tem mais chance de vencer?" — cf. final deste parágrafo.
3) Trata-se de uma folha de papel com essa inscrição. Mas quem é Humbert? Havia em Rouen, em 1849, um certo Humbert, que encerava assoalhos...
4) Defodon e Pigny são dois alunos do liceu de Rouen.
5) Frase de *A Tentação de Santo Antônio*, versão de 1849.
6) Frase de *A Tentação*.
7) Verso de *Melaenis*, de Louis Bouilhet.
8) Na edição da Bibliothèque de la Pléiade (*Correspondence*, v. I, 1973), uma nota esclarece: Ler *Abou el-Haoul* ou *Aboul-Hool*.
9) *Kellak*, segundo a edição de La Pléiade, é aquele que despe, não o que esfrega ou faz massagem, como sugere o texto de Flaubert.
10) Pierre-Adolphe Chéruel, professor de história de Flaubert em Rouen, estava se mudando para Paris, notícia que chegou ao escritor, no Egito.
11) Referência enigmática.

12) Trata-se da obra *Melaenis*.
13) Tiburtino: relativo à cidade de Tíbure, ou Tíbur, atual Tívoli (Itália).
14) Amigos de Bouilhet e, provavelmente, também de Flaubert.
15) Havia em Rouen, em 1849, um botequineiro chamado Caban.

Terceira Carta

1) Louis Bouilhet pretendia colher informações sobre a China na Inglaterra, a fim de escrever um conto em versos sobre esse país. A obra nunca foi escrita.
2) Verso de *Melaenis*, conto romano em versos de Luois Bouilhet.
3) Flaubert projetava escrever um conto oriental intitulado "As sete filhas do dervixe".
4) Na edição de La Pléiade, lê-se que a grafia correta de *kamsim* é *khamsin*, termo que significa "cinqüenta", porque a tempestade dura habitualmente 50 dias.
5) Simum, segundo o dicionário *Aurélio*, é "Vento abrasador que sopra do Centro da África para o Norte".
6) Cidades da Normandia.
7) Joseph, o intérprete ou guia turístico (*dragoman*).
8) Um *santon*, ou marabuto, é um asceta muçulmano, não um monumento, como escreveu Flaubert.
9) Na edição de La Pléiade, uma nota afirma: "Esta passagem exprime de modo admirável a teoria flaubertiana do desejo: ao satisfazê-lo nós o destruímos, o que é a própria razão, a seus olhos, da tragédia humana."
10) Louis Bouilhet escreveu um poema sobre Kuchuk-Hanem.
11) Segundo a edição de La Pléiade, trata-se de uma pequena palmeira, chamada na verdade *gassis* e não *gazis*.
12) Trata-se de uma "canção" de 1812, de autoria de P.-J. de Béranger.

Quarta Carta

1) "Don Dick d'Arrah", segundo a edição de La Pléiade, poderia ser um poema (hoje perdido) de Louis Bouilhet, ou o apelido de um amigo de Flaubert.
2) Magnier foi professor de retórica de Flaubert e Bouilhet.
3) De acordo com a edição de La Pléiade, trata-se provavelmente de uma referência a um amigo de Flaubert e Bouilhet.
4) A peça de Augier chamava-se *Gabrielle*, comédia em cinco atos, escrita em versos. Fora representada em 1849.
5) Hipocrene: fonte do monte Hélicon (Beócia, Grécia), consagrada às musas.
6) Auguste Vacquerie publicou uma crítica sobre a comédia *Gabrielle*, em 17 de dezembro de 1849.
7) Flaubert fora encarregado de uma "missão oficial", sem remuneração.
8) Alusão a uma obra de Chateaubriand: *Martyrs* (1809).
9) Refere-se Flaubert ao conto chinês que seu amigo pretendia escrever.
10) Tratar-se-ia de um poema do próprio Louis Bouilhet.
11) Pigny e Defodon, dois alunos de Bouilhet que estavam concorrendo a um prêmio de retórica.
12) Exemplos retirados de um gramática latina. Talvez uma alusão ao fato de que Louis Bouilhet era professor e dava aulas particulares.

13) A locução "Doctior Petro" foi escrita por Du Camp. Toda esta passagem está emoldurada por um retângulo.
14) Huard: um amigo de Bouilhet que se tornou comissário de polícia.
15) Rachel: uma prostituta.
16) Béranger.
17) "Capote inglês": preservativo masculino.
18) Lugar próximo de Rouen.
19) *Alose*: peixe que tem parentesco com a sardinha e o arengue.
20) Marmotel, um amigo de Voltaire que escrevia tragédias, hoje esquecidas; Ducis, autor de várias adaptações de obras de Shakespeare, segundo o gosto neoclássico francês.
21) Flaubert confirma, aqui, que manteve relações sexuais com um bardaxa, neste caso, um rapaz que trabalha no banho turco.

Quinta Carta

1) Verso de Horácio.
2) O "Rapaz", ou *Garçon*, é uma criação coletiva de Flaubert e seus amigos. Ele é ao mesmo tempo o burguês e aquele que zomba da burguesia.
3) Mulot: um amigo de Flaubert e de Bouilhet.
4) Magnier: foi professor de retórica de Flaubert.
5) Referência à obra *Melaenis*, de Louis Bouilhet.
6) Frase de *A Tentação de Santo Antônio*, versão de 1849.
7) Flaubert parece aludir aqui aos medicamentos que ele próprio estava tomando, para curar uma doença venérea.
8) *Gabrielle*, obra de Émile Augier.
9) Romance sentimental e humorístico, extremamente vulgar, segundo esclarece uma nota da edição da *Correspondance* de Flaubert de La Pléiade.
10) Trata-se de *Poésies nouvelles*, volume publicado em 1840.
11) "Entre nós": Flaubert não deseja, evidentemente, que essa notícia chegue aos ouvidos de sua mãe, pois poderia inquietá-la.
12) *Essais*, livro III, capítulo IX.
13) No prefácio a *Geneviève*, Lamartine reproduz seu diálogo com uma costureira, no qual comenta os livros que ela, pessoa do povo, poderia ou deveria ler.

Sexta Carta

1) Quando visitou a Bretanha a pé com Du Camp, Flaubert ficou decepcionado com a arte dessa região da França.
2) Janízaro: antigamente, soldado turco de infantaria, da guarda do sultão, segundo o *Aurélio*.
3) Esta frase foi escrita em letras gregas.
4) Reparo escrito por Du Champ, também em letras gregas.
5) Alunos de Louis Bouilhet, já mencionados em outras cartas de Flaubert.

Sétima Carta

1) Flaubert faz aqui um resumo do enredo de *Une Promenade de Bélial*, do seu amigo Alfred Le Poittevin, morto em 1848.
2) A mãe do falecido Alfred Le Poittevin.
3) Louise de Maupassant, esposa de Alfred Le Poittevin.
4) Flaubert jamais teve medo de ser acusado de plagiário, segundo uma nota da edição da *Correspondance* da Bibliothèque de la Pléiade.

Oitava Carta

1) Louis Bouilhet ganhou o primeiro prêmio de retórica do colégio de Rouen, enquanto Flaubert recebeu uma distinção outorgada àquele que se aproximou do prêmio.
2) Montaigne.
3) Alfred Le Poittevin.
4) Esse "dicionário" será acrescentado, anos depois, ao segundo volume de *Bouvard et Pécuchet*.
5) Uma nota da edição da *Correspondance* de La Pléiade esclarece que não existe uma obra com esse título. Flaubert teria lido então o *Discours sur l'ensemble du positivisme* ou o *Calendrier positiviste, ou Système général de commémoration publique*.
6) M. Jourdain: personagem que representa o nouveau-riche, crédulo e vaidoso, na comédia *Le Bourgeois Gentilhomme*, de Molière.
7) Flaubert se relacionou sempre com mulheres maduras e mais velhas do que ele.
8) Obra de Alfred Le Poittevin.
9) Eulalie Foucaud de Langlade iniciou o jovem Flaubert nos segredos do amor, durante uma visita que o aspirante a escritor fez a Marselha.
10) Pigny e Defodon, alunos de Louis Bouilhet, disputaram o prêmio de retórica do colégio de Rouen.
11) Trata-se do superior dos lazaristas. A pederastia era excessiva na região, segundo ele, porque a população masculina era muito superior à feminina.

Nona Carta

1) Referência ao conto chinês que Louis Bouilhet pretendia escrever.
2) O "romance flamengo" poderia ser o primeiro esboço de *Madame Bovary*, segundo uma nota da edição da *Correspondance* de La Pléiade.
3) Alusão à obra *Turkish Tales*, de Byron.
4) Agénor, personagem de uma peça teatral em versos, escrita por Flaubert e Bouilhet: *La Découverte de la Vaccine*.
5) Trata-se do *Dictionnaire des Idées Reçues* (cf. a próxima nota).
6) A *langouste* (lagosta) não é a fêmea do *homard* (um tipo de lagosta) — nisso reside o humor (a tolice) desse verbete do "dicionário de tolices" que Flaubert estava planejando escrever.
7) Flaubert tomou conhecimento da morte de Balzac através da edição de 14 de setembro de 1850 do *Jornal de Constantinopla*.

Décima Carta

1) Lazareto: edifício para quarentena de indivíduos suspeitos de contágio.
2) Deduz-se que Louis Bouilhet tenha escrito a Flaubert opinando que uma viagem de poucas semanas à Itália, e sem preparativos, não faria muito sentido.
3) No dia 12 de dezembro de 1850, Flaubert completou 29 anos de idade.
4) Caravançará: grande abrigo para hospedagem gratuita de caravanas.
5) Caracoïdès: personagem de *Melaenis*, poema de Louis Bouilhet.
6) Ulemá: entre os muçulmanos, indivíduo reconhecido como autoridade em matéria de lei e religião.
7) Trata-se do telégrafo elétrico, inicialmente usado só pelo Estado e, a partir da lei mencionada por Flaubert, também por particulares.
8) Flaubert se refere aqui a um poema satírico de Louis Bouilhet, "Des fumiers considérés comme engrais". Caudron era um amigo de infância de Bouilhet.
9) Em 1863, Jules Verne publicará seu primeiro romance, falando de uma viagem de balão: *Cinq Semaines en ballon*.
10) Cavalgamento (*enjambement*): esse termo indica que o sentido de uma frase é interrompido no final de um verso e vai completar-se no verso seguinte.
11) Após receber o primeiro prêmio de retórica, Defodon esperava também ganhar o primeiro prêmio de filosofia.
12) Efemérides: diário ou livro em que se registram fatos de cada dia.
13) Trata-se do livro *Souvenirs et Paysages d'Orient*, de Du Camp, publicado em 1848.

Décima Primeira Carta

1) Alusão à obra *La Tentation de Saint Antoine*, versão de 1849.
2) Verso de *Phèdre*.
3) Deve-se ler, segundo a edição de La Pléiade: "Hurc capit argenti splendor; stupet Albius aere" (Horácio, *Sátiras*). O verso descreve um homem apaixonado por uma estátua de bronze.
4) Um dos heróis da guerra da independência grega. Não sabia ler nem escrever. Foi, assim mesmo, ministro da Marinha. Hugo escreveu versos sobre ele.
5) O templo de Apolo *Epikourios* (caridoso), na Arcádia.
6) Trata-se de um personagem de *La Découverte de la Vaccine*, que Flaubert e Bouilhet escreveram juntos.

Décima Segunda Carta

1) Quando iniciava a redação do romance histórico *Salammbô*, Flaubert decidiu visitar suas fontes orientais, mais particularmente Cartago, entre 12 de abril (dia em que deixa Paris) e 12 de junho de 1858 (dia em que regressa a essa cidade). Visitou, nesse meio tempo, Túnis, Cartago, Constantina..., colhendo dados para elaborar a sua obra. Foi sua segunda viagem ao "Oriente".
2) Sisto V: foi papa de 1414 a 1484, construiu no Vaticano a célebre Capela Sistina, decorada com os afrescos de Michelângelo.
3) Subura ou Suburra: certo bairro de Roma, onde moravam as meretrizes.
4) Apelido de Louis Bouilhet.

1) Encontrar a palavra justa, *le mot juste*, será uma das metas da estética de Flaubert, a partir de então.
2) Numa passagem de *Atala*, de Chateaubriand, os personagens percebem ao longe "ours enivrés de raisins", ursos embriagados de uvas.
3) Doença inventada, para dar à mãe de Flaubert um pretexto para deixar sua netinha em Rouen e ir ao encontro do filho saudoso na Itália.
4) Gibbon conta, nas suas memórias, que ao ouvir os monges cantar no templo de Júpiter, em Roma, teve a idéia de escrever sobre a decadência e a queda dessa cidade.
5) Alusão à obra *Melaenis*, de Louis Bouilhet.
6) Baías: cidade da Campânia, célebre por seus banhos.

OUTROS TÍTULOS DESTA EDITORA

O UTILITARISMO
John Stuart Mill

IERECÊ A GUANÁ
Visconde de Taunay

SOBRE O HOMEM E SUAS RELAÇÕES
Franz Hemsterhuis

OS SETE LOUCOS & OS LANÇA-CHAMAS
Roberto Arlt

GUERRAS CULTURAIS
Teixeira Coelho

PSICANÁLISE LACANIANA
Márcio Peter de Souza Leite

LAOCOONTE
OU SOBRE OS LIMITES DA PINTURA E POESIA
G.E. Lessing

CREPÚSCULO
Stefan George

O PARTIDO DAS COISAS
Francis Ponge

AS SOMBRIAS RUÍNAS DA ALMA
Raimundo Carrero

O TALMUD
Moacir Amâncio (org.)

O FOGO LIBERADOR
Pierre Lévy

A LÓGICA DAS CIÊNCIAS MORAIS
John Stuart Mill

FRANCIS PONGE - O OBJETO EM JOGO
Leda Tenório da Motta

VIAGEM TERRÍVEL
Roberto Arlt

Este livro terminou
de ser impresso no dia
29 de agosto de 2000
nas oficinas da
Prol Editora Gráfica Ltda.,
em São Bernardo, São Paulo.